U0684388

谨以此书献给我的家乡，我的兄弟子侄，亲朋好友，

我永远爱你们！

本书由中体建国（北京）建设工程有限公司资助出版

天涯远 故土亲

吴品和 著

罗平飞题

中国文联出版社

图书在版编目（CIP）数据

天涯远 故土亲 / 吴品和著 . -- 北京：中国文联
出版社，2023.7
ISBN 978 - 7 - 5190 - 5252 - 2

Ⅰ. ①天… Ⅱ. ①吴… Ⅲ. ①散文集—中国—当代
Ⅳ. ①I267

中国国家版本馆 CIP 数据核字（2023）第 109438 号

著　　者　吴品和
责任编辑　胡　笋
责任校对　贾文梅
装帧设计　中联华文

出版发行　中国文联出版社有限公司
地　　址　北京市朝阳区农展馆南里 10 号　　　　邮编　100125
电　　话　010 - 85923025（发行部）　　　　85923091（总编室）
经　　销　全国新华书店等
印　　刷　三河市华东印刷有限公司

开　　本　787 毫米×1092 毫米　　1/16
印　　张　19
字　　数　295 千字
版　　次　2023 年 7 月第 1 版第 1 次印刷
定　　价　95.00 元

版权所有　　侵权必究
如有印装质量问题，请与本社发行部联系调换

目录

以铜为镜，可以正衣冠；

以古为镜，可以知兴替；

以人为镜，可以明得失。

——《旧唐书·魏徵传》

2019年暑假，带着久别重逢的渴望，回到阔别18年的故乡，我生命的摇篮——柴达木这片热土。

见过翘首企盼的88岁老母亲，孩子们分别拥抱过太祖母。老人家眼含热泪，精神矍铄，尽情地接受重孙们的亲吻和拥抱。老弟及弟妹早已备好了丰盛的晚餐，桌前各自倾诉离别之情及相聚的愉悦，在一片欢快的气氛中，酒过三巡，菜过五味，各自休息。

第二天，幼儿们因兴奋并不赖床，简单地用过早餐，各自备足餐饮，趁着山村清晨的凉爽，开始第一站的野游。虽说期间回来小住过几天，但因重任在肩，不能久留，今天以"幼儿园园长"的身份组团回家，"偷得浮生半日闲"，有幸漫步于这久违的山山水水之间，回顾曾经走过的路和遇到过的人。

玉龙 吴永生摄于国家博物馆

第一章　儿时的撒场

年过古稀的我，也许是因为带着生龙活虎、朝气蓬勃的孩子们，抑或是久别重逢的渴望，脚步轻盈了许多。穿过一片茂密的松树林，按照儿时的感觉，习惯性地来到第一站——东水泉子、东大坡、东石碴子线。

孩子们说笑着、嬉戏着、追逐着。刚跨入东大坡山脚，孩子们就像点燃的烟花，四散开来：采花的、扑蝶的、捡"宝石"的、捉蚂蚱的……好在队伍里有两位身为老师的妈妈跟着，便放下心来任其奔放。

东大坡脚下原是一条小溪，泉水发源于坡下的一个犄角处，故此得名东水泉子。距离村子中心约有1公里。儿时这里泉水潺潺，常年流淌。泉眼处冬天是不结冰的，生产队里饲养的牛羊马驴一年四季都必须在这里饮水。20世纪60至70年代村里的井水不充足，人们的饮用水都要来这里担。尤其是每当村里哪家修房盖屋时，需要大量用水和泥，每位帮工的乡里乡亲都自觉地担起自家的水桶，到这儿挑上一挑子水前来，再听从队长的分工。

沿水流向下走三四百米有一片茂密的杨树林，因为泉水的滋润长得郁郁葱葱。小溪河床上茂密的野花儿，有叫得上名字的，如鸽子花、马莲花、簌草莲、狗尾巴花、断肠草花……红的、粉的、红白相间的、蓝的、绿的、橘红的……多数叫不上名字。每逢端午节必不可少的是来这里采艾蒿、薄荷、麦苗和折柳枝。这是孩子们的美差，头几天都自觉地约好结伴同行。天刚蒙蒙亮，大家就集结起来，三五成群地跑到这里，先用泉水洗个脸，再捧上几捧泉水喝一通，

1

立刻精神倍增，然后各自去完成自己的使命。艾蒿、薄荷随处可见，唾手可得，很容易满足所需。接下来便是自由时间了，上树摸鸟蛋是最有收获感的，沟缝里也能寻到"撅尾巴嘎"的巢。"撅尾巴嘎"是一种鸟名，顾名思义，一撅尾巴就发出"嘎"的一声。体大比麻雀略大。当遇到紧急情况时，叫声频繁，尾巴撅得也频繁。背毛黑色，黑眼圈儿，白肚皮，尾巴上的长羽呈黑色，所产的蛋是绿色的。当人接近它的巢穴时，它就紧张地围着人转，不停地发出"嘎嘎"的叫声，尾巴附和着叫声不停地撅，一起一落。这个时候可以断定巢穴就在附近的沟坎或石头缝里，只要耐心寻找一定能找到它的窝。摸到蛋的拿回去煮了，摸到小鸟的送回窝里。煮了的蛋多数都会失望，因为这个时候蛋多数都已经是胚胎了。树上摸到的大都是这种情况。当时的孩子们都很无知，如果像今天学到"劝君莫打枝头鸟，子在巢中望母归"的诗句，也就不会这样胡闹了。

时间是很有限的，太阳出来之前必须赶回去，家人们要用艾蒿、薄荷、麦苗泡水洗脸，传说可以驱灾除难。我家需要大量艾蒿，奶奶要用它搓成绳子晒干后当作火绳点火抽烟，还能驱逐蚊蝇。柳枝上系上葫芦插在门口窗户的屋檐下，大门口、牲口棚圈门口也要插，且都必须赶在日出前插完。生活在城里的孩子们是没有这样的经历的。插上柳枝，再有葫芦的点缀，再破落的院落也会立马精彩了许多。孩子们最期盼每年的这一天，可以尽情地感受大自然的气息，奔放地大玩一场。而今天，即便是农村，这项活动也萧条了很多，主要是生活在这里的孩子已经少得可怜，另一个原因，泉水断流，再无昔日的景象。

登上大坡，孩子们早已不见了踪影，我放缓脚步，亲昵着不知踩了多少层脚印的土地，吸吮着再熟悉不过的泥土气息和百花的芳香，往事历历在目……

和我一起长大的同龄人中，我是最幸运能和大山打交道的。因为爸爸是队里的放牧员，代替爸爸放牧是最平常不过的。过了端午节，饲养在圈里的牲畜们获得自由，除了拉车和拉犁使役的以外，都撒山了，大都是幼小老弱或者繁殖的母畜。牛马驴混杂在一群。驴都是各家的"自留畜"，主要是用作繁殖的，产下个驴驹，养一年能卖上二三十元，也是一笔不小的收入。我家是必须饲养毛驴的，一是繁殖，二是使役。繁殖极少，使役极多。在我的印象中，几十年的时间，只有两头毛驴产过驹，第一个是骡驹，可惜早产夭折了；第二个是草驴驹，养一年后卖了38元。因为爸爸每年冬季农闲时做点小买卖，先是驮子，后来换成力车，可怜的母驴，也就顾不上繁殖了。

每到周末，我带着二弟上山放牧，爸爸在家做些我们做不了的家务，如修缮房舍、制造农具、积肥。爸爸心灵手巧又勤快，可以用粗笨的工具制造出灵巧的锄镰镐杖，厨房里用的小马勺，烧火时用来吹风的"地牛子"，以树疙瘩为原材料改造成的"剁墩子"，把石块打造成猪食槽、鸡食槽。曾经做过一辆独轮双柄手推车，可以载运100多斤重的东西，改变了人扛肩挑的历史，是全村唯一的，也是全村传用的最先进的现代化运输工具。用妈妈的话说："你爸爸不白给，不吃死食，养活这一窝八口不容易。"能得到妈妈的赞许，足以说明爸爸是多么不一般。

放牧不单是为了挣队里的工分，还有别人意识不到的第三产业，如捡粪、刨药材、割羊草、拾柴……那时的粪可不单纯作为肥料，还是最好的燃料。生活中的"柴米油盐酱醋茶"，柴放在第一位。从我记事到20世纪80年代期间，过日子中烧柴是念念不忘的家务，也是每个家庭成员都必有的基本意识。在外面遇到一个小木棍棍儿也会捡回来放在灶火膛里。不光是为了做饭，冬季取暖消耗的燃料更多，尤其家里人口多的，需要住两个房间，就要烧两铺炕。我家因为有奶奶，炕要烧得热乎些。火盆是必备的，起初是用黄土泥制作的：用黏性较好的黄土与水混合，用手抓揉，经过数天"饧"的过程，里面放进猪毛、马鬃之类做瓤，以瓦盆或搪瓷盆为模具塑成盆状，干燥后就成了火盆。烧完饭后，把灶火膛里的火扒到火盆里，用火板儿压实放在炕上，屋里立刻热乎起来。看上去不咋雅观，但

3

是散热好，还不会被烫伤。后来，爸爸在外面做买卖时遇到一种用铁铸成的铁火盆，买回了一个，取代了泥火盆。到我成家后的许多年还沿用着。冬天当火盆，夏天当尿盆。

我们家的火盆是多功能的，主要是取暖。似乎那个年代比现在冷得多。冬天外间屋的水缸，每天早上掀开缸盖，缸里的水就会结厚厚一层冰，必须用刀背或擀面杖等硬物砸开一个窟窿，才能伸进水舀子取水做饭。三四天的时间，水缸的内壁冰层加厚，能装六挑子水的缸，装不上一挑子水。这时只好把火盆放在水缸旁边烘烤，再烧上一大锅开水倒进缸里。就这样连烤带烫，才能使冰融化捞出一个冰缸。所以，谁家冻破水缸的现象是常见的。夜里睡觉冻伤耳朵和脸的并不夸张。火盆的第二个功能是奶奶可以把着火盆抽烟袋。烟袋锅子搓上烟往火盆里一插，吧嗒吧嗒抽着了。第三个功能是烧烤食物。吃烧烤并非城里人的独创，尤其是我们小孩子对于把着火盆吃烧烤可谓情有独钟。可以烧烤的食材多得是：山药蛋、棒子（玉米）穗、棒子粒。烧山药蛋可以往饱里吃，棒子粒埋在微火里迸出来的是玉米花，如果放在猛火里来不及迸花便冒烟了。粉条子插进火里一出溜，膨胀一身燎泡。大蒜、杏核都可以烧。奶奶说烧杏核可以压咳嗽，但只限于吃七个。我们用来压咳嗽时就不止七个，成把地烧，倒也压住了咳嗽。最美味的莫过于烧家雀儿（麻雀）了。爸爸说："能吃飞禽一口，不吃走兽半斤。"另一种最美食材当数羊肉干，多数来自每年春天阉羊羔子时，因技术问题造成死亡的羔羊，将肉割成条撒上盐晒成肉干，烧时用纸包上，烧出来的肉别看糊味拉唧，一摔巴，一抠哧，一吹巴，特别香。可惜的是，这种食材可遇而不可求，只有实在不能下锅、不能上桌的肉才会被晒成肉干儿，就是这样的也得经过爸妈的特许才可以拿来烧。

烤的食材并不多。刚刚扒入火盆里的炭火正旺，为了充分利用，在旁边烤上几块"干面子""二道王"啥的，但并不增加多少口感，只是好奇而已。爸爸用砂锅装上剁碎的咸菜缨子加上几块蹭锅用过的猪肉皮，坐在火盆上咕嘟。二两小酒壶放在火盆里一煨，咸菜缨子就酒美滋滋！偶尔饭前妈妈盛上一盔子杀猪菜放在火盆上咕嘟一会儿，倒是增加了几分味感。当然烧烤同样对炭火有要求，以牛粪火为好，木炭火更好，可惜很少有。

　　火盆的第四个功能是烧烙铁。同现在用的电烙铁、电熨斗的用途一样。那个年代没有电源，哪来的电烙铁？每年入冬，妈妈和大姐便开始忙碌起针线活，单的棉的，鞋脚袜子，拆拆洗洗，缝缝补补。大人孩子的头上脚下都得收拾个遍。打袼褙、圈鞋底、研鞋口、煞袄根、绗（háng）被子，凡是边边角角的地方，都需要用烙铁熨烫平整。烙铁是铁铸成的，如同鸡蛋大小，有平面，前头有尖，后头有把儿。烙铁头放在火里烧热使用。奶奶不是搓绳子就是择棉花。绳子是用来圈鞋底子边和纳鞋底子的。圈底子用的绳要比纳底子用的绳略细些。棉花是拆洗棉衣或棉被上的棉，都必须经过奶奶的双手重新梳理一遍，整齐地放好备用。妈妈逢人就夸："我老婆婆搓的那手绳子就是好使，用到头了也不会掉纫头，择棉花一点都不糟践。"

　　鉴于火盆的多功能性，拾柴虽苦犹荣！

　　所以说居家过日子，烧柴显得格外重要。谁家有没有柴垛，柴垛多大，直接反映出这家人过日子啥样。"那个穷，连根儿捅鼻子眼儿的柴火都没有"，这得穷成啥样？人又得懒成啥样？

　　说完了火盆，还接着说放牧的事。放牧的第二收入则是采药。最先发现药材可以卖钱时，山上的药材资源还是很丰富的：紫花地丁（又名大胶）、黄芹、桔梗、防风、远志、苍珠、熟地（死孩子花根）、柴胡、地榆、甜草（甘草）……都是根茎入药。我们采挖最多的也是收入最好的有紫花地丁、黄芹、桔梗、防风、远志、熟地等。除了黄芹刨下来拧去缨子直接可以卖钱外，其他种类都要经过搓洗或去皮，晒干后分等次才能卖。一等紫花地丁 1.3 元一斤，次等 0.83 元一斤。桔梗每斤 0.8 元，远志干品每斤 2 元多，它的根茎极小，很难凑到一斤的。黄芹湿货每斤 0.05 元。乍一刨时，因为满山都是，又加上自古没人采挖过，都很粗壮，每天能刨七八十斤，一天能收获三四元。像我们这样的"小半桩子"，无论哪种药，每天边放牲口边刨，也能收获 1 元左右。成年劳动力在生产队劳动一天，较好的年景，一个劳动日值加上补助也就四五毛。小米国家定价 0.125 元，返销粮玉米 0.091 元，我们小孩子一天相当于一个壮年劳动力两天的价值，采药当然很有诱惑力了。在我的意识里，开始采挖并不十分重视，当爸爸在一次卖药材回来给我们哥俩儿每人买了一双黄色浅帮胶鞋时，我们才意识到太值得付出了，从此更加努力，刻意地去寻找，凡是可以卖钱的药材都采挖。也是从那一刻起，我的脑海里打下了一个深深的烙印，只要肯付出就会有丰富的回报。

爸爸也放下手中其他事务，加入采药行列。桔梗、黄芹基本生长在石块与土混合的阴坡，没有专用工具很难采挖。爸爸勤于动脑，找头段地的一位周铁匠锻造了一把一头带尖一头平刃的尖镐，遇到石头用尖头，没有石头用平头，大大提高了劳动效率。

清洗、晾晒、分等基本都是奶奶、妈妈和姐姐在家起早贪黑来做。紫花地丁清洗很费力，必须在水中充分浸泡，放在石板上轻轻揉搓，腋缝里的黑疙疤必须彻底刮掉，还不能将茎叉搓掉。晾干后用马莲草分等捆扎。每六七斤毛货，晒一斤干品。桔梗表面有一层薄皮，需要刮掉，既不能刮掉果肉还要刮得干净，同样晒干后分等捆扎包装。卖货当然是爸爸的事，他开始去离家 8 里路的头段地门市部卖，后来听说关东铺子收购价更高些，而且质检又不那么严，尽管离家 30 多里路，还是选择去那里卖。至于卖得的钱嘛，除了购买些生活必需品，剩下全部银钱交柜，由妈妈管理，这是他们自成的规则。妈妈把这些和生命等价的东西锁进中间柜里的皮匣里，确认安全才放心，但支配权主要还在爸爸，妈妈只有知情权，属过路财神。她既不上集又不赶店，纯粹的守家奴。

开始采药的人并不多，我们已经采挖了一段时间后，和我同龄的郝长军也上山采挖了，后来他们一家人都上山采挖。再后来，人们发现收入可观，全营子人都行动起来，但是他们都没有应手的工具，而且，他们都踩着我们的脚后跟走，头水已经被我们挖走了，因此他们的效率大大不抵我们。采药的队伍逐渐壮大起来，成年劳力是不允的，因为队里不给假，误一天工要罚几倍的工日，还要扣罚粮食指标和补助粮，只有不在劳动力范围内的老年人和"小半桩子"天天坚持。每逢阴雨天，农活不能做时，有些男劳动力上山打"快锤"。那个年代不是家家都有应手工具的，就连铁锹也不一定家家都有，而且不是最应手的。壮劳力更倾向于打甜草——多年生草本植物，生长在阳坡沟漫处土层较深厚的地方，根茎可入药，其根茎向纵深生长，再横向延伸。年龄越长根茎越粗品质越好，满足这个条件的才被称为"草"，浅层的被称为"须"，草的价值是须的若干倍。在连阴天下透雨的情况下，壮小伙一天可以赚到十几元，相当于几个月的劳动日值，可以买回 100 多斤供应（返销粮）。

采药队伍不断扩大，资源不断减少，由近到远，远到几十里内。越过边界，与邻村采药的发生"战争"也是常有的事。

紫花地丁没有了！黄芹绝迹了！桔梗断后了！两三年的时间，药材被一掠而空。采药人失业了，只有人送绰号"净山王"的老郝头，还在斩尽杀绝地寻觅着。

这期间，姐姐辍学了，四年级读了两三个星期。

1963 年秋，采药高潮来临时，我也辍学了。这一年我 11 岁，小学三年级学历。学校在本村只有一至三年级班。三年级上学期，爸爸放牧，我每天早上负责送牛群上山，晚上去山上接牛群。迟到早退习以为常，旷课也是家常便饭。爸爸妈妈根本不在乎学习成绩的好坏。

采药是有季节性的，过季药商停收了，我便开始了另一个副业——打羊草。立秋后进入打羊草的季节了，这时候草已经进入枯草期，收集也是最佳的时期，雨水也相对少了些，宜于晾晒。羊草是我们家很重视的一个经济来源，不单是给驴、羊备饲草，多余的会卖给生产队，每斤 2 分。当时撒山的牲畜，包括集体的还有个人的也就三四十头。羊也不超过百只，牧场还是可以饱和的。到了霜降大牲畜改为舍饲。羊仍然撒山，除非下大雪只能在家喂。生产队里的羊草多半靠在农户家收买，这样的"商机"我们家是不会放过的。在放着牲口的同时，每天都会割一"草扦子"草，像背背包一样，赶着牲畜回家。大面积较平坦的地方是割不到草的，只有那些沟沟汊汊大牲畜吃不到、羊攀不到的地方才能割到一些老草。"草扦子"是用锄杠粗细的木棍做成的，一头削尖，一头拴绳，和我的身高差不多。把割来的草捆成像枕头粗细的草捆，穿在草扦子上，像穿串似的，每扦穿五六捆，用绳子拢住，背在双肩上，吆喝着牲口群回家。一个秋天有两个半月的割草时间。后背因汗渍和草锈的打磨，呈黑黝黝的野猪皮色。

整个一上午不吃东西，顶多带上几个青杏。那个年代没得吃。渴了就喝"撅尾巴"茶，也就是山泉或沟坑存的水，趴下用嘴吸吮一通，也是无尽的满足。或者在牛蹄子窝里捧"茶"喝，大自然赐给的纯天然"甘茶"。

暑假期间，放假的学生无所事事，大都跟着畜群捡粪，最热闹的场景上演了。尽管他们夺走了我们的部分利益，可还是希望他们到来。贪玩是孩子们的天性，我和二弟自然也就加入这个行列。放沟批子，掏鸟蛋，挖甜草根吃，采红花子（山丹花）和马粪枣子（麻黄果）吃。马粪枣子和大樱桃差不多大，形状像梅花。熟透的果实红红的，甜甜的。摘地瓜，嫩的也可食用，甜滋滋的挺好吃。榛柴果不老不嫩也能吃，酸甜涩兼有。

最具刺激性的当数掏鸟。大山里几乎没有高大的树木。矮树上居住的都是些小型鸟类，像胡不拉、山麻雀。沟批子或沟沿子的缝洞里住的都是稍大一点的鸟，如红嘴鸦、巧鹰子、夜猫子、老鹰等。够不着的两人搭肩。曾经掏出过即将分窝的夜猫子（猫头鹰）五只，先掏出一只，跟着飞出四只。这样的幼鸟是飞不远的，起落三四次就全部束手就擒。捉到的如获珍宝。红嘴鸦的窝是最隐秘的，从来没有发现过它们的窝。还有些在地平面上做巢的鸟，比如，伊拉燕儿、凤头、山麻雀、撅尾巴嘎和少见的百灵子。这类鸟从不入村，也不糟蹋庄稼，性情直爽。当你接近它们的巢穴时，它们就会表现出非常急切、恐慌的样子，这表明窝就在周围，一定会寻到的。谁也不会放过这样的机会，无论是蛋还是幼鸟都会被一窝端。遇到正在抱窝的雌鸟，因为恋窝会被逮个正着，残忍地将慈母与待育的幼子分离。

将近晌午，空空如也的粪篮子主人该回家交差了，畜群也该下晌了。伙伴们争抢着，打闹着，同时也将分散的畜群聚拢在一起，下泉子饮了水，一同回家去。粪篮子也有了满意的收获。

和伙伴们相处的日子很留恋，很想到他们的世界里游览一回。

一天中午趁歇晌溜出家门，和约好的伙伴直奔南沟。之所以去南沟，是因为那里阳坡的地瓜成熟了，窑子旁边的鸡蛋杏能吃了，鸡爪子沟旁边的野果也该熟了。一切都那么熟悉又陌生，一切是那么刺激又惊险。我们贪婪地寻找着，忘情地享受着，却忽略了撒牛的时间，仓皇地往回跑。可还是误了时，被妈妈抓住一顿胖揍。

"这一晌午，去哪儿了？"

"去南沟了。"我哭丧着答道。

"去过几回了？"

"就去这一回。"

"啪！"一个嘴巴子，"不对，倒是去几趟了？是不是去三趟了？"

"不是，就去这一趟。"

"啪！"又一巴掌，"是三趟不？给我说！"

担心还会有一巴掌或者更多巴掌，只好回答："是三趟。"

"还敢撒谎！"这回不是巴掌了，而是连拧带掐，还要扒起衣服，"下回还敢去不了？还敢不了？还敢不……"

"不敢了，再也不敢了，好娘了，好……"如此这般哪还有下回？

其实到底去几回，真数不清了。

很期盼暑假不要过去，永远如此快乐，尽管经常因别人的侵略而捡不到粪，尽管在万物都晒得打蔫的中午偷跑到南沟被打一顿也在所不惜。

暑假还是结束了。

"寒露不算冷，霜降变了天"，水凉草苦了，大牲畜停止放牧了。拾柴又成了我的主营。捡茬子，划拉树叶子到搂柴火。跟着挑地的犁杖捡挑下来的庄稼茬子。秋风吹落叶，落一层搂一层，或者用耙子或者用扫帚。最苦恼、最艰难、最无休止的劳作当数搂柴。大耙拖相当于犯人的长枷与脚镣。30 根齿的大耙（分竹质和铁质两种）在地上挠，耙杆上再挂上拖子，每搂满一耙卸在拖子里。不停地搂不停地卸……循环往复。30 根耙齿就是 30 个挠钩，加上拖子的不断加重，还有风的阻力、上坡的阻力、山花椒墩的阻力、心里的压力……这些阻力恰恰与所搂到柴火的多少成正比。走的路越多越快，克服阻力的能力越大，在一定的时间内所搂得的柴火才越多。

各位，如果你骑上山地车，沿着平坦的柏油路跑上七八个小时，累不？要知道车子是有轮子的，路，有上坡也有下坡。搂柴和骑行在体力消耗的程度上如何相提并论？那么耙拖不就是长枷与脚镣吗？

但是搂柴对于一个家庭来说，就像当时社会上的"念念不忘阶级斗争"一样念念不忘，贯穿整个春冬，除非大雪封山或大风扬沙，否则，没一人幸免也没一天停息，无一家例外，例外的那日子也就不可收拾了。就是成年劳动力，也要起早赶在出工之前拖回一拖子柴火来。

我无可抗拒，持续到 20 世纪 80 年代以后，到分田单干，农家才填饱了贪得无厌的灶火膛。我脚下的东大坡脚印不知摞了多少层，不单是在这里放牧、捡粪、采药，而搂柴铺上的脚印更多。有头耙柴、二耙柴、三耙柴之说。头耙柴都是浮草和叶子，燃点和燃值都很低，"兔子毛枝拉蒿，大人不在家，小孩儿不敢烧"。随着天气不断降温，每上一场冻，就会冻掉一层植物的茎叶，搂，不停地搂。其实不止三耙，用爸爸的话说，"鱼过千层网，网网都有鱼"，只要肯搂，就一定有柴，因为不计成本嘛！东大坡如此，东南洼、泉子头、泉子后身、北大荒、罗锅子荒、头道沟、干沟子沿儿……哪一块都摞着我的层层脚印。

我是 1952 年出生，经历了 1960 年至 1962 年的严重经济困难时期。1962 年是最艰苦的一年，因为冬春季节越冬粮几近消耗殆尽，人们只能靠树皮、树叶、野菜充饥。最优质的树皮是榆树皮，最优质的树叶也是榆树叶。杏树叶和杨树叶是有毒的，只能和其他野菜树叶少量混搭，勉强糊口。野菜以苣荬菜为最优（今天的苣荬菜市场上还身价不菲），次之是婆婆丁（蒲公英）、灰灰菜、猫爪子菜、车轱辘菜（车前子）、嗓子柯、猪毛菜、哈拉海、刺菜……大凡阔叶的野菜都会尝试一下。首先，大人们品尝确认无毒，才会给孩子们吃。粮谷是不脱壳的，原谷原糠碾碎后与野菜、树皮搋（chuāi）在一起，做成饼、窝头或熬成粥，只要加盐就能吃。难以下咽也得咽，俗话说"狼恶虎恶没饿恶"，这话一点不假！

爸爸真的中毒了。杨树叶和杏树叶吃多了，全身肿胀，眼睛肿得只有一条缝，十多天才缓解，躲过一劫。我和二弟经常"憋肚"，二弟较重，也是因年幼，经常用木棍、铁锥之类从肛门往外剜……

我们家如此，别人家亦是如此。

这一年，姐姐虚13岁，我虚10岁，二弟虚7岁；这一年三弟出生，生肖牛；这一年，姐姐辍学了，我秋季升入三年级。

1963年秋，我自然地升入四年级，要到离家8里路的大队部所在地新窝铺上学。也许是读书无用，也许是天灾的余悸，也许是家里缺人手，我辍学了。人们说"有牛使牛，没牛使犊儿"，我便成了名副其实的"犊儿"了。

辍学后，我几乎成为专职的放牛娃。夏季最难熬的是阴雨天气，没有像样的雨具。在泥泞中是穿不住鞋的，双脚被石子硌破，被草茬扎伤，被雨水浸泡，疼痛难忍。爸爸就用生产队杀牛时扔掉的牛小腿皮，做成"水靰鞡子"，捆绑在脚上，可以缓解疼痛，又不会被扎伤。那个年代，阴雨天气很常见，每年夏天都有几个连阴天，在民间流传着一段顺口溜："初一阴，初二下，初三初四胡啦啦！初五初六亮亮响，初七初八接着下。"尤其是看到出"西虹（jiàng）"，地里的犁来不及卸下牛，立刻大雨如注。有"东虹轰隆西虹雨，南虹出来卖儿女"的说法。每逢大雨将至，必须立刻将牲口群圈到较安全的地方，既不能到树下，又不能进沟湾。以防霹雷和山洪使牲口受损。冰雹是常见的，"秋晒子"雨更糟糕，所谓一场秋雨一场寒，秋雨往往夹杂着秋风，而秋风又是不定向的，塑料布披在身上，时不时被风掀起，雨水打在身上，刺骨的寒冷，冻得瑟瑟发抖。草帽是戴不住的，而且越是这种情况，牲口群越是不安静，随风移动，寻找避风的沟湾和大树。为了躲避山洪和雷电的袭击，这些地方又恰恰是危险区，必须付出百倍的努力，才能保住不让畜群受损，而我这时已经是落汤鸡了。后来爸爸把塑料布像包保鲜膜一样给我捆扎在身上，尽管有些皱巴，但不会被雨水浸湿。双脚无法幸免，只得任其蹂躏了。

今天的东大坡草木繁盛，已经今非昔比了。别说柴草了，连地皮是什么颜色几乎都看不到了。我在想，如果冬天再来这里搂柴，转不了几圈就是一拖子。割羊草犯不上进大山里的沟沟汊汊了，遍地都是，随手可得。唉，人啊，生不逢时啊！现在农家谁还搂柴割羊草呢？

但还是缺了些什么，鸟雀们没有了踪影，那些宝贵的紫花地丁绝迹了。倒是偶尔蹿出一两只山兔，飞出几只野鸡。

前队已经登上石硴子线的顶峰，在向我招手示意，我便加快了脚步。孩子们都聚拢过来，各自寻找舒适的"床、桌、凳、椅"，吃的吃，喝的喝。虽然是盛夏的近午，却没有一个撑伞的和扇扇子的。"打伞不如云遮日，扇扇子不如自来风"，那是一个爽歪歪呀！孩子们争抢着递过冰红茶，幼稚地问道："爷爷（姥爷），这是什么人垒的？""是不是这里发生过战争？是什么朝代的事？我们历史书上为什么没介绍过？"我微笑着喝了几口冰红茶，慢慢地把从老人们那里听到的传奇故事讲给他们听：

"这条像卧龙一样躺在这里的石头线叫石硴子线，并非人工筑成，也不是战争用的防御工事，是天然形成的。形成的年代相当久远，已经无法追溯。大家仔细观看，各种奇形怪状的石头，有的像床，有的像桌，有的像椅；有的像人的各种形态——坐着的、躺着的、望空叹月的、遥望远方的、勾肩搭背的、促膝谈心的、拥抱在一起的；

还有的形成如同小房间一般的空间，几个人可以在里面乘凉避雨。东边的这个沟叫银凤沟，相传这个沟里隐藏着一只银凤，还有一条龙。凤倒是没记载有人见过，龙可真的有人亲眼见过：在一个阴雨天气的清早，出现在东大坡和泉子之间，头探进泉子里喝水，尾部却隐匿在石碴子线里。在泉头的河床上有一片菜地，种菜的王进得三大爷目睹了这一切，吓得双腿不能站立，爬进园子屋里。隔窗望见巨龙喝完水头探到大坡，尾部摆向大坡对面，带着呜呜的风声，顷刻间消失在云雾中。

"顺石碴子线一直向下走到末端，有一座庙叫玉皇庙，相传始建于明朝。燕王扫北打此经过，其军师站在石碴子线最高点向四周遥望群山，根据二龙山和平顶山的气势判断，如果石碴子线再继续延伸，将来方圆百里必有反贼出现。所以，燕王下令在此修建了玉皇庙。此庙既不属东沟，也不属柴达木，香火淡淡。此后石碴子线再没延伸，但方圆几百里从没出过高官。这还是听郭学山老舅的二大爷（我叫二姥爷）讲给我听的。

"银凤沟开阔辽旷，你们站在这儿，面向东方的山坡叫大阴背，背脊的走向就是咱们与新井村的分界线。你们面向山谷大声喊试试什么感觉。"

于是孩子们向着山谷齐声大喊："啊——"声音回荡，余音缭绕。孩子们个个感叹不已："真是巧夺天工。"说着便纷纷跳下碴子，顺阳坡直奔山谷深处："喂，我——来——了——"余音附和：我——来——了——了——了，孩子们身影与余音渐渐消失在山谷里。

第二章　劫难

孩子们不见了踪影，隐约听到叫喊声："哎，红花子——""在哪儿呢？""在这儿呢——""我来啦——"声音在山谷间回荡着。

我顺着原路返回，边走边追忆着奶奶讲过的柴达木人曾经经历过的一场劫难，也是我们吴氏家族的罹难史。

自高祖吴安然在清朝康熙年间，流落到昭苏河南岸的塔布乌苏定居，娶妻生子繁衍生息，到现在的吴鉴平之辈（吴永清之孙，吴赫然之子），已是第十三代世孙了。吴安然的第五代世孙尾字占"邦"的，有兄弟七个，其中吴联邦于清朝道光年间搬到今天的柴达木定居。当时的柴达木地肥水美、林茂粮丰，可以用"棒打狍子瓢舀鱼"来形容。

吴联邦定居柴达木后开荒垦地，积极生产。前文介绍过当时的柴达木多为沼泽地，只能耕种坡地或上岗地，到了1850年前后（清朝道光、咸丰年间），吴姓发展到联邦下一辈的弟兄五个。这时候吴氏家族在柴达木发展到了鼎盛时期，耕地达到两顷多（约200亩），柴达木的大部分土地基本集中在吴家。能拴起七副犁杖、一辆四套马车。但是好景不长，开始走下坡路，逐渐破落。

"你们老吴家为啥破落的？是日子过好了，开始洋包了，不务正业。特别是当家的，抽大烟耍钱撩票。一支大烟枪，不到一年抽进去四套马车。人们都说老吴家当家的，你们看见了没？大烟枪的眼细吧？四套马车照样往里赶，却有去无回。后来总误农时，上梁不正下梁歪，都是这样吊儿郎当，都跟着抽，跟着耍。大烟上了瘾，不能自控，就这样一个好端端的日子，越过越穷。"

就在这个时候，前文说到的不为人知的灾难降临到柴达木，那就是发生在18世纪中叶的一场瘟疫。此瘟疫当时叫"汗病"，此病患者最怕着急上火，特别是在患病期间，生气就会加剧病情，叫"加气伤寒"，必死无疑。按现在的医学名称叫"伤寒病"。现在的新生儿出生后都要接种预防这种病的疫苗。

"你们老吴家那时候一下子死了十大几口子，都是死的最当硬的，只剩下后来的我老公公，叫吴汉发。他是你们老吴家当时最完蛋的一个了，还有一个小妹妹，一个小弟弟叫吴汉臣。"

我问奶奶："那时候你还没出生吧？你怎么知道的？"奶奶说："也是听老人们说的。"

"后来的吴汉发娶了郭家梁老丛家的媳妇。吴汉臣没留下后代。他妹妹嫁给了东沟老郭家，叫郭成员，生了六个儿子一个姑娘（其中老五便是前文提到的在下泉子看林子的老郭头儿，给九神披袍的五画匠。砸神像的那个坏小子是老六的四子）。就这样一个好端端的日子，一大家子只剩下我老公公——你们的老太爷吴汉发。不然，你们老吴家就绝种了，死的死，嫁人的嫁人。"

奶奶这一说，我倒想起，大约"文化大革命"刚刚结束，有两个姑奶奶回来过，可能是吴汉祥的女儿，不太确定。反正是"汉"字辈儿的女儿。她们分别嫁到了杜家地的老李家和铁拉根泰的老郭家。

"死去的都埋到哪儿啦？"我问奶奶。

"有北坟地的，有东坟地的，还有西小地的那座坟，三十亩地北头的那个都和你老太爷是一辈。年轻的（未成年的）小孩子也没埋，就扔到山上了。"奶奶说。

"只是死我们吴家的吗？"我问。

"不是，老杨家、老仪家、老薛家、我娘家也都同样死人了，老杨家八成是死绝种了。听说这营子死了好几十口子呢，都是当硬的，连往外抬人的'杠'都不用解了，抬了这家抬那家。先死的还有棺材呢，后来就用炕席卷，再后来炕席也没有了，用水葫芦扣上脸，不让土压脸就得了，再后来抬杠的人也没有了，就用绳子像抬口袋一样，大人横在下面，孩子摞在上边。夏天挖个坑埋了，冬天没法挖坑，找个沟坑扔了，狼拖狗拉随便吧……"奶奶抽泣着，那个场景正如毛泽东主席在诗词中写的："千村薜荔人遗矢，万户萧疏鬼唱歌。"

我自然地联想到今年春节期间在湖北武汉暴发的新冠肺炎疫情是何等的严酷，如果不是今天的国度，不是有共产党的领导，不是共产党对人民生命财产高度负责，恐怕也会出现当年的那种惨状。

可惜了，那些生不逢时的过客！

我们吴家是那样，其他姓氏也同样。死的死，嫁人的嫁人，死的大都是当硬的，也就是一家之主，主人死了，女人自然是带着孩子走道。这些孩子跟随母亲走到张家姓张，走到李家姓李，所以这个小村庄也就出现大幅减员的现象。

老太爷生四子一女，爷爷是老大，二爷爷、三爷爷无子嗣。姑奶奶嫁于本村的邵凤山，也就是表叔邵功、邵良的母亲。老爷爷吴俊峰，生四子一女。

屈指一算，从19世纪中叶到20世纪中叶100年间，柴达木人经历了三个朝代，即清朝、中华民国、中华人民共和国。100年中有多少不为人知的往事，我们不得而知，但是从20世纪中叶到今天的70年里，正是我们这代人的亲身经历。

第三章　扛枪人

　　沿着石砬子线上边的尽头往山上漫步，经过锰石矿（1958年"大跃进"的产物）信步登上头道沟大坡的顶峰，放眼向东遥望，寻找孩子们影子的同时，视线触碰到一个点——老牛圈子的一个岸口，神经蓦然紧缩，头皮发炸，头发竖起。爸爸讲过的一桩惨案的场景，浮现在眼前，按时间推算应该是1936年，那年爸爸16岁。

　　"这天傍晚，我和村里同龄的郭学臣赶着几家的牛去泉子饮水，回来时把牛分别送回各家，天已经暗了下来。当我俩准备回家时，路过一个胡同，在某某良的家门口，发现三个身影鬼鬼祟祟地进了这家的院子。小孩子出于好奇，停下来想看个究竟。进去有半袋烟的工夫，从屋子里传出嘈杂的脚步声，紧跟着三个人推搡着一个被反绑着双手的人，头上蒙着口袋，听声音可以判断此人嘴里被塞了东西，往院外走来。我俩立刻紧张起来，躲闪不及，转身跳进门口对着的矮墙里。这时几个人走出院子，就在这工夫，我俩不知谁发出了声响，被他们发现。其中一个压低声音断喝：'谁？出来！'我俩只好站起身迈出矮墙，看清了这几个人，一个是本村的程五赖子，另外两个是离我们营子二里路的庞家梁的燕家长和庞家长。他们都是地主。燕家长压低声音说：'反正你们也看到了，那就跟我们走一趟吧，以后事发谁也脱不了干系。'这三个人都是膀大腰圆，我俩合起来也不是一个人的对手，也就顺从他们跟在后面往东山方向走去。当我走了一段路，感觉被绑架的人很不配合，一副不情愿的样子，三个人的注意力都在这个人身上，我便寻找机会脱身，在我放慢脚步，拉开了一段距离后，我撒腿就往回跑，他们既不追赶，也没叫喊，我一口气跑回了家。第二天见到郭学臣，问他跟到了哪儿，他说我跑后不一会儿，他也跑了。过了几个月东窗事发，原来被害的是部队上的通信员，据被捕后的程五赖子交代，这名战士从大川经燕家沟来到庞家梁，身上扛着一杆长枪，到了庞家梁天交酉时（下午4点），可能是想找点吃的，或者想住下，就走进一家院子，就是燕家长家。也没叫门，直接闯入，突然蹿出一条大黄狗，这名战士出于防身，情急之下，端起枪就冲着大黄狗开了枪，黄狗当场死亡，惊动了很多人出来围观。狗的主人看他有枪，也没与他争执，他也没说任何解释或是道歉之类的话。出了庞家梁奔东北方向进的我们营子，南头第一家就是你姑奶奶家（现在邵连军母亲住的院子），进屋打了个转，没说啥走了。又到了老仪家，同样没站，最后到了营子偏北的李家落了脚。其实他从燕家走出时，就被燕家长盯上了。燕家长一方面因为狗被打死而愤怒，另一方面看中了这杆枪，找到了庞家长，商议完尾随其后。得知战士进了某家，就断定战士一定会住在这里，他是这里的常客。燕家长又找来咱们营子的程五赖子，三人商议后进了某家。就在这工夫，我和郭学臣正好看见。当三人走进屋子，看见战士正在炕上抽大烟，枪就立在炕沿边儿上。燕家长抢先拿起这杆枪，没容军人说话就把他按在炕上，用毛巾堵上嘴，捆绑结实，用事先准备好的口袋蒙上头。据程五赖子交代当时燕家长只说把他送到局子里，局子在杜家地，也就是奔东山去的方向。押着战士到了老牛圈子，以为从这儿去杜家地是直线。燕家长说：'就在这儿吧。'燕家长将战士踹跪在地上：'这就是你的葬身之地。'他们三个人用石头砸死了这个战士，推到沟坎下，掩埋了。这三个涉案人员全部得到应有的处罚：燕家长和程五赖子被执行枪决，就在初头朗的一个烂菜岗子。庞家长被判无期，死在狱里。"

爸爸说到这儿也是不断地咋舌：到了也不知道这个战士是国军还是八路军。继而又感叹地说："唉，要想人不知除非己莫为，墙打百板没有不透风的。"

我今天可以断言，惨死的战士，绝对是国军，或者是逃兵，绝不是八路军。第一，即便是通信员，八路军的军纪严明，通信员出入非解放区会乔装打扮，绝不会公开地在非解放区身背长枪走街串巷；第二，八路军战士到谁家叨扰都会很客气、很礼貌的，不可能不叫门就直接闯入，还打死人家的狗；第三，八路军更不会进入这种龌龊之地，更不会抽大烟；第四，罪犯在初头朗正法，1936年是国民政府执政，自然由国民政府法办罪犯无疑。

听爸爸讲完，还是感叹这位战士：可惜了，你的青春年华竟如此惨淡地成了人世间的匆匆过客；更可惜的是，美丽的银凤沟无端地增添了一道不光彩的划痕。

这是儿时和爸爸放牛，就在眼前的这个案口，爸爸指着战士惨死的位置讲给我听的。当时问爸爸怎么知道是他们杀的，爸爸猜出我心里怀疑会不会是他和郭学臣告的密，紧接着说："部队少了人能不找吗？按着麻线找纫头呗，那小子背着杆长枪挺惹眼，走到哪儿都会有人晃着影儿。到咱们营子时，太阳刚压山，又进了几家，部队按着踪迹找到了老李家，老李家就全交代了。他要是不打死人家的狗，也许不至于把命搭上，俗话说'打狗看主人'。冤有头债有主。人哪，千万记住，犯病的不吃，犯法的不做，走得正行得端，平平凡凡地过吧！"

这个时候的我还很懵懂，对爸爸的话还是一知半解，当奶奶讲起爷爷的事时，对于战士的惨死倒感到有些欣慰。

"奶奶，我爷爷什么时候死的？什么病？"我心存很久的疑惑，终于向奶奶发问。

"他死的时候我32岁，你大姑13岁，你大爷10岁，你爸爸6岁，你老姑4岁，你老姑属猪的，你爷爷属马，大我5岁。"

"你爷爷给庞家梁老庞家扛长活，他会赶车。那年春天傍黄昏的时候，官兵来抓官车。老庞家因为正忙着种地，不愿意出车，谎说他们没车，这车是雇的。就这样发生了争执，老庞家叫他赶车跑，这时候老庞家有几个小子就要下官兵的枪马，官兵情急之下，扯枪就把你爷爷给打死了。"

"爷爷当时就死了吗？"我急切地问。

"没有，我到了还有气呢，但什么也不知道了。当时那个官兵对我说，他不知道这个大哥是干活的，以为他是东家，'他是活不了了，我冲着他致命的地方打的'。"奶奶说，"这是那个官兵亲口对我说的。你爷爷早晨走时给我挑了一挑子水，穿一件新青夹袄走的。"

这件事的经过大概是这样：中华民国十六年，也就是1926年，庞家梁老庞家过大日子，成分划分时定为地主，当时的东家外号叫庞二孬，真名不详。爷爷给他们扛活，是马车车夫。民国的军队叫国民革命军，简称国军。国军下乡摊派出车任务，叫抓官车。庞家以各种理由拒不出车，并且几个年轻人还要下这位的枪马，这位官兵在危急情况下开了枪，再加上爷爷穿了件新上衣，官兵错以为是东家，爷爷挣的是人家的钱，当然听人家的支配，东家让跑，于是赶车跑呗。奶奶遗憾地说："也许是因为给他做了这件新夹袄才送了他的命，死后抬回来没进家，直接埋在了西北洼上边儿（现在的西坟地）。"

因为是突发事件，奶奶还年轻，在那种社会背景下，寡妇门前是非多，能不能守得住两可之间，在以前那场瘟疫中又有多少类似的家庭背井离乡呢？四个未成年的孩子，是不是会成为张家或王家的孩子？所以没入老坟地。

"后来呢？就没讨个说法吗？"我问。

"你爷爷死后我先找了老庞家，庞二孬说他不欠我男人的工钱，人又不是他们打死的，与他们无关，让我去找打死我男人的那个人去。杜家地、官地、初头朗我都去过，他们都说管不着，后来找人写了呈子，领着你爸爸抱着你老姑去了哈达街（今天的赤峰），走了两天多，孩子小，你爸爸才6岁，那时候你二爷爷瘸着个手在老爷庙院，说是出家当和尚了，是他安排我们娘仨吃住的。"

"他真的当和尚了吗？"我问。

"我也不知道，没过几年他也死了，埋在东地头（现在的东坟地）。

递上呈子等了三四天，传唤我们，一个当官的说："你丈夫的死不怨我们官家，老庞家明明有车不出，抗拒官府还要下我们的人的枪马，他是干活的，为什么还要赶车跑啊？'说了好多好多。'要找还是回去找老庞家，你丈夫是给老庞家干活，又不是给公家干活，打死你丈夫的人是执行公务，你们回去吧，再也不要来找了，找也没用，看你们孤儿寡母的，以后有条件照顾照顾你们。'我们回来后又找了老庞家。庞二孬还是那番话，人不是他们打死的，又不欠工钱。我听说后来给断了养兼，也没得着，不知去向哪里。"说到这儿奶奶长叹了一口气。

"后来呢？"我急切地问，希望后来有奇迹发生。

奶奶又是一声长叹："唉，拉扯着孩子过呗。那日子谁苦谁知道，好在娘家在当营子，虽然都不富余，总算有个主心骨。没冻死饿死就烧高香了……"

天哪！多么凄惨啊！谁都能想象出，奶奶、大爷、姑姑、爸爸，孤儿寡母、含辛茹苦、相依为命，他们承受了多少苦难与熬煎！在那样的时代、那样的社会环境，为了养家糊口，爷爷白白地搭上了一条鲜活的生命，撇下苦命的妻子与尚未成年的两双儿女。

奶奶的一生是多么坎坷，经受过艰难与屈辱，忍饥挨饿、风吹雨打、生离死别，叫天天不语，呼地地不应，尝尽了人间的甜酸苦辣。用奶奶的话说："眼泪都流干啦！"奶奶生于 1894 年，故于 1978 年正月初十，享年 84 岁。我们结婚后的第三天，奶奶就和我们住在一铺炕上，直到奶奶过世的前一个月。

奶奶用柔弱的身躯、顽强的毅力挺了过来，用她的苦难和血泪换来我们后代的今天，我亲爱的奶奶、伟大的奶奶，我们永远怀念您！！！

在幼小的心灵里，我时常把爸爸讲的军人惨案故事里的庞家长与奶奶讲的庞二孬确认为一个人，也常常把这两起命案串联起来去思考，越发觉得两案有共同点。

1926 年到 1936 年，十年间。

爸爸6岁到16岁，十年间。

军人——枪，庞家长——庞二孬。

两起命案皆因枪引起。

我越发确信，当年的庞二孬就是十年后的庞家长。

听起来似乎极具戏剧性，可这是鲜活的事实。善恶到头终有报……

从童年我就这么理解，到今天我仍然这样理解，所以心里倒有些欣慰。

说不出是怎样的心情，脚步不由自主地走近当年军人惨遭杀害的地点。这里没有蒿草，没有榛柴，只有几簇兔了毛草被羊掠去了草尖。说是缅怀吧，实在不敢恭维；说是惋惜吧，心里又有些疙疙瘩瘩；说是他命该如此吧，似乎又有些不尽如人意。伫立了片刻，捡些石头堆起一个孤堆，算是一个历史故事的记载吧！

我的父亲吴井斌，生于1921年2月5日，寿终于1993年2月12日。6岁时他父亲去世。上有哥哥姐姐，下有妹妹，8岁时随哥哥到塔布乌苏给地主放牛扛小活，18岁成为正式长工。回到柴达木后，24岁与本村郭家之女结婚，妻早亡，没留下子女。27岁又和我的母亲结婚，生育我们姐弟五个。

父亲去世后，我们将大妈请回，与父亲合葬。大妈土中熬，有了归宿。

父亲的一生好交好为。幼年有姑表弟和叔兄弟做伴，还有叔叔、姑父姑母、舅舅及兄长的呵护（老母亲陪伴了他57年）。青年时期结交了两位盟兄弟——赵金廷和李子明，相互搭照，相互搀扶。

父亲虽然没有读过一天书，但能认识眼前的字，能记录往来账目，能口算简单的加减乘除，心灵手巧。购买了柴达木第一辆自行车、第一辆小胶轮车，盖起了柴达木第一座小门楼，安了柴达木的第一台私家碾子、第一台私家石磨。在19世纪50—70年代农闲时，用驴驮子、小驴车走乡串户做点小本买卖。在那个年代里，做买卖属于走资本主义道路行为，多亏了时任党支部书记的表弟邵功的袒护，乡里乡亲的高抬贵手。我家的小驴车几乎是全村人公用的，接闺女搬女婿，请先生看大夫，出门入户，谁家用着只管去用。父亲说："与人方便，自己方便嘛。"

父亲在做买卖路上，结识了一位好朋友——乔大爷，名叫乔德福。山西祁县人，乔家大院主人乔致庸的后代。其父在中华民国初期，由山西祁县派往克旗广盛源管理商号。乔大爷操着一口纯正的山西老西儿口音，懂经营、会管理，打得一手流利的大子儿珠算，曾经在翁牛特旗会计珠算比赛中拿过全旗第一名。他重情重义，"人情送匹马，买卖争分毫"是他的口头禅。老哥两个处得如同一对患难的兄弟。

父亲的一生是患难的一生、艰苦朴素的一生，也是奋斗的一生。父亲给我们姐弟五个该娶的娶了，该聘的聘了，到他享受晚年的时候却撒手人寰了。虽然父亲到晚年不缺吃少穿，但是更幸福的生活没享受到，这是我唯一的遗憾。

第四章 在边界线上画条线

我独自站在石碰子上，向西方放眼眺望，新窝铺村的五个自然营子除大芥菜沟在沟底不能看见，其他四个村庄尽收眼底。这片开阔地对我来说再熟悉不过了。我在村里工作了33年，对于这里的耕地、林地、荒地、坡地，各自然村组之间以及各行政村之间的边界，其他旗、县、乡与我村的边界了如指掌。同时我也经历了一场场惊心动魄的边界纠纷。

早在我儿时的 1964 年，柴达木为了响应国家关于"封山育林，造福子孙"的号召，选择了与东大坡相连的北面山腿进行封山育林。老队长程财率领全队社员挖坑挡堰、植树治山、死封严管。当时指派老转业军人，人送外号"八路军"的董万生（我的舅爷）为专职护林员。"八路军"就是八路军，对工作认真负责、恪尽职守、不徇私情。无论是人还是畜，没有生产队长的指令甭想入内拿走一木吃掉一草。用了三四年的时间，荒山披上了绿装，林草丰茂。这对那些怀有贪念之人无疑产生极大诱惑，尤其是搂柴的，用同等时间，如果在封山里搂是在外搂的效果的十倍。本村人进来的，被"八路军"逮住，柴放火烧掉，耙杆砸断，报告给程队长。老队长也是不客气的主儿，罚工分。罚 10 工分相当于在生产队白干一天。不在劳动力范围内的，罚家长或监护人。"净山王"倚老卖老，屡教不改。即使砸断耙杆，换了耙杆还来。"八路军"发飙了，点燃了柴，砸碎耙杆，又狠狠地教训了一顿。哪承想失手将老头的腿打折了。监护人出来理论，老队长从严执法："活该！"这下起到了杀一儆百的作用。从那以后本村人没人敢涉足。

　　这片林草丰茂的封山，给队里带来很多实惠。每逢中秋节，队里都会杀一头老牛分给社员们，为了增膘便把这老牛提前两个月放在封山里进行育肥，"年驴月马十天牛"，两个月老牛膘满肉肥。夏季耥地时，犁上的牛马早午晚都会撒到封山里享受"小灶"。

　　生产队对本村子严格到这个程度，而邻村车窝铺、王店营子的人却胆敢入侵。趁月光结伙前来盗搂柴草。"八路军"人单势孤，赶不走也夺不下耙杆，眼睁睁地看着他们从眼皮子底下满载而归。"八路军"将此事报告给老队长，老队长吩咐"八路军"这般如此，如此这般。"八路军"按计而行。蹲守几个晚上，终于发现了"敌情"，仍然是车窝铺的那几个毛贼又来盗搂柴草，便悄悄回来禀报。程队长早已安排妥当，组织十几名彪悍的民兵骑快马飞奔而至。民兵们个个义愤填膺，不容分说，三下五除二，点着他们搂的柴草，顿时火光冲天。程队长一声令下，缴获了四套拖杆，唱着《打靶歌》凯旋。拖杆对于农家来说至关重要。第二天，车窝铺的头面人物，也包括程队长的娘舅前来说情，保证没有下次，取回拖杆相安无事。

　　摁倒葫芦起来瓢，没几天王店营子的又来了。同样趁着月光，来了五六个。"八路军"像巡警一样例行公事上前劝阻。可是，他们非但没有停止，还把"八路军"捆起来放在育林坑里，当荷满载圆才放开。这些家伙都是膀大腰圆的壮汉，"老八路"奈何不了，任其挑着柴担扬长而去。事后"八路军"向队长做了汇报。队长动怒了："没王法了？还捆人？这是犯法！"同样吩咐"八路军"继续监视。果然几天后他们又来了，老队长一声令下，立刻火光冲天，缴获了六套拖杆。两天后，王店营子有头有脸的前来说情，经过几番交涉才把拖杆领回。但事情并没有就此打住，王店营子的个别好战分子站出来滋事，说这山属于他们，提出种种牵强的理由，并且扬言，从今以后，凡是王店营子与四节梁（柴达木的原名）结亲的，已婚的不准来往走动，没有结婚的毁掉婚约。本来两村是比较友好的邻里，算不上十门十亲吧，也算得上十门九亲，扯着耳朵腮动弹。当时已经结亲的：我家是王店营子的姥姥家，舅舅赵洪礼；我大哥吴品章的岳父是王店营子老于家；程队长的六婶娶了王店营子老温家的；仪明文、王金良（亲连襟）娶了王店营子张家的姐俩儿。已经订下婚约的，如我的表哥邵连忠与王店营子杨家姑娘杨井芝正处在热恋中。双方僵持不下。我方据理力争，尊重两村"一贯以干沟子沟心为界"的事实决不让步。最后通过市民政局及各所在旗（县）民政局出面调解。首先批评了王店营子闹事者，他们违反了"封山育林"的政策，涉事者侵犯了集体利益。至于边界，市、旗（县）民政局有历史依据，仍然以干沟子沟心为界，两村此处的边界纠纷就此罢手。王店营子和柴达木这对儿女亲家重归于好，以后的多少年中，又有多对鸳鸯喜结连理，多是王店营子的女嫁给柴达木的郎。

如今的这片林木在1986年与土地一样分给个人经营管理，已经间伐出许多檀木。20世纪80年代出生的后生修房盖屋所用木材大都从这里间伐。感激程队长、"八路军"以及其他曾经为封山育林做出贡献的前辈们，正应了那句俗话："前人栽树，后人乘凉！"

1984年市民政局组织旗县定边，王店营子村又一次交涉与柴达木的边界问题，还是这块封山。当时王店营子派村书记赵洪礼（我娘舅）、主任王学礼（表弟）谈判。当然，他们是听了个别人的怂恿。封山北偏坡脚下，靠干沟子沿边有一块较平坦的耕地，新中国成立后，被王店营子的杨家开垦耕种，就以这片耕地为依据硬说连同这个山坡都是他们的。当时，我任新窝铺村的村主任，仍然坚持尊重历史，以沟心为界，和王主任进行辩论，半开玩笑地说："你们王家是从半步道搬到涝泥洼的，能说半步道的哪块地哪块荒是你涝泥洼的吗？""那倒不能。"王主任尴尬地笑了。老舅当然不会无理取闹。双方再一次定边：北以沟心为界，东北以头道沟沟心为界。双方主任均签字备案。

另一件边界纠纷发生在下泉子。事情要从历史源头说起。

前文提到，儿时每逢端午节都要去东水泉子采艾蒿什么的。泉水流向的下泉子有一片茂密的杨树林，故事就发生在这片杨树林里。

杨树林的原主人叫李万珍，外号叫"大兔崽子一"。本来家住在新窝铺。新中国成立前是个破烂地主，到李万珍这里，越混越破烂，除了抽（吸毒）就是赌，一来二去家境破败，生活难以维持，之后搬到下泉子这块地方。河床上有几块比较平坦的荒地，面积不大。他来到这里，依山坡掏了个窑子住下来，开了几块荒自种自吃。那个时候河滩上已经有些树木。窑子不大，老婆孩子勉强栖身。据爸爸说，他曾经在这里和"大兔崽子一"一起掷过骰子，"大兔崽子一"输了，没钱，把窑子前的一盘碾子指给了爸爸抵赌资。爸爸曾再三嘱咐我，一定要把碾子弄回来。因为这东西实在太重，又没什么大用，就在窑子前挖了个坑埋了起来，现在仍然还埋着。李万珍赌博成性，"大兔崽子一"的得名就是从赌博得来的——推牌九连推出 11 把"一点儿"。所有成材的树全部输光了，实在混不下去了，搬到了林东的某个村庄落住了脚。

"文化大革命"时期清理户口，查到这个李万珍的户籍来源，他只好回到老家新窝铺，找大队革命委员会起个证明，说明他的故籍在这里。当时大队革命委员会的公章在大队会计庞凤池手里管着，可这个李万珍偏偏和这位庞会计不对付，庞会计拒不出具这个证明。李万珍万般无奈，想起当年在下泉子住窑洞时，经常与官地公社新井大队的人接触，于是就去新井碰碰运气。在那儿起了个证明，证明李万珍是该村的社员，贫农成分，没有劣迹等，盖了公章。这是1963 年发生的事。

当时这片林子没有多少成材树木，因为他走时把成材的都还了赌资被伐走，只剩下几棵较大的歪脖子柳，但根生的幼树倒是较茁壮。后来国家重视育林，号召植树造林。这片林木因为水源充足长势很好，被新井大队严管起来，并在这里成立了治山队，以这片林子为中心，不断向四周拓展，栽的都是大叶子杨（加拿大杨）。因为这事，柴达木人不干了，程队长怒了。乡亲们共同商议对策，维护自己的领土主权。

靠近树林的西南有一块不大的坡地，叫作老牛槽，有十来亩的面积，被新井大队的治山队开垦起来种了庄稼。程队长知道后想出了个办法。队里选麦籽时都要过筛，筛子下的都是秕谷或莠子籽，程队长派人打着犁杖，把这些东西种上了。出苗后分不清是草还是苗，治山队放弃了。可是第二年夏，治山队又在这里栽上了树。柴达木人看在眼里气在心头，愤愤不平。如此下去，他们会无止境地侵吞我们的土地。这些树如果长起来，土地的使用权永远归属了人家。就在下一年的春天，树叶即将绽放，治山队已经不在了，只留下一个叫郭清福的老头在这儿看管林子。这天下午程队长组织全体社员去老牛槽薅刚泛绿的树栽子，谁薅归谁有，还计工分。30多号社员早就义愤填膺，转眼之间把这片刚刚泛青的树栽子薅得所剩无几。实在薅不动的，也就留下了。正当社员们扛着树栽子往回走，看林子的老郭头从沟底上来了，他背着个粪篓子，发现这么多人，不知道干什么的。当走近一看，扛的全是树栽子，傻眼了，可了不得了，这大队还不得拿他是问？老郭头立刻发疯了，扔掉粪篓子，叫着程队长的小名大喊大叫："可了不得了，你还让我活不？趁我不在你们薅了我的树，我不活了，我这条命就给你了！"拿头就往程队长怀里撞，一把抓住程队长的前大襟。程队长往回夺，"刺啦"，前大襟撕下半扇儿。老郭头情绪失控，撞不着人，就捡起石头往自己头上磕。额头磕破了，鲜血瞬间流了下来，鼻子一把泪一把血一把。两个队长担心闹出大事，喝令：拿绳子绑上。这老郭头一听，马上安静了："好好好，绑吧绑吧。"主动背过双手任绑。其实他心里明白，"绳之以法"，是说犯了法才能被绳子捆，我没犯法，你们捆我，这是你们犯法，并且回大队领导面前也好交代。

这个老郭头是我的表爷爷，而且和爸爸关系不错。刚才他背着篓子从园子屋里出来的，种园子的王进得是他刚结亲的亲家，王进得的侄女王金荣和老郭头的侄子郭玉庭刚刚定亲不久。副队长王金祥是王进得的儿子，和这老头是亲家叔侄。老郭头被绑后，顺从地跟着队伍回到了营子。队长知道我爸爸和老郭头的关系，就先把他安顿在我家，让爸爸开导一下，稳定情绪，把绳子给解开也就算了。哪承想这老头挺顽固，说啥也不让解绳子，只好把他带到生产队饲养处。当时王金荣是大队的妇女干部，大家觉得让这位没过门的侄媳妇上前劝说两句，解开绳子。因为这事毕竟是两个营子的事，与他没有关系。嘿，这老头儿真倔，执意不让解，只好送往大队。当时任大队书记的是柴达木的邵功，邵书记劝一通，震一通，又讲了些同情理解的话——"边界纠纷是两个大队的事儿，跟你没关系，我和你们大队书记打了电话，没有你的责任，你们大队越界在前，我们薅树栽子在后"等，老头才肯让松了绳子。

　　两个大队各执一词，新井大队就以给李万珍起了介绍信为由，而新窝铺大队认为，边界原始就是柴达木的，而你们还无止境地拓展。

　　争执不下，又经过了民政局出面调解，批评了柴达木的错误做法。因为当时"封山造林"是大政方针，谁造归谁有。至于老牛槽这块地的边界属于柴达木所有，现存活的树暂时这样长着，并不属于哪一家的，只允许管理，不允许毁坏。从此，新井村放弃了对这里的管理，而柴达木也没有把这片林地参与1986年的承包个人管理之内。现在因疏于管理、牲畜破坏，加上干旱，林木已经寥寥无几了。

　　尊敬的程队长，又一次捍卫了柴达木的主权。

　　而新井大队便加强了对下泉子林木的管理，派专人常年驻守。看守时间最长的是三郑，孤身一人住进治山队留下的两间房里。后来娶了一个残疾姑娘，这姑娘的命也够苦的，聋、哑、傻、瘸、瞎占全了，生了两个女儿，没等两个女儿长大就去世了，葬于小房东百十米处。三郑拉扯着两个女儿，一个明全，一个明虎，两个小姑娘倒是挺聪明。父女三人除了靠大队给的报酬维持生活外，在林外的边边角角种些粮谷瓜菜，鸡鸭猪狗都养着，另外养着一头母驴，还下过骡驹。邻村有修房盖屋的，悄摸地卖几块檩子，卖了多少，收入多少，大队不知道，别人更不知道，只有他本人知道。电视机走进我们村儿家家户户，而外接天线需要超过房高的杆子，只好求助老郑头，他都能一一满足。两个孩子到了该上学的年龄了，三郑带着两个孩子离开了这里，也就到了改革开放的20世纪80年代。第四任是外聘于高家梁的老朱头夫妇俩。柴达木的一人一畜休想踏入，一草一木休想拿走。

这里有我一段真实的记忆。在担任新窝铺村副主任兼民兵连长时，1978年春，还没开始种地，我和李景春（时任治保主任）去耿窝铺下乡。当时队长是耿旺，午饭时把我俩派到杨井林家。这时李万珍正好在。（杨是李的妻侄）饭桌上有杨井林、杨井山、李万珍、李景春和我。李万珍不认识我，当提起父亲时，熟悉得很。很多老人的名字，他记得很清楚。这位李万珍，七十大几的样子，精神一般，挂着一根不成文的榆木棍子，很是凄惨，说是回来辞辞路。老伴儿没了，一个儿子也上吊死去，留他孤身一人。

因为我对东水泉子的边界纠纷有耳闻目睹的印象，便问他来龙去脉。他说："那是我们老李家的，我爷爷的父亲留下的，土改时农会也没给我没收，土改把我的地都分了，留下十来亩地，我的房子也被分了，没办法，三口人逃到那里，就着沟坎掏了个窑子将就着住下。我有个毛病，好玩儿（赌博），全输光了，欠下不少债。实在过不下去了，就搬到林东现在住的地方（当时说的小地名记不清了）。走时那里没有什么成材的树了，好一点的都还了输赢账。刚解放后人家要我原住地的证明，我回来起证明，咱们大队的财粮（会计）庞凤池不给我起，我俩早就不对付。没办法，我又到了东沟（现在的五十家子北沟），郭清花我俩不错，他到新井大队给我开的证明，证明我是这儿的人，没有前科不是坏人，写得挺好的。"

我问他："我听说你把下泉子给了新井了？"

"哪有的事？土改时农会说所有的土地、树木、财产都不是你个人的了，而是集体的，人人有份。我哪敢说那个话。当时也没有成材的玩意儿了，就有点弯弯榆、柳树，杨树都是根生树。粗的也只有二齿子耙粗，现在都应该是柴达木的了，因为边界是柴达木的。我这个家完了，一个儿子死了，侄子（新窝铺的李海）也不争气。你回去给认识我的人带个好。"

我们谈了很多，老爷子一点也不糊涂。我又问他那儿有多大面积。

他说："有七八顷吧，凡是有树的都是，周边没有别人的树。"

我又问："下面都到哪儿？"

他说："下边至玉皇庙，其他三面也没有边，反正都在沟堂子里。"

过了很长时间，我向杨井林打听李万珍的情况，他说看样子他想回来落叶归根，可没有投奔，李海一个人正在大牢里。把他送到官地起了车票，又给他拿了20元，也能到家了。

从我们的对话中得出以下结论：新中国成立前，这块林地是新窝铺人李万珍所有，因种种原因，他搬迁到林东。新中国成立后，土地归集体所有，李万珍没有权力把集体土地拱手送给任何人或任何组织，有原始版图足以说明。

1960年后新井大队组织过几人在此开荒种园子，栽了少量的大叶子杨（加拿大杨），并没有其他树种，所有的榆柳树都是原有的树木。新井大队以黄振荣为代表的大队林照登记的是五亩，这张林照是不合理的，他没有通过新窝铺大队柴达木小队的任何人的认可，竟将四至扩大得让人不可思议。1967年官地工委片面地做出处理决定是一厢情愿，那是"文化大革命"的产物。按事后时任新井大队书记赵兰奎调侃新窝铺大队书记邵功时的话："你就忍了吧，工委设在我们那儿，我只用两只小鸡、两斤小烧酒，我叫他们咋办他们就得咋办。"

2001年新井村把树木全部伐掉，本该把这块地盘归还给新窝铺村，可是松山区勘界办又片面地把新窝铺的地盘强行划分给新井村。而新井村的人又出来卖乖："你们新窝铺铁公鸡一毛不拔，我们几乎把所卖的树款都花光了，怕什么？捡来的麦子打烧饼，我们打点好了，你上哪儿告都没有用，什么复议啦，都没有用，我们区里有人。"确实，区里的赵局长，有关部门的所有领导及有关工作人员，没吃过我们村一顿饭，没喝过我们村一碗水，更不用说打点了。我们只求能秉公而断。结果呢，我们所反映的事实一句不听，篡改历史。

2001年，新井村将成材的树木全部伐掉。收回这块失地应该是个绝好的机会。从政策角度说，地上的覆盖物，也就是树木，因为当年新井村给李万珍起了证明，权且算个理由，牵强地被占有，只能说是时代造就，但土地所有权永远定在柴达木的版图上。如今覆盖物没了，土地理当归还原主。柴达木村民组长带领全体村民在这里挖坑植树，可是，区里的工作人员不允许我们栽。

当时我任新窝铺村的支部书记，与新井村的主任李国荣进行洽谈。大体框架基本达成，从窑子往上归还柴达木，虽然不能全部收回，也能收回大部分。我与村主任、柴达木小组长进行沟通。当我征求他们的意见时，不知这二位是怎么想的，只扔下一句话："李鸿章死了多少年了，还来这个？"二人跳上摩托车，一溜烟扬长而去。

我当时的理解：我的做法只是权宜之策，这两位一定有更好的方案，可以全部收回，或者是……隐约觉得李鸿章的形象应该是卖国贼。呀！我倒吸了一口凉气，不由得浑身打战。"小公鸡打鸣好听"，别成为历史罪人，也就放弃了。

此事最终不了了之，留下了不可原谅的、追悔莫及的遗憾。又成为一个历史片段。

庞凤池、李万珍，这对冤家的隔阂恐怕一直没有解开，他们这对过客如同东大坡的流沙不知滚落到何方，可柴达木的这片土地，如同在柴达木人身上割去一块肉，结下了一块大大的疤痕。每当看到这块林地，我扎心般疼痛，心里如同塞进一把棉花，欲哭无泪。没有下大力气处理好这件事，这是我终生的遗憾。庞凤池肯定没料到有今天，可我却料到这里的明天，恐怕永远成为历史。

唉，内忧外患并存。

如今这块林地已经属于私有财产，真希望我们的后人把它改写回来，让它理所当然地、永远地钉在柴达木的版图上。

第三次边界纠纷是与官地金矿。

站在石砬子线上向东放眼望去，地表上满目疮痍。改革开放的浪潮席卷全国，1986年后的乡镇企业更如雨后春笋遍地开花。探矿、开矿、采矿成为发展经济的唯一途径。官地金矿便是在这个背景下成立的。他们盲目地探矿、采矿，把手伸进了我们柴达木边界大阴背、夹心子坡。五十家子北沟的农民竟明目张胆地用链轨车在大阴背上开荒。这意味着什么？意味着失去土地所有权啊！又一次维护边界主权的争端开始了。

他们挖，我们拦，矛盾逐渐升级。两个乡的领导及企业办的工作人员进行交涉，仍然没达成共识。同样地，在各执一词的情况下，市民政局出面调解并再次定边，将老牛圈子山顶峰分水岭向南，馒头山分水岭至四节梁大坡的战壕（1971年备战备荒时，两公社合挖的）定为边界线，两村主任都签了字。当时我任新窝铺村村主任。大阴背开的荒一并收回，恢复原貌。

1980年，庞家梁与官地乡的白音和硕村的边界纠纷也同样闹得不可开交。南沟阳坡对面的阴背，被白音和硕大队栽了树，时任庞家梁队长庞国孝带领社员给拔了，同样触犯了森林法，被判刑两年。当时我任新窝铺村村主任，李玉峰任支部书记。我们多次出面找县政府、公安局为庞队长说情："因为庞队长没有文化，法律意识淡薄，也是为了维护本队利益，应该适当宽缓处理……"边界讨回，同样在版图上签了字。这个山坡的树仍然是两家管理，只允许保护，不允许破坏。目前与柴达木的老牛槽同样所剩无几了。

1979年新窝铺东孤山子和车窝铺的边界纠纷。

新窝铺东孤山子北靠干沟子沿，有一片荒地，大队用链轨车开垦起来。当时开车的是王金柱。白天干活，晚上因没有车灯不能工作，王师傅就把大犁放在山上，开着车头回了大队部，第二天早上开着车头去干活，发现大犁不见了。王师傅瞄着印到了车窝铺。原来是车窝铺的队长王海带领社员，用四匹马给拉到车窝铺，理由是开了他们的荒。

干沟子南沿，却有几块地是车窝铺开的，不知道哪个年代开的，历史久远。就因为说这座山坡的荒，都是他们的。双方仍然是各执一词，争执不下，仍然通过民政部门调解：荒是新窝铺的荒，边界以干沟子沟心为界，同样两村主任签了字。

耿窝铺与六段地的边界纠纷就更荒唐了。

六段地属翁牛特旗亿合公乡五段地大队管辖，与我村的耿窝铺

33

接壤，两村之间有许多插花地，插花地间有部分荒地没有明确权属。20世纪80年代农民对土地开始重视，有头脑的人就试探性地开垦了些。矛盾就从这里开始产生。这边种那边破坏，那边种这边不让。有时翻青苗，已经收割的庄稼铺子被扬。严重时大打出手，甚至群殴，双方都有伤害。双方村干部也坐下来商谈，但各站在各自的一边，稍微让点步吧，具体到每个社员又不能接受。矛盾逐渐激化，愈演愈烈。当然，问题被反映到双方的旗县政府。不用说旗县政府责令乡政府进行处理。

也不知道两个乡是怎样商讨的。耿窝铺村民当然是期盼能有一个理想的结果。

这一天我正在村里办公，在乡计生办工作的王显民（耿窝铺人）从乡里回来，走进办公室，口头传达孙乡长指示，让我速去乡政府一趟。

这里不得不多加几句，孙乡长名叫孙久宗，赤峰五三农牧校毕业，属于老三届毕业生。当时政府任用干部实行文凭制，岗子乡政府职工中，只有这位一直分管畜牧工作的孙助理首屈一指，当选为岗子乡政府乡长。

我走进孙乡长的办公室，乡长首先向我传达了乡政府办公会议精神，郑重其事地说："为了解决耿窝铺的边界纠纷问题，政府班子立会经过讨论决定，将耿窝铺划分到翁旗的五段地村，只有这样边界纠纷才能彻底解决。"

当时听到这个决定，我心中十分气恼，这样就能解决纠纷问题吗？把耿窝铺划出去，回头耿窝铺和新窝铺发生边界纠纷，再把新窝铺划分出去，照这样干脆把新窝铺整个村都划到翁旗去算了。我和乡长说："既然你征求我的意见，往外划耿窝铺坚决不行，要划就把整个新窝铺村划出去。"说完我便甩袖子离开乡长办公室。

王显民回去跟村民说了乡政府的决定，更是气炸了，认为我会服从乡政府的决定，情绪一触即发。我经过再三阻拦才控制住了局势。

经过几番交涉，双方旗县民政局实地调解。最后解决的结果：

保留插花地，以分水岭为界。又一次在版图上签字，此处遂安。

再一件边界划分是新窝铺大队分家。倒不是划分边界有多少纠纷，而是在家产的分割过程中夹杂着边界而产生的争端。在这里要赘述一下分家的前后经过。

早在 1941 年，中国共产党第一次提出土地改革主要在革命老区进行。我们新窝铺行政村的前身是在上芥菜沟，此时人们对土地改革的内容和意义还是很迷茫的，但已经在试探性地进行着。行政村的称号最前身叫农民协会，简称"农会"。在农会的领导下，土改工作小心翼翼地推进着，但收效甚微。土改的本质就是把集中在少数人手里的土地平分给现有人口。因为当时全国还没有完全解放，国共两党的关系十分紧张，在我们家乡更是时起时伏。有时即使把土地，包括牲畜、生产资料、物资等分给穷人，但穷人不敢要，主动送还给原主人的现象时有发生。当时农会的第一任主任是宋子春。1942 年，新窝铺成立了农会，主任马文斌，成员赵玉发（赵晓锋的爷爷）、王桂勤等人。土改是共产党领导的群众运动，基本上正常开展起来。1942 年，上芥菜沟农会合并到新窝铺农会。1947 年改名为新窝铺作业区，主任是宋子春，成员李华瑞，1949 年成立了互助组。1953 年改为新窝铺农业合作社初级社，各自然村由互助组改为小社，主任耿凤廷，副主任邵功，后来增加了委员赵连科、王金祥、韩起。1950 年成立了党支部。（1950 年之前，党的工作一直由党的组织部分管）支部书记耿凤廷，委员宋子春、李华瑞，这是新窝铺第一任党支部。宋子春、李华瑞、耿凤廷、毕续玲于 1947 年加入党组织，属新中国成立前入党的党员。1950 年才在组织内部公开，1958 年改为新窝铺生产大队委员会，各自然村的农业小社改为生产小队。（1967 年为"文化大革命"委员会，1977 年为革命委员会，简称"革委会"，1983 年改为村民委员会，生产小队改为村民小组直到现在）生产大队党支部书记邵功，胡华轩任主任，耿凤廷调岗子人民公社良种场工作，委员有赵振友、郭成玉，会计庞凤池，副主任赵连科，青年书记王金祥（从 1954 年开始任青年书记）。

1970年，邵功因后续老伴儿是地主成分，属阶级路线不清，被免去支部书记职务。赵连科接任支部书记，徐井春任主任，李玉峰任副主任，魏国珍任会计，张大军任民兵连长。

1979年新窝铺大队分家。新窝铺大队有十个生产队，分东五队和西五队，此时的大队班子成员中担任主要职务的都在西五队。从客观上讲，大队东西幅长30多里路，干部上班路途遥远，又是过沟爬梁，还没有交通工具，而且用不上交通工具，就算是自行车，除了沟就是大梁，发挥不了作用，实在是不方便。每当组织一次队长会议，西五队的就得住在大队部里，在管理上有很大不便，但主观原因起了重要作用。

这要追溯到1978年。当时公社革命委员会实施老中青三结合，时任新窝铺革命委员会副主任李玉峰在全公社基层干部中最年轻，当选为公社革命委员会委员。李玉峰年轻，斗志旺盛，在工作中总提出自己的意见和见解。

这里还有一个插曲：我在1973年被列为党的培养对象（积极分子），1975年的一天，我在大队值班，傍晚时，新窝铺有一位叫庞凤廷的老人（70多岁），手里提着一瓶酒，邀请我去他家喝点酒，唠会儿嗑。这位老人家按老亲，我该称他老太爷，他老伴儿还是我姑奶奶的小姑子，这么大年龄，我也不好驳人家的面子，也没多想，就依从了。没有别人，就我们老爷俩儿。老爷子提出划两拳，拗不过，只好顺从了。划拳中肯定有"爷俩儿好"吧？就这个"爷俩儿好"坏事儿了，不知谁告了密，被这位赵书记知道了，可了不得了！赵书记非常严肃地批评了我："他是地主成分，和他喝酒叫'爷俩儿'，还有阶级立场没有？不可以，你的组织问题还需要再接受考察……"

所以我的组织问题直到1979年才得以解决。其实，这属于"文化大革命"的余毒。

赵书记向公社党委政府递交申请，打了报告，正式提出把新窝铺村的十个生产队分成东五队一个村，西五队一个村，西五队村部放在上芥菜沟。公社革命委员会再逐级向上报请县、市、自治区批准。

毕竟增加一个行政机构，必须有自治区政府批准方可实施。过了大半年时间，申请被批准了，也就到了1979年。

当时原大队的家底几乎全在新窝铺：大队部房舍办公室七间，中心小学一所，房舍五间，代销店、医疗点若干。高低压线路5千米，50千伏变压器一台，30千伏变压器一台，从公社到大队电话线路约10千米，75马力东方红链轨拖拉机配套翻地犁一台。最关键的还不止这些，当时集体有林面积基本在东五队：耿窝铺南阴坡林地、大芥菜沟南阴坡松树、庞家梁沟底至燕家沟两侧坡上榆树（属斗争地主的）及燕家沟外西阳坡杨树林、柴达木南沟杨树林，这些林地都是十个生产队共同创造的。还有些办公用品。而上芥菜沟只有一所小学三间房。

为洽谈此事，徐主任特邀我和李玉峰到他家，在场的有赵书记和魏会计。徐主任提出：房屋及电器线路及变台作价由东五队付给西五队，或连工带料给西五队盖起原大队有房的半数间，耿窝铺南阴坡及大芥菜沟南坡的树林归西五队，链轨车归西部队。

李玉峰不便表白，我是坚决反对。首先，既不能出资，又不能让东五队背负债务，更不能出工。两块林地更不能给，你可以把这两块林地的所有树木砍走，但绝不可能把土地带走，这涉及土地的归属问题。你可以把现有林子的所有能用木材伐走，有多少伐多少。至于链轨车，抓阄儿。谁抓到给另一家每年翻地500亩，无偿翻10年。结果僵持不下，没达成协议，不欢而散。

又搁置了三四个月，其间有公社某领导出面调解，我坚决不让步："他们不同意就别分嘛，过得好好的，为什么要分呢？是他们提出来的，又不是我们提出来的。"我的态度很坚决，所以分家问题继续搁置。

后来又过了两个多月，公社派下乡干部辛天庆、宋成明来到新窝铺专门解决这件事。下乡干部采纳了我的意见，增加一项：将大芥菜沟治山队的30千伏变压器及线路归西五队，五间房子木料扒走。链轨车抓阄儿。工作组半做工作半强制达成一致。辛主任写了两个字条揉成团儿放在帽子里摇晃后，问谁先抓，他们让我先抓，不客气，那我就先抓。我还真抓到了，就是那台被车窝铺拉走大犁的神车。

两天后，西五队来了11辆四套大胶车，一天的工夫，除了大芥菜沟的落叶松因没成材而躲过一劫外，其他林子狼藉一片，就连椽材也一扫而光，尤其是庞家梁沟底的榆树几近空无，只剩下几棵歪脖子柳，此后这里没了榆树的踪影。1962年前后，我们每年都要到这里来采榆树钱儿、撸榆树叶，因为这里的水源充沛，榆树长势茂盛，自然是叶阔钱儿肥。徐主任说榆树当电话线杆搁烂被一扫而光，永远不复存在了。整整拉走了11大车，就连树梢也不曾留下，满载而归。

其翻地的承诺，因机械不给力，第一年去给他们翻地时机器出了故障，修了一个月没修好，上冻后拖回来的。此后再也没去翻，对方也没再追究。

就这样家分开了，就这样不欢而散。

边界自然以各自然营子的边界为界。

如果说让我在新窝铺村的边界上画一条线，有把握地说，手到擒来！

在农村集体经济或者叫作计划经济时期，为了确保完成国家摊派的公粮任务，对各生产队的耕地每年要做两次普查。6月末一次，普查青苗。秋天割地打场时，还有一次，普查实际产量。畜禽存栏数也同样有两次普查。6月末，主要普查土地耕种面积及作物分类、畜禽存栏数。秋季普查主要是各种粮食实际产量。比如，某队种谷子200亩，估产60斤/亩，200×60等于12000斤；小麦200亩，亩产50斤，200×50=10000斤；莜麦200亩，亩产50斤，200×50=10000斤；其他各种杂粮杂豆，土豆每4斤折1斤原粮……每块地都必须走一遍。把这个生产队的种植面积都估了产做了统计、汇总，合计后总产量出来了。总产量的20%就是该生产队应缴的公粮数。畜禽存栏中将使役的精畜、散畜、繁殖母畜分别统计数据存档。年末普查后多出来的无非两个渠道：一是出生幼畜，二是购入。少了，也同样有两个原因：一是自然死亡（用皮张证明）或宰杀，二是出售。宰杀要交屠宰税，出售交增值税。然后按存栏数预留料粮。所以每个生产队（也包括西五队）的耕地情况同样了如指掌。

荒地也是如此：荒山面积、荒山土质情况、分布情况、小流域治理……

林地：有林面积，国有林、集体林、用材林、经济林、生态林、防护林等的分布，森林覆盖率完成情况，造林计划等。

无论是荒地、耕地、林地，小流域，还是各生产队间的边界情况，都要明确，尤其是闲置的荒地，农民小开荒，最容易引起争端，必须把矛盾处理在萌芽状态。

在新窝铺村的边界线上，留下了我的足迹；而在这块版图上，同样留下了我的手迹，因为凡有过争议的，经过民政部门处理过的地方都有我的签字。

第五章　红白喜事

农民们没有任何奢望，填饱肚子也就谢天谢地了。难就难在该给儿子娶媳妇的家庭了。男大当婚，女大当嫁，乃是人之常情。当嫁的女儿家，上门提亲的媒人几乎把门槛子踢破了，养女儿的那是"银子包"。养儿的家庭，那要看家"趁"人"知"否，两样全占的，同样上门提亲的会踢破门槛，家"趁"的自然人"知"了，"一家过日子，十家瞭高"，这样家庭的儿子还没来得及到当婚之年，已经门庭若市，早被有心的老丈人盯上而爱好搁亲了。

所谓家"趁"，当然指的是那些相对富裕的家庭：小院里有整齐的柴垛，炕上有比较大的被垛，有比较体面的大门口，并且有个能上锁的杖子门。家里的大人孩子能礼貌待人。穿戴整齐，哪怕是补丁也整洁顺眼，针脚均匀，而不是大锅子小梁的。谁家都没有什么像样的摆设，但是窗明几净。大凡这样的家庭，成员个个勤劳厚道，自然口碑就好。人的名树的影，三里五村、十里八乡早有耳闻。这样家庭的儿女早被"月家老"看中，一定匹配一个门当户对的家庭。这些人民公社的第一代农民新中国成立初期基本在一条起跑线上，只要勤劳肯干，都能给自己置办一个窝儿——一个避风挡雨可以栖身的窝儿。

光棍还是有的，多种因素而致，首先，取决于人的本身。不是那么勤快，加之家庭基础不好，或者因病致贫，人穷了不干，马瘦了不吃，破罐子破摔。哥兄弟又多，又是挨肩来的，顾了老大没等缓手，老二、老三都到了谈婚的年龄，一来二去，错过了最佳时机，成为大龄青年。

　　"银子包"们也不尽一致，上有兄长，下有大弟的，"银子包"却不是姑娘们的私有，彩礼、布匹、聘礼几乎连包递给哥哥或弟弟的岳丈家，剩给自己的也就象征性的那么星星点点：梳头裤子梳头袄，冬季出嫁穿走一双棉鞋，夏季出嫁穿走一双单鞋。临出嫁的那一刻，尽管同样有亲戚朋友的祝福，同样有彩车前来迎娶，同样有噼里啪啦的鞭炮声，而姑娘怀里抱着的只有那面象征新人心中敞亮的小镜子，怀前那个崭新的洋漆盆儿，盆里仅有的毛巾、香皂、雪花膏，伴随着姑娘的伤心，化作串串泪珠洒满胸襟，人们还戏说："哭吧哭吧，把金豆子都留在娘家……"姑娘越发放开悲声，夹杂着大车轮子的嘎吱声，渐渐消失在妈妈的泪眼以外。

　　姑娘只得打碎银牙肚里咽，与夫君相扶着过日子！她又哪里知道，她与嫂子（弟妹）是同病相怜！

　　仪家三哥娶媳妇的日子定下来了。不仅是一个家庭的喜事儿，更是全营子的喜事儿。尤其是我们小孩子，恐怕和新郎官同样盼望这一天快一点到来，因为有两次能得到喜糖的机会。第一次是截新媳妇车，堵门。东家会像下普雨一样把糖或酸枣、黑枣、大枣扬向人群，孩子们疯抢。新媳妇趁混乱之机被人们护驾钻回屋子。第二次机会是新媳妇进门第二天晚上的搅酒，闹到一定程度，同样在院子里撒些糖果，孩子们哄抢，尽管得到的寥寥无几，但都很有收获感，毕竟平时是看不到的。

　　大一点的孩子们还会有新招，得到的战利品会更多，更丰厚。比如，确定明天哪个老板去娶亲，那么这辆车上的套具会被摘得干干净净，所以走车前东家委派专人拿钱或糖或烟来赎，每件用钱赎也就块八角的，糖果一包，说不定里面包几块儿，大都是酸枣、黑枣、花生之类，也许是烟卷，金丝猴牌、简装大前门、大生产。但不论咋闹，不能误了发车的时辰，这很重要，误了时辰是很不吉利的，"好日子不如好时辰"嘛。还有一项——锁柜（箱子）：新媳妇进门得有随身物品，包裹什么的，得往柜（箱子）里放吧？嘿，被人给锁上了，还不止一把锁，柜（箱子）鼻子上能插进几把锁就会锁几把，同样拿物来赎。都是闹得着的小叔子、小姑子或侄子辈的。尽管说结婚头三天没大小，但也绝不会是大伯子、叔公公这么闹的。象征性地图个喜庆、热闹。

娶亲的喜日子到了，三哥吓得不敢露面，怕闹着玩的人摘他的帽子扒他的鞋，那样，新郎官可就尴尬了。

因为距离新娘子家路途很远，还要去岗子公社登记，所以娶亲车起了个大早就上路了。车厢里铺上毡子，随车带的有三件物件，无论冬夏都是不可少的：山羊皮白茬大氅、毡疙瘩、口袋。前两件是给新人御寒用的，穿与不穿都必备。口袋是用来装新人包裹的，但只限口袋，绝对不可以是麻袋，习惯上是最忌讳的。

三哥吃过上马饺子，坐在车后尾挎板上走了十几步，相当于上马吧。有人告诉他："下来吧，在家等待，过晌去公社等着登记，给媳妇准备点礼物，大度点，别太小气……"三哥美滋滋地点头答应。吃过午饭步行去了岗子。在供销社被媳妇敲了不大不小一记"竹杠"，买了点糖果给了公社秘书，办理了结婚证，一张并不雅观的纸，上面盖了公社革命委员会主任的私人手戳儿。

晚上太阳即将落山，娶亲车才回来。逗着玩的孩子们拥上去截住车要糖。车上坐的不单是男方娶亲的，还有女方送亲的成年妇女和一名男子。这两个角色必须有选择性："姑不娶姨不送，舅妈送了长黄病，姥姥家人一个都不用。"在他们的劝解下，新娘子在怀里小心翼翼地掏出一把糖来，打发了孩子们。车到了大门口，"闹鬼们"堵住大门，里外水泄不通。送亲的男子抱着口袋什么的很轻松进了大门口，因为不允许从送亲人手里夺东西，而且得主动让路。送亲男子一定是娘家哥或姑表哥，抱着包裹进了婚房，柜（箱）鼻子上的锁已经不见了，娘家哥把包裹放进去，挂上随身带来的新锁，钥匙交给婆婆。为什么挂上而不锁呢？这可有说道，锁了等于锁住老婆婆的嘴，那还了得！

等了很久，新娘子却不下车，原因是没配足"压腰钱"，坐在车上僵持着，场面很尴尬。所谓"压腰钱"，是指新娘子怀里揣着的钱，有多少，男方对应地配给多少。这是个潜规则，不在介绍人管理范围内，数额却没有规则，可大可小，三十二十属正常，五十开外稍有点过关了。正因为僵持着，一定是新娘子的要求过关了，或者是矜持。女方的介绍人上前凑近新娘子说了几句悄悄话，新娘子连连点头。介绍人向值惬的示意，值惬的高声喊道："拿凳子来！"早已守候在一旁的耪忙人迅速将凳子递上。

值惬的高声喊喝，有意识地提醒院子里的耪忙人有所准备，特别是后厨的大、小灶子，因为晚饭还有两桌子席：除了赶车的跟车的、娶亲的、送亲的一男一女，还有两个上等贵宾——送嫁妆的。娘家陪送的嫁妆，在彩车到达女方家之后，两位挑夫模样的男子，便各挑一副挑筐上路直奔男方家来，中午稍过才到——四扇或六扇（镜子），后来到墙壁镜子、梳头匣子或梳妆台。其实这些嫁妆都是男方出的资，包括在"大礼"之内了。到20世纪80年代初，讲究的家庭有送箱子的，但不是挑子了，改为小驴车了。嫁妆不尽相同，一方面取决于时代，另一方面取决于家庭经济状况。"好儿不争坟头土，好女不争嫁妆衣。"无论陪送多与少，懂事的姑娘都不会争，男方也不可能挑剔，而是笑脸相迎，视为贵宾。所以，晚上这些人一定是用正席标准接待。当然，两位介绍人也在其中。

新娘子下车了，并不踩凳子。上去几个小小子抢新媳妇的包，扒媳妇的鞋。在娶亲的、送亲的竭力保护下，"突破"一道道防线，终于坐在了老婆婆的炕上。

"媳妇上了床，媒人靠南墙"，倒不是说媒人没用了，而是媒人的使命已经完成，该卸任大吉了，频频地接受男女双方的恭敬："俩孩子的事，尽让你们跑腿费心了，辛苦你们了，菜也没啥好菜，喝两杯水酒吧……"轮番把盏，轮番敬酒，还得划拳打通桌。介绍人早把以往的痛苦、烦恼抛到九霄云外了。

我不会参与抢了夺了或是堵门口之类的。也许是同情新娘子路途颠簸，乍离开娘怀心酸，或者是一直尊崇新郎的父亲——三大爷，而不给他老人家添乱，或者觉得这样做不太地道，只是在旁边看热闹，单等"天女散花"般的喜糖抛出，再往前冲。等到了，也满足了，拉着二弟往回跑。其实我抢到的并不多，而是值惬的悄悄塞给我个纸包，推我一把，示意"回吧"，才跑回家来，打开包一看，嗬，硬货多多！

第二天早上，新娘子在事先预定的时辰，从婆婆的房间走入自己的洞房，与三哥向着主席像行了大礼。正吃着子孙饺子，突然窗外有人撕破窗户纸问道："生不？"一对新人被问个愣怔，三哥顺口答道："不生啊！"旁边有人催促新娘子："快说生，生，说呀。"新媳妇丈二和尚摸不着头脑，只好顺从地答复："生。"一阵大笑。有个大伯嫂子又补充问道："生几个？"新娘子这才转过劲来，感情人家说的是"生孩子"的"生"，羞得满脸通红，把头深深地埋在怀里。三哥还欲解释，已经被欢笑声淹没了。

送亲的哥哥给新房挂上从娘家带来的门帘，可奇怪的是，挂门帘的钉子必须由哥哥砸在门框上，而且不用锤子而是用秤砣砸，还只挂一面，什么寓意说不清楚。

新娘子才看到自己的洞房，或者是介绍人兑现了理想的"压腰钱"，又或者是受到众星捧月般的尊崇，再加上这富丽堂皇的洞房，再也不是泪眼扑簌，而是心花怒放了：北墙根儿一口三节红躺柜，柜上崭新的、时髦的罩子灯是娘家陪送的，从新娘子进了门就已经点燃，还在亮着；墙面中央挂着一面墙壁镜芯，也是娘家陪送的；镜芯上方贴着大大的毛主席和林副主席的合相。侧墙上悬挂着墙壁镜子，壁镜的两小扇水蓝底红字对联"四海翻腾云水怒，五洲震荡风雷激"，横批为"为人民服务"，也是娘家陪送的；炕席是新新的高粱秆编织的，炕上的被褥都是新的，最惹眼的是那条长长的双人枕头，青布做成，枕头顶完全手工刺绣，一对戏水鸳鸯正在亲昵着。新娘子的目光在枕头上驻足片刻，嘴角眉梢微微上扬，脸膛泛起略带羞涩的红晕；呱嗒嘴窗户除了刚刚被撕开一处外，都是大白纸糊的，正中央贴了个大红的双喜字；炕围用蜡花纸装裱，八宝勾云纹图案让人感到舒服暖心；顶棚是大白纸糊的，墙面是报纸糊的，一点臭虫血也没有；刚刚和郎君向毛主席行了大礼，还用手悄悄地撩拨了他一下，心里痒痒的……

新娘子虽然继续坐福，但不那么拘谨了，也许是因为一会儿娘家开箱车到来，也许是憧憬着新生活的缘故。

将近中午，开箱的来了两辆大马车，约20人。坐定后新郎进屋满水、点烟，在女方介绍人的引见下彼此称呼着，寒暄一阵开席。酒菜摆下，值愜的带领介绍人及一对新人按长幼依次斟酒，无论喝与不喝，都主动地掏掏腰包，给姑娘"添箱"，所谓"添箱"意思是往姑娘的箱子添东西。最有价值的当然是钞票了，除非年纪比姑娘小的免掏外，其余均有所表示。最亲近长辈5元，次之2元，同辈1元，登记在册。有的亲友不能随车来的在娘家添了箱，同样登记在册。礼金或者交给娘家爹，或者交给姑娘。有的交给娘家爹代管理，有心的娘家爹，买几只大绵羊母子给闺女代养着，包括那只"传节"的羯羊调换成母羊，几年后姑娘分家单过时，赶回一个羊群。

这种情况不多见。这要看娘家的家庭条件，不充裕的，得带回去还债或者是人情往还，又或留给儿子做同样用途。

留给姑娘单独管理的数额不多，作为小两口过日子的第一笔启动资金吧。遇到上有兄长下有大弟的，留给姑娘的就更少了，只能在辛酸中理解与接受了！

晚上搅酒更热闹，与其说搅酒倒不如说祸害两位新人更恰当，别出心裁地变着花样刁难。尤其是那些不俗不雅、不伦不类的酒令，弄得新娘子脸红脖子粗："炕上一幅花绫被，地下一口红堂柜，小两口脱巴脱巴就睡……"

闹到一定程度，值宾的在院子里再一次"天女散花"，把孩子们引到院外，三哥逃遁，搅酒宣布结束，该布置寝榻了：炕席角里放栗子枣，"一个栗子一个枣，一个丫头一个小儿"。铺炕："炕大被子宽，丫头小子往里钻。"主持人临走出门口用擀面杖敲打门框："擀面杖磕门框，丫头小子一大帮。"做这些的人选可有讲究，必须是丫头小子都有的全命人。不用争讨，红包必给。

这对鸳鸯厮守一生，似乎有约，虽不同生，但一世同衾而眠，同死同椁而息，修来的福哇！

当我长大一点后，参与到其中时才更了解娶个媳妇有多麻烦了。

不论哪一对父母，自打儿女出生就注定有娶媳妇聘闺女那一天，也注定会成为公公婆婆、岳父岳母，也就注定为此而拼搏，巴望着这一天早点到来。负责任的父母为自己，也为儿女创造一个殷实的家底和良好的口碑，并为此而践行着，希望这一天不是请媒人而是媒人主动上门提亲。这类父母将来一定是"家趁人值"的标榜。

不负责任的父母肯定是另类了。

有媒人上门可是庆幸了，更是体面的事。虽说"馋当媒人懒出家"，但心存善念的媒人未曾搭这座桥，牵这个红线，都会权衡是否门当户对，两人的属相是否犯相，这都有规则：白马犯青牛，羊鼠一段休；金鸡怕玉犬，猪猴不到头；"蛇见猛虎如刀锉，龙兔泪交流"。周边有哪些障碍，确认有七成八落才可运作。还得物色物色另一方谁可以做搭档，能说进话的，能主一半儿家的，比如，孩子的娘舅、叔叔大爷、姑父姑母。都是走入社会的成年人，年轻的肯定不行，"嘴上没毛办事不牢"。两位介绍人各打前站，然后再交换意见，先到哪一家，再到哪一家。大凡这种情况，两个家庭都很默契，相互尊重。男方"有粉往脸上擦"，慷慨地告诉介绍人："我的事就是你的事，你只管做主，一拳打个窟窿，咱过得去也得让人家过得去……"

女方也大度："不指望丫头过贱年，咱们哥们儿爷们儿的，都不是今天下雨明天就出来的狗尿苔，况且还有她舅（叔），差不多就行，咱孩子还得去人家过日子呢……"

嘿，看看痛快吧，这叫一顺百顺！两位媒人一拍即合。

该走向正题了：彩礼布匹、嫁妆、猪酒米面。两人先去趟男方家，征求意见，说："媳妇扑着多大个谱啊？"

"别，经打佛口出，看看女方咋说，人家也不是吊锅当中打的日子，也不会过关，还是那句话，你老哥俩儿做主，绝不会让你们老二位作瘪子……"

二位怀揣着踏实去趟女方家征求意见，女方更仗义："他济赏，人家也不是三枪打不透的，没有行市有比市，给多接多，给少接少，一个不给我也搁这门亲。"

男方媒人说话了："你们亲家说了，经打佛口出，你说。"

女方夫妻俩交换了个眼色："那我就说了，你老哥俩再掂量一下，280 元，咋样？"说完脸红到脖子。

男方媒人一听，一锤定音："280 元就 280 元。"其实已经和男方打了背弓，这个数肯定是在接受范围内的。接下来讨论细项：彩礼钱是一膀扛还是分几次给，定亲衣服，鞋脚袜子……那个年代还没有三大件"车子手表缝纫机"啥的，但是房子必须提到纸上，红堂柜必须有。根据年龄确定大致结婚时间……

女方痛快："到年龄就让他们结。"

新中国成立初期到 20 世纪 60 年代婚姻法规定的适婚年龄大概是男 20 岁，女 18 岁。

男方择良辰吉日，确定打对光的日子，各自筹备。

只要说到这个份儿上，下面的事情都顺理成章了。

在那个年代，彩礼 280 元是偏低的。彩礼多少并不取决于姑娘长得多俊、多有才华，而是取决于男女双方家庭状况。姑娘越漂亮，越有才华，未必彩礼就越多。姑娘长得一般般，也没啥特长，相反彩礼却更多，不用说，肯出钱的男方家庭、孩子肯定另有原因。两种家庭两种境况，无论眼下或是将来都没有可比性，完全取决于人的素养与理念。

在那个特殊年代，两小无猜、青梅竹马的不一定走到一起；而且被封建意识干扰，男女有别，授受不亲，婚姻大都是父母做主、媒妁之言。所以，家庭基础相对较差，弟兄多的，男孩又不出众，年龄偏大等，因娶媳妇致贫的很正常。

彩礼钱有标准吗？唉，男一家女一家。养儿有养儿的苦衷，养女有养女的无奈。听老人们讲过一个故事：一家女孩在谈婚论嫁时，介绍人征求女孩儿父母要多少彩礼，父亲叼着烟袋淡淡地说了一句，介绍人却打了个冷战，"别的啥也不要，一天一个烧饼钱"。

一个烧饼一角钱，18 年多少钱？648 元！对庄稼人来说，在那个年代就是个天文数字。能说人家要得过关吗？父亲又补充道："他家娶媳妇多了个劳动力，而我家却少了个劳动力。"这也在理。

换了个家庭却有另一个说法："养女不打饭钱，一个女婿半个儿，我又多了半个儿呢！"

天上无云不下雨，地上无人事不成，唉，全凭媒人的"一张伶俐齿，三寸不烂舌"了！会当的媒人两头瞒，不会当的两头传。

基本框架谈妥后，选择在哪个介绍人家或公共场合，如供销社、集市，双方打个"对光"，只能在外表看个轮廓，高矮胖瘦。双方目光能否对视很难说。听天由命吧，看皮看不了瓤儿……

"六腊月不换盅"是祖传的习俗，必须避开这两个月和农忙季节。多半都选择正月。日子到了，由女方出大车去男方家做客，也叫换盅，又叫换手巾，还叫相门户。

女方至亲为客，坐在炕上，男孩儿进屋倒倒水，点点烟，顺势瞟了一眼姑娘，同样姑娘也瞟一眼男孩儿。双方都像触了电似的，战战兢兢地，再一次近距离秒视。男孩儿出来，被介绍人拉到一旁问："咋样？中意不？"男孩儿如果抿嘴不说话，点个头便是同意了，"低头不算点头算"。如果皱着眉头嘟个嘴不说话，这表示没看中。招来众多家人一通开导："人家姑娘咋的，虽然个儿小点，可人家还长呢，你有啥了不起？不撒泡尿照照你自个儿，有人肯嫁你就烧高香吧！"孩子投降了。女孩儿那边也是同样，最终还是点头答应。

换手巾，就是互换礼物。在早先是互换手巾，后来手巾里包入了礼物：读书识字的手巾里包支钢笔或笔记本。男孩儿给女孩儿包一瓶雪花膏或花手绢。俩孩子没意见了互换礼物，皆大欢喜。

女方介绍人叫准公公婆婆过来，让准儿媳给满满水，但可不白满，得掏掏腰包，给"满水钱"，多少无据，争着不足让着有余嘛，谁有粉不往脸上擦？为了给儿媳妇留下首个好印象，咬着牙也得大度点。儿媳妇也不可能掰扯着数，多少都能笑纳，还要谢谢叔、婶。

值惬的一声高喊："摆桌子！"男女分坐，每桌六人。菜肴四盘五碗，有凉有热。菜上齐，值惬的拉着男方父母来到女方父母桌前，满上两盅酒，互相交换饮下，再来一个，好事成双。这才是真正意义上的"定亲"。同时，介绍人将事先说好的彩礼、定亲衣物等项按事先说好的交给女方查点，确信无误，开喝！

从划拳用语上即可看出两家的喜庆程度：一心敬你，二家喜，三桃园，四喜发财，五景魁，六六顺，七星照你，八大仙，九盅烧酒，满福满寿……

男方要挑选拳高酒量好的到新亲桌上陪酒。场面尽管有点混乱，但宾客脸上无不洋溢着喜色，无话不说、相见恨晚、不醉不归……

结婚时女方来"开箱"，同样用这种隆重的方式接待，哪怕是怀抱的孩子，也同样设出一位，就连车上的牲畜们也受到特殊优待，它们的头顶、尾巴上扎有红绳，被护送到饲养处交给饲养员享受"小灶"去了。

订婚仪式结束后，男女双方不会轻易谋面的。除非定亲后距离结婚时间还较长，男方选择正月几儿把姑娘接过来住几天，给做身衣服。双方同样像触电似的，不敢轻易接触，见个面面容易，拉个话话难……

但是两颗心越发紧凑，越发留恋……

结婚前两位介绍人还得跑几趟。首先，由男方去女方家里"传节"：包括一只羯羊和猪酒（猪肉、粉条、白面、烧酒等），女方接受了这些东西也就意味着答应结婚了。接下来讨论结婚事宜：男方准备"大礼"，梳头裤子梳头袄，几身衣服包括裤头、内衣外衣、冬装夏装，几双鞋，单的棉的，皮的布的；另加多少尺布——斜纹多少尺、平纹多少尺、趟子绒（条绒）多少尺；头巾子，分纱的、棉线的、方的、长的，娘家"能陪送一顷，不陪送一顶"，一顷代指土地，一顶代指头巾帽子；袜子裤腰带必须有，姑娘出嫁不准穿走娘家一条布丝。门帘子也由男方给买。嫁妆：室内摆设，红堂柜必有，由男方提前做好，女方介绍人见到实物确信无疑；墙上挂件、柜上摆件都要当面说清，落到纸上；衣物等项，要么买现成的，要么折钱。

因为各怀心事，男方为了省钱尽量压缩数量、价位，而女方相反，尽最大限度加大数量、提高档次。介绍人竭力切磋，磨破嘴皮子才勉强达成共识。遇到好说话的、通情达理的一次性谈妥，反之，俩介绍人恐怕要往返几趟，争论得面红耳赤，不可开交，也有谈不妥而使婚期拖延的。

为了减少麻烦，最后以"大折干"的方式折成钱给女方送过去，称作"过大礼"。"过大礼"的同时也送去了日子：按两个孩子的生辰八字择良辰吉日。娶亲这天为女方的日子，确保彩车"抄头"（返回）时辰不误；第二天为男方日子，早上行大礼的时辰必须准点，接待女方"开箱（看三）"，晚上"搅酒"。

一切落实后，男方开始筹备了。找木匠打柜，几年前就备好了板材，把木匠师傅请到家里制作，或者是把旧柜重新油漆一下。一口柜也许能娶几任媳妇。实在没办法的悄悄借一口，应付过去，也许是一年半载，也许是等小两口"回门"回来，主人便上门讨要，闹得不亦乐乎。推碾子倒磨，做豆腐……准备食材。布置洞房：没有一个能给儿子盖起一处新房子的，和婆婆或大伯嫂子住对面屋。日子临近，该上坟祭祖了，祖坟上压上红色的坟头纸，烧纸祷告先人，同时也是告诉乡里乡亲家里要办喜事了。

亲戚朋友帮着砌锅垒灶，左邻右舍腾出房间。正日子头两天开始请耤忙人了：值惬的，根据客容量，一位或者两位；大小灶子，大灶子负责做主食，小灶子负责做菜；借餐具酒具的、端盘子倒酒的、刷盘子刷碗的、烧火劈柴挑水的、娶亲的、赶大车的、牵梢子的……分工明确各负其责。第二天也就是走车的前一天，人们正式走马上任了，尤其是大小灶子开始备料，煮的蒸的、炖的炸的，团丸子、压三尖、切白片、炸虾皮……把炕烧得煲皮掠肉，烟囱棍子里着了煤直往外冒火……

喜事办完的第二天早上"抽惬"，宴请所有受累的，还有饲养员，人家给新亲开箱车上的牲畜开了小灶，替东家代劳，给足了东家面子。

办喜事无论嫁娶，生产队都无偿提供车辆，新亲来娶或者是开箱，车上的牲畜都免费给予饱草饱料。生产队是农家的坚强后盾！

且不说男家忙碌，女家也忙个不停，尤其是姑娘，自打日子定下来，姑娘便紧锣密鼓地忙着准备嫁妆，单是"包袱鞋"就得做十双八双的，还得给未来夫君做两双，那个年代没有缝纫机，实纳帮的鞋底，万字格的鞋帮，自己"上轿"穿的绣花鞋，女孩子用的肚兜等，全靠手工制作，姑娘一定把最精湛的针线手艺展示出来。临近日子，姑娘的婶子大娘、发小闺密，这家请那家敬，诉一诉昔日友情，道一道分别留恋！真到了临近日子两三天，姑娘反而不敢吃喝，因为嫁过去要有两天的"坐福"，怕上茅房，频频如厕意味着命薄福浅。姑娘临上轿前，必须绞脸、盘头，把脸上的汗毛绞掉，从脸部和头型上明显辨认出她是媳妇了。

女方也得张罗请耪忙人：送亲的，送嫁妆的，开箱时赶车的，牵梢子的；远道来的亲友，人多嘴多，也得请大小灶子、端盘倒酒的，开箱回来还有一顿答谢宴。

一对新人喜结连理，双方的父母得操多少心、付出多少？可怜天下父母心啊！

媳妇进门三天后回门，一个月后回娘家住对月，"一年媳妇半年家，还有仨月住姥姥家"，都是在允许范围内的。但是，有以下规则不能触犯：出嫁的闺女包括女婿不能看娘家的供，指年三十到大年初一，"看了供穷娘家"，大忌，所以直到今天，我们家乡还遵循这个习俗，闺女女婿拜年都选择正月初二之后；"看娘家灯死公公"，指正月十五的灯，大忌；在娘家"过二月二小叔小姑死一半儿"，大忌；在娘家过"三月三，把着庙门哭黄天"，直接影响夫君的人身安全，大忌；在娘家过端午节谐音"耽误"，影响生育，大忌；而第一个孩子出生后，则理直气壮地连同外孙（女）接回来住上一大阵子。但也有特例：数伏后可以回娘家"歇伏"，时间灵活确定。

那个年代才是真正的"先结婚后恋爱"呢，爱到什么程度？"大公鸡尾巴长，娶了媳妇忘了娘！"

嫁与娶都是喜事，谁家都有，但是不可能谁家天天都办喜事，生老病死是坏事，可谁家也避免不了。人世间最大的痛苦莫过于生离死别，而生离是可以避免的，死别是不以人的意志为转移的。

"家有黄金千万斗，难买生死路一条"，人不知死，车不知翻。

20世纪五六十年代在我们家乡，故去的老人，如60岁以上的称为老丧，也叫作"喜丧"，不满60岁的称为"短命"，未成年的称为"少亡"。一个人停止了呼吸即为死亡。除了寄托哀思，还要按程序送别其灵魂及肉体，当然"喜丧"会更隆重些。

"父母之年不可不知也"，作为儿女，父母的年龄及身体状况必须放在心上，提前准备后事：棺椁、寿衣。棺椁，有备好棺材板的，有做成成品的。寿衣，也称装老衣。

那个年代在我们农村没有卖现成棺材的。棺材的规格有不同的标准，视家庭经济情况而定，选材的原则基本都是杨柳木，当然千木（红松木）最好，可那个年代在我们这个地区是买不到的。榆木只限没有后代的人才可用，榆是"愚"的谐音，意味着后代会出傻子，不吉利。材料都必须是干透的板材，"干榆湿柳二性子（半干湿）杨，木匠见了犯愁肠"，制作起来特别费劲儿。有幺二三的、二三四的、四五六的，还有幺二三加五的、二三四加五的。这些数字是指木板的厚度：所谓幺二三是指底和两个堵头的木板为一寸厚，帮二寸厚，天三寸厚；二三四是指底和两个堵头为二寸厚，帮三寸厚，天四寸厚；四五六是指底和堵头为四寸厚，帮五寸厚，天六寸厚；加五是指在原来基础上再加五分（半寸）厚。长度都是一样的——七尺五。那个年代使用的都是市制尺，一尺比现在公制尺小五分。在我记忆中我们周边，奶奶的棺材是二三四的，大芥菜沟李井和占用的也是二三四的。选用四五六棺材的只是听原书记赵连科讲过：他们家乡杨树沟的小北洼老尹家过大日子，老当家的提前给自己准备好了棺材，但他死时正赶上土改，儿女们没敢用这口棺材装殓，斗争时政府也没没收，因为没有其他用途。老婆死后占用了这口棺材，出殡时"举重"的抬出不远就抬不动了，孝子磕多少头也没用，最后套上马拖到坟地的。还有一种规格叫作"薄皮"，木板不足一寸厚，或者是用湿木赶的"热活"，用钉子钉在一起的，一定是给"短命"的、"少亡"的，再或者家境贫寒、连续死人才用的，像奶奶讲的当年营子得瘟疫，最后死人只能用水葫芦盖脸了，连炕席卷都做不到了。有句俗话叫作"穷儿不可富葬""看见活人受罪，谁看见死人扛家了？"量力而行吧！

棺材板的选材和厚度，影响棺木在地下支撑时间，松木优于其他材质，当然越厚坚持时间越久远。有的夫妻俩死亡时间相隔20多年，合葬时先埋葬的棺椁还完整地立着。但这与土质、地势也有一定关系，下湿地和低洼地就容易腐烂。

还有一种棺材叫作"匣子"，迁坟时装殓尸骨用的，板子薄而小。埋葬几年坟头就有塌陷的，说明棺材是薄皮。

从严格意义上讲，棺材在制作过程中是不允许用钉子钉的，结构处都是用水胶或卯榫结构而成，就连棺盖与帮的最后镶嵌也是用木料做成，叫作"三簧锁"，将盖与帮紧密地结合在一起，既防止铁生锈，更防止盗墓者轻易打开。因为"三簧锁"的工艺很讲究，技术含量高，后来改用六寸寿钉在相应的位置钉上，且只钉三个，一侧两个，另一侧一个。

上了年纪的老人正如"熟透的瓜"，瓜熟蒂落，"晚上脱掉鞋和袜，不知早上穿不穿"，一旦一口气上不来，以免被动。

遇有突发疾病死亡的，要么借别人准备好的棺材、木料，要么现放树现破板赶制，叫作"赶热火"，湿木板是不粘胶的，只能用钉子组装了。

老人临终前最好将寿衣穿好，意谓完整带到另一世界；如果咽气后再穿视为"光腚来光腚去"，对死者大不敬。

"三寸气在千般用，一日无偿万事休"，一旦咽气，儿女们必定抢天恸哭，惊动左邻右舍、前庭后院，他们第一时间跑过来帮忙：

为死者整理遗容；在外屋地横放上棺材天（棺盖）或铺上干草，将尸体放在上面，叫作"占明堂"，在头上点燃"倒头钱"，盖上黄色纸被。孝子"指路"：由长子（长子不在身边时，由次子；次子不在时由长侄子）手持擀面杖，站在板凳上，面向西南极乐世界，杖磕凳面指向西南，高声呼喊"爹（妈）西南大路，明光大道，甜处安身，苦中使钱"，如此重复三遍。紧接着搭建"灵棚"，必须搭得严严实实，不可有一丝阳光进入，人咽了气就不能再见天日了，更不可暴尸天下。在灵棚里安放棺材，将尸身放入棺内叫"入殓"，入殓时给死者口里放进"含口钱"，用绳子绑住双腿叫作"绊脚丝"。这些葬俗都是久远传下来的，寓意说法不一："含口钱"是用一枚铜钱拴上红绳放在嘴里，红绳另一端外露，易于取出。其寓意"口含珠宝"，表示前世生活殷实。"绊脚丝"是防止骚猫野狗过往因静电的作用而引起"诈尸"，然后盖好棺材天。整个过程必须严格控制阳光照到尸身上。入殓后，在棺材头烧纸祭奠。

接下来孝子去请值愦的，村子里总有那么一两个明白人，无论白天或深夜，叫开门第一个动作——跪倒磕头，人家就明白一切了。下面的程序便在值愦的指挥下有序进行：请阴阳先生、守夜的、破孝的、耢忙的、画匠，没准备好棺材的还要请木匠；派出几路送信的。那个年代通信交通都不方便，远道的骑个牲口，近道的步行，或者病重期间远道至近亲属已经守在身边。

阴阳先生负责确定墓地、破土时辰、发引时辰、幡的制作（儿子扛白幡，孙子扛花幡，重孙子扛香幡）、九莲灯、买路钱、灵棚的装裱，还要查一下咽气时辰，对哪个属相有无犯忌，用朱砂写符施实贴放。

守夜的负责做个五谷囤儿，装上五谷杂粮放在棺材头上，点上长香；糊裱长命灯放在棺材头前：用白面捏成灯碗儿，里面倒入植物油，将新棉花捻成的灯捻子点燃直至出殡。准备"老盆子"同样放在棺材头前，盆底用剪子锥上眼儿，几个儿子锥几个眼儿；负责接待前来吊纸的远亲近邻，向屋里高声喊道："来吊纸的了！"孝子急忙过来磕头，在灵前烧纸祭奠。自从老盆子放在那儿，灵前吊纸的都在这盆里燃烧，纸灰必须收集起来，"有钱难买灵前吊"，十分珍贵。守夜的夜里陪同孝子守灵。

破孝的一定是上些年纪的老妇人：孝子披麻、整幅孝带，女儿半幅孝带，其他人全部八寸白布孝帽子，外甥缝蓝布角，孙子红布角，重孙子红孝帽子，如有没过门的晚辈媳妇披红塔头。

耢忙人由值惬的去找：大小灶子、端盘子倒酒的、借炊具的、刷盘子碗的、烧火挑水劈柴的……

画匠，死者是男的，扎纸马；是女的，扎纸牛。因为妇女一生总洗衣，泼出的脏水都要老牛喝掉。马（牛）身上都配备鞍鞯嚼环、双塔襦套，还要扎一名马（牛）童，唤作"顺手"，侍候逝者。

阴阳先生的行当称作"出黑"，来到后先装裱灵棚，一副白纸对联"纸灰化作白蝴蝶，泪水染成红杜鹃"，或者是"日落西山还见面，水流东海不回头"。棚眉上横批分别写在四张用白纸剪成的像挂钱又不是挂钱的剪纸上：哭泣致哀。挂出门幡纸在大门口外墙上，男左女右。

值惬的和守夜的来到，赶紧由守夜的带领腰扎麻绳的孝子及贤孙、晚辈们去庙上报"倒头庙"，送上浆水食物、香表。据说，人死后其灵魂被押在庙里听候发落。浆水与食物供死者食用；烧香烧纸是贿赂庙里看押死者灵魂的小鬼，请其高抬贵手，不要虐待死者。孝子及晚辈们当场大哭，以取得小鬼判官的垂怜，从而手下留情、网开一面。因此，每餐前都要先到庙上"报庙"直至第二天晚上，送来盘缠，打发灵魂上路才停止报庙。

相传，人死后灵魂被黑白无常押到阴曹地府报到，阎王爷开始审理其一生的善恶行事。灵魂有两个去处——天堂和地狱，而地狱共有18层，根据其善恶程度确定发落到哪里，作恶多端、十恶不赦的打到18层地狱永世不得投胎。

破孝的来了，首先给儿女们分发，然后按辈分远近，由孝子跪在受孝人面前双手将孝布举过头顶，受孝人虔诚地接过戴上。

阴阳先生宣布所忌属相,如"忌猪、鼠、兔、龙,戴孝的一律不忌"!特指敬面和发引两个节点,其他时间不忌。

第一天过去了,第二天接到信的亲亲故故陆续来到,准备晚上为亡灵送行。其中一位值惬的(队长)挨家挨户落实16个举重的人,18岁以下是不可以的,因为没完全发育好,会受影响。60岁以上也不能用,腿脚跟不上了。本家当户属于送殡的,也不能用。一件丧事几乎动用全村人,生产也得停下来,这就叫"一家有事四邻不安"。晚上请这些人吃饭叫作"齐全人"。

太阳快落山了,最后一次报庙,由长子兜上"门幡纸",小心翼翼地默念着"爹(妈)别害怕",带到庙上压在庙里。报庙回来马上安排"送盘缠",先打开棺盖做一次净面,整理遗容,舒展四肢,挑开"绊脚丝"盖上棺盖。送行的人们扛上纸马(牛),带上草料、抱上马(牛)童,举起九莲宝灯,带上远亲近邻送来的盘缠钱、香表银圆、浆水饭食、桌子板凳擀面杖来到庙上。死者家庭户门大,年龄也大,生前威望高,儿女多且有影响力的,送盘缠的队伍也一定庞大,浩浩荡荡。短命的,儿女还未成年,送盘缠的人稀稀落落,更显凄凉。

来到庙前摆好香案开始祭奠告慰死者:"吃饱饱的喝足足的,放心地上路吧,谁也别惦记,你想谁就给谁托个梦……"

宣读文书:文书既是悼词,也类似介绍信;有死者生平介绍,也有死者随身携带之物,证明是个人物品,"过关过口如有恶鬼拦路有此文书为凭"。一个人一生的功德,对儿女的养育之恩,都展示于众,字字入耳,声声泣血!写得好读得也生动,感人至深。读完将文书叠放在钱褡里。

拖"长钱":刚才上庙时把门幡纸压在庙里,这时叫"长钱"。长子捏住捆绳,围绕庙外墙角拖,边拖边喊:"爸(妈)抱长钱……"突然觉得"长钱"一顿,而且抱成一绺,意味着亡灵已经抱住了,孝子立刻将"长钱"抱在怀中,急忙走到纸马(牛)跟前,装进钱褡子里,说明亡灵已经乘上坐骑。这边纸马香客已经摆好,九莲宝灯在马（牛）前照路，"顺手"牵住缰绳，左侧放一凳子，供死者踏凳上马（牛），凳子上筛上灰，死者踏凳时必然留下足迹，进一步证明亡灵骑马（牛）西游了。画匠给马（牛）开光，挑开绊脚丝，先点燃九莲宝灯，引燃马（牛）头，霎时间火光冲天。孝子们大声呼叫："爸（妈）骑马（牛）走！"众人们也随声附和："骑马（牛）走！"当即将燃尽，扳过凳子查看脚印，脚印清晰可见。长子站在凳子上手持擀面杖指向西南再次指路："西南大路，明光大道，甜处安身，苦——中——使——钱……"如此三遍，已经泣不成声了！将擀面杖扔向前方，跳下凳子，一步一个头，向西南跪爬再送……孝子贤孙们也如此爬送……

亡灵就这样踏上去往西方极乐世界之路。一切都是虚拟的、迷信的，权且是儿女们的精神寄托，以表达子女们的孝道！

家里面晚上要宴请"举重"的，孝子们跪在院子里磕头迎接。这顿饭一定是吃荞面饸饹。席间孝子们逐位满酒，跪倒磕头。在民间一句调侃的话"吃你的饸饹头"便是从这儿引起。值愇的把明天早饭时间、动土时辰、发引时辰、下葬时辰通知下去，各自做了明确分工。饭罢，孝子们同样跪地磕头送出大门，真的是"波棱盖当腿走"！

第二天早上，即死者咽气的第三天早上，举重的吃过早饭，分成两部分，一部分去坟地"破土"打坑子，一部分准备抬棺椁的杠，叫作"绑杠"。

在既定时辰由阴阳先生带领孝子及部分举重人来坟地"破土"。先生画出轮廓，由孝子用蘸过公鸡血的锹镐在四个角各动一下，跪倒磕头，拜托各位亲邻受累。鸡冠血具有除妖避邪的作用。留下一位次子或侄子在此相陪，先生拎上公鸡一同返回，这只公鸡便是先生的了。遇到寒冬腊月，数九寒天，冰冻三尺，打坑子相当费力。

"绑杠"也有讲究：分32杠、24杠、16杠、8杠、穿山杠（二人抬）。多少杠即多少人。在新中国成立前过大日子的家庭，为了讲排场，或者是棺材是四五六的，又或者是孝子们情感的表达，使用 32 杠或 24 杠。我们家乡以 16 杠最常见。

打坑子的回来了，杠也绑好了，举重的进屋稍做休息。

在值僎的吩咐下，进行"吵灵"，接着"辞灵"，再一次瞻仰遗容："能隔千重山，不隔一叶板"，只要是活着的人，哪怕是相隔千山万水也有见面的机会；这一叶木板则是阴阳两重天，再也不能相见了，正如灵棚对联所写："日落西山还见面，水流东海不回头。"亲朋故友轮番瞻仰最后一面。

净面：再次正容，取出"含口钱"，由长子用新棉蘸酒为死者擦脸，叫作"开光"，边擦边叨念："开嘴光吃啥香，开眼光瞅四方，开耳光听八方，开手光抓钱粮，开心光亮堂堂。"左袖筒里装入麦麸子，右袖筒里装上打狗棒，为的是过鸡山时撒给鸡麦麸子，过狗山时用打狗棒防狗侵袭。将"灵前吊"纸灰用纸包好放在死者衣兜里：有钱难买灵前吊！死者年龄大的，剪下一块袍襟，用来给孩子做衣服，可以保孩子长命百岁。

时辰已到，开始"发引"：值僎的一声号令——举重的老的少的，受累了，齐手拉上前，盖上棺盖，钉上"刹钉"，撤掉灵棚，长子扛住棺材头，在众人的相拥下挪出大门口放在杠架上。前面几架幡已经依次排立着。此时长子跪在地上头顶老盆子，面向灵柩，已经"泪水染成红杜鹃"。当杠架捆绑停当，杠头一声叫号："起！"老盆子摔在地上粉碎。长子急转身扛起白幡，长孙扛起花幡，曾长孙年龄不会太大，在众人的保护下扛着香幡。妇女们在前面哭道，送殡队伍缓缓向村外移动，每到一户门口，都有一堆明火迎送，男人们都在这里耢忙，妇孺驻足送行。一路上，有专人撒发"买路钱"，用海纸剪成铜钱模样，内孔呈方形表示死者是男性，内孔呈椭圆形表示死者为女性。出了营子，送殡的妇女分列两边，灵柩稍微放开速度直奔坟地，因为下葬是有时辰要求的。

棺椁被徐徐放入坑内，合葬的分男左女右，搭上过梁布。由长子在四角及中央分别凑上一锨土，再次跪倒磕头。送殡的摘下孝布，转回准备迎接举重人。

　　一切都是长子在前，难怪民间有句俗话："出头的椽子先烂。"这话一点不假！

　　埋后三天早上圆坟，在阴阳先生指点的方向百步以外取土加大坟堆，日出后妇女们带上供品香表前来祭奠，设好坟门压上坟头纸，恸哭一场。

　　以后的纪念日：头七（七天）、五七（三十五天）、百日、头周年、二周年、三周年。每逢祭日，亲朋好友都来祭奠、缅怀，也是我们家乡丧葬文化的一种传承！

第六章 山庄交响乐

　　土地所有权的改变，农村的经济形势也为之改变。无论是互助组或是农业社，都是短暂的，没有反映出应有的社会效应。撇开集体经济的弊端，就集体劳动的场景而言，还是蛮丰富多彩的。

　　自从辍学开始，我的生活便与生产队结下了不解之缘。每天的人喊马嘶和鸡鸣狗叫，都给生活增加了节奏感。那个年代没有时间计数器，别说手表，就连闹钟也没有。就算是掌握全村劳动者作息时间的生产队长，也没有这些个玩意儿，靠的是自然现象和公鸡们的指导，月亮圆缺，可以辨别初一、十五，如十五月亮十六圆，十七十八炕上等，二十铮铮月出一更（jīng），二十八九月亮出来扭一扭；大毛楞出，二毛楞撵，三毛楞出来白瞪眼，"毛楞"指毛楞星，也叫亮星，又叫辰星，有经验的老人是很容易认出来的。看三星，"三星不见辰儿，姐夫不见姨儿"，指三星落下，辰星出来，意味着天亮了。在旧社会，姐夫是不能和小姨子相见的。三星打横梁表明到了午夜，那个年代，庄稼人的年午更，就将"三星打横梁"定为正子时，开始煮饺子，放鞭炮，发神纸了。

　　看东方，狗龇牙即东方发白，拔哨即放亮；太阳冒红，太阳一竿子高两竿子高，日上三竿，傍小晌午，正晌，下半晌，后半晌，天西，太阳落山，半夜三更，鸡叫头遍二遍三遍，天光大亮，都是庄稼人用来计时的。

　　鸡叫很科学，它不按时辰，也不按钟点，只按日出时间。无论春夏秋冬、天气阴晴，每天都在天即将放亮，总是有一只头鸡开始呼唤，像是打"预备铃"似的，稀稀落落叫上几声，这叫鸡叫头遍，提醒人们："天快亮了，队里的饲养员该起来喂牲口了。"鸡叫两遍："伙头们该起来做饭了。"所谓"伙头"有两层概念。一层是婆婆对媳妇的雅称，大儿媳叫大伙头，二儿媳叫二伙头，以此类推。另一层为"伙夫"。鸡叫头遍，伙夫们急麻溜起炕做饭，"鸡灯狗火""孩子爪子"都由她伺候，家里人多的，家务自然多，"伙头"更得早起。鸡叫头遍就得爬起来忙碌，既不能晚了饭，又得伺候好所有的张嘴物，还得自己捎饬捎饬，可不能片儿拉乬地出工，这叫丈夫很没面子。这对于老媳妇儿似乎勉强能接受，对于刚过门的新媳妇，可就尴尬了。头一天在家还是娇女，第二天进门便成了"伙头"。"多年的大道流成河，多年的媳妇熬成婆"，老媳妇，一夜之间成了婆婆。如果遇到心疼媳妇的婆婆，会主动与儿媳承担家务的。那个年代说媳妇看中"刻薄出身"的，也就是为闺女时，家里外头、山里坡里都拿得起放得下的，进了门子，可以自然过渡。伺候完一家子，吃完饭还得急麻溜地拾掇碗筷，刷洗干净，摆放整齐，可不敢盆朝天碗朝地的，片拉惯了可不行。假如家里有公婆搭照，那是最幸运的了，不但厨房可以解脱许多，连被窝里的娃娃也大可放心。过了门就分家另干的伙头，只能把娃娃从被窝里拽出来，裹巴裹巴抱在怀里，送到奶奶家或可以托付的邻居家，急忙出工。忙得脚后跟打屁股蛋儿。鸡叫三遍了，全村儿的鸡像赛歌似的连成片，可以从声音中判断出鸡龄。小公鸡的声音如同童声短促清脆；老公鸡叫声频率高而浑厚；中年鸡声音洪亮，富有颤音。太阳冒红了，队长喊"嗨"了。

"干活的来了嗨——干活的来了嗨——"喊两声后便简化了："嗨，嗨……"

那个年代也没有脱产的全职太太，随着全国的解放，妇女们也解放了。"妇女能顶半边天"，必须参加生产劳动，不然靠老爷们一个人怎么能养活这一窝八口？更何况政府不允许游手好闲而置于社会主义建设之外的人。

鸡叫三遍象征着万物从睡梦中醒来，队长喊着"干活的来了嗨"，声音由远而近，在鸡鸣的附和中，回荡于村南村北、村东村西，这些声音，伴随袅袅炊烟，使睡梦中的村庄立刻活跃起来，可谓"三更灯火五更鸡，正是男儿立志时"。队长喊惯了，人们也听惯了，倒觉得是一种享受。偶有下雨阴天不能下地劳作时，听不到队长的"嗨嗨"声，只有单调的鸡鸣狗吠，人们心里似乎又有些余悸。后来队长的喊声也简化了，直接"嗨——嗨——！"从他走出家门喊出的第一声，到走进生产队的院子，都在调整着方向"嗨嗨"着。

我能想象出，由互助组、农业社过渡到生产队的人们，这些新生事物被人们愉悦地接受着，也许操心的庄户日子过得厌倦了，也许这座社会主义桥梁必然会通往共产主义天堂，他们都积极地投身到集体核算的生产队中来。入社倒清闲了许多，他们不伺候牲口，不储备种子料粮，不置办大型生产工具及生产资料，只准备几件简单的锄镰镐杖而已，而这些小物件置办一次能使用几年。他们每天模式化地出工收工，再出工再收工，日出而起，日落而息。天塌有大家，过河有矬子，落得个清闲自在。他们很在乎每天挣到一个完整的 10 工分，无论这个工分意味着什么。每年 365 天，力争挣到 365 个工日，这叫出全勤务正业，不甘心被别人落下。他们不计较这一天的代价，什么多吃几两粮食，磨破几双袜子（其实那个年代 80% 以上的人，夏天是不穿袜子的。女人的袜子都是只有袜桩缝在鞋帮上，表面上看和穿着袜子没什么两样）。他们只觉得大家都是一个样子，很自然地顺理成章。

这些人是全国解放后中国大地上第一代农民，是土地的主人！"人民公社"有他们体力上的投入，更有精神上的寄托。尽管他们对"桥梁"和"天堂"的概念处于懵懂中，但天堂是他们梦寐以求的愿望。

单从我们村子来说，这些农民基本没有文化，但是他们隐约感觉"解放"会对他们有一定影响。虽然柴达木没有地主富农，但是土地并不平均，生产资料也不平均。新中国成立前愿意种地的人自己垦荒没人干预，这些人虽然达不到地主富农程度，但温饱还是有保障的。不愿种地的出去打工，也就是在外地给地主富农扛活，勉强可以糊口。爸爸和大爷就是这类人。

入社后有一种力量在推动着，叫他们干啥就干啥，叫他们咋干就咋干。叫他们炼钢就炼钢，没有钢就砸锅卖铁。他们不知道土地为什么突然亩产好几百斤，他们怀疑度量衡器吨、公斤、斤、两与原始的石、斗、升有很大差别。奇怪的是，他们仍然吃不饱肚子。

其实从1958年到1960年，农民是很艰难的，既有天灾（自然灾害）又有人祸（人为因素）。

这个时代的口号：鼓足干劲，力争上游，多快好省地建设社会主义！这个时代的歌曲：社会主义好，社会主义好，社会主义国家人民地位高，反动派被打倒，帝国主义夹着尾巴逃跑了，全国人民大团结掀起了社会主义建设高潮……

这个时期的国家经济叫计划经济，而农村，在计划经济基础上叫作集体经济。每个人的一切生活用度是按计划分配的：口粮每人300斤；穿衣有布票，每人每年三尺，后来到七尺；棉票每人每年二斤；每逢年节酒有酒票，肉有肉票，糖有糖票，蛋糕有蛋糕票，月饼有月饼票……除非有特权才会享受到票以外的东西，平民百姓，哪怕多一丁点比登天还难。假如，手抓着大把钞票走在城里的大街上，突然肚子饿了，走进饭店想吃一碗面条，可是没有粮票，是吃不上的。农村人出门在外，首先，要扛上粮食，到粮站卖了，每斤粮食换得一斤粮票另加三分钱，如果出省外，必须换全国通用粮票。大车出外拉脚出车工，拉料粮不方便，只能到指定地点把料粮换成料票。粮不够吃，可以用野菜树皮充饥，那么布票每人每年三到七尺，冬棉夏单、铺的盖的如何够用？人们总是在逆境中寻求生机。供销社里卖的一种装运粮食用的口袋，白色较粗糙厚重，虽然远不及布，但是不要布票，人们把它买回来，拆开做裤子，用来遮羞御寒，却因为质地坚硬，穿着相当不舒服，腿裆腿腋处磨得几乎出血，走路哈巴哈巴的。夏天穿它捂得起热疹子，全身红痒。人们又发现供销社里卖的红领巾，虽然很窄小，却比较薄，每条0.08元，也不用布票。人们把它买回来，缝制成片，给孩子们做成单衣，不论男孩儿女孩儿，仪仗式的红一色。20世纪60年代出生的大都有这样的经历。

棉票同样紧张，人们也同样挖空心思地挖掘替代品——羊毛。羊毛尽管可以卖钱，但是收购羊毛的商家，将羊身上边角的毛，如小腿处、屁股及尾巴上的毛全部剔除。人们把它积攒下来，纺成毛线，用来织成袜子、手套、围脖、帽子。当然，这需要手巧的人，多数人是不能完全做到的。羊皮可以用来做皮袄皮裤子，铺啊盖的都能凑合。有句俗话叫作"老板子盖鞭梢，暖和一条是一条"。孩子多的家庭可就惨了，十几岁的孩子光着腚的不少见。当时用这样的话描述穿衣：新三年，旧三年，缝缝补补又三年。

电视连续剧《平凡的世界》里有这样一幕：一位地委领导下乡考察，目睹了十几岁的姑娘没有衣服穿，只能躲在被窝里。这样的场景在当时的农村屡见不鲜。夜里睡觉都是光板席子，用秫秸秆编织的。说"食不果腹，衣不遮体""家无隔夜粮"都是现实。

假如有一家要娶媳妇，布票、棉票同钞票同样紧张。一对新人为一回新，总得有几件新衣服、新行李吧？难！就是个难！求亲告友，四邻相帮，寒酸地办了婚事。小两口结婚后，勒紧裤腰带还饥荒，孩子会打酱油了，还没还完，这种现象在农村已经是司空见惯了。正是"娶个媳妇是美事，生个孩子是喜事，要吃要喝是难事！"

到20世纪70年代初期，市场上出现了的确良、尼龙、朝鲜尼龙、的卡等化学纤维布，这些非棉制品不用布票，取代了棉布，布票却家家有剩余。当时南方人过来用电子手表换布票，有些家都换了。从此国家逐渐地也就取消了布票。

在社会主义计划经济的框架内的集体经济又是怎样的状态呢？

在大锅饭年代的集体经济体现为大队核算，也就是以一个生产大队为一个核算单位。简单地说，一个生产大队有十个生产小队，把十个生产小队的收支综合在一起，再平均到十个生产小队分配中。例如，柴达木小队劳动日值 0.26 元 / 天，杨树沟 0.60 元 / 天，大芥菜沟 0.02 元 / 天，这三个生产队的平均日值为 $0.26 + 0.6 + 0.02 = 0.88$ 元 / 天，$0.88 \div 3 = 0.29$ 元 / 天，所以三个生产队的平均劳动日值为 0.29 元。这叫均摊匀散。当时新窝铺大队有十个生产小队，其中收入较好的当数杨树沟、耿窝铺、柴达木。最差的是大芥菜沟，日值以分为单位是常态。有意见提吧！黑马——白提（蹄）。用郭队长的话说，这叫"大狗舍小狗——硬掐脖儿"，用邵功书记的话说，叫作"人随王法草随风"。

是的，"大队核算"与"大锅饭"同时夭折了，可是农民的心也凉了、散了。大队核算转为小队核算，而小队核算同样存在不公平、不平等，只体现了劳有所得、不劳不得，却忽略了多劳多得。"多"总是与资本主义相联系，不是"割"就是"砍"。

柴达木人以勤劳、朴实、善良而被邻村钦佩。他们不会坐以待毙，总能在危机中转危为安，在居安中思危，在改变生活中创造生活，即使违心地去施舍，也不亏心地去接受恩赐。他们用双手向大自然寻找收获，在下雨阴天没有农活时，上山挖药材，打甜草，刨黄芩……在沟沟湾湾闲置处植树；在地边地堰种上瓜菜，栽上火烟；割羊草卖给需要的买主；养几只绵羊，剪点羊毛卖掉，用来称咸盐、打灯油；养头毛驴，下个驹卖掉填补家用；捡猪狗粪积肥卖给生产队增加一点收入，为的是把日子过好些，少让孩子老婆遭罪。他们狼狼狈狈地活着，战战兢兢地过着；既看到穷掉底的日子的可耻，又看到地主挨斗的可怕。

也正是在这个特定的历史时期，生产队成立了食堂，劳动者得到破天荒的尊贵待遇，只要出勤自然得到平等待遇，哪怕是上午被罚，午饭也一定吃到同等的甲餐。只要劳动，就能像"老子养儿大家有份"一样享受着社会主义的优越性。大锅饭开吃，吃，不吃白不吃！吃，脸儿厚吃个够，脸儿薄捞不着。吃了四年被叫停了，不知是吃的人屄了还是管吃的人屄了，到了1963年，食堂散伙了。

有这样一句俗话：好哭的孩子有奶吃。从表面上看，孩子哭了，一定是饿了，妈妈过来喂奶，孩子吃饱也就不哭了。如果孩子不哭也有奶吃，他肯定也就不再哭了，很现实，也很通俗。孩子肯定不去考虑"奶"从何而来，一定认为妈妈的乳房里有源源不断的奶水储备着，随时供给他享用。人是有惰性的，哪里知道"奶水"是有成本的、有代价的，他不去考虑"断奶"的危机。

这个时期我才十一二岁，对这些事还是个看客。食堂里没有我吃的份。爸妈将属于他们的那份含量极少的精品拿回给我们吃，他们吃野菜、树叶、树皮——劣品外的劣品。

社员队伍里的年龄严格控制在 18～60 周岁，因此在体力上参差不齐，刚刚入社的小年轻，虽说有些蛮力，但不懂技术技巧，常被老农戏弄或呵斥，但遇到动大力气的活，搬搬扛扛，老的又显不顶。

队长的"嗨嗨"声还没停下来，社员们已经三三两两来到生产队听从分配。队长发话了："今天去北洼种麦子。"使犁的犁杖头儿，领起他的喽啰吆着牛，偶尔打几个响鞭，出了生产队院子。"点籽的，去北洼种麦子，洼地吃籽，一亩地照着 6 斤下籽。"点籽的便主动找保管开库，称籽过筛去了。点籽的必须精心挑选有责任心的成年妇女，一方面能精准地控制下种量，更重要的是保证把种子点到垄沟里，可不能扬奁二怔地点到垄帮子上，一年之计在于春呐。点籽很累，因为麦子属于大粒种子，亩投种较多，点葫芦头里装得多，手提着很重。遇到垄头长的，即使装满葫芦腔、葫芦头，一遭地也点不回来，必须把装籽的袋子扛进地当中，随时加添。

打磙子的都是刚刚入行的"雏子"，刚满 18 岁的小姑娘和小伙子。而拉磙子的牲畜大都是刚搭套的毛驴子、马驹子。俗话说"种地不赶蛋，耪地不办饭"，是说耪地时为了赶活，往往中午不下山，做饭的往山上送饭，活累吃得多，自然做饭的任务就十分繁重；种地时赶蛋（打磙子）的最辛苦，每盘磙子要完成两副犁杖耕种的面积的两遍磙压。每当墒情较好，土壤较湿，不能及时跟上磙子，只得等垄沟的土干松不沾磙蛋了才能跟上磙子。当中午犁杖收工下山，磙子上的牲畜们躁动不安，强挣着要跟随大帮往回去，必须使出全身的解数拉住它们。有时牲畜会挣脱，拉着磙子跑回，磙蛋被丢在路边，磙框磙脐被拖得七零八落，没有大人们的帮助，这些"雏子"是不能组装在一起的，尤其是"女雏"们，只有哭鼻子的份。我对于摆弄牲口、车辆这类玩意儿是不在话下的，因为咱有基础。越到中午越要在山上劳作，可谓人困马乏，因此说"种地不赶蛋"。

种麦子是不上农家肥的，叫"干加板"，也就没有捣粪的。那个年代没有化肥，讲究轮作、调茬。

把种地的打发走了，接着安排送粪的。刚刚入社时，只有一辆大铁车，后来到两辆，十分笨重。今天这种农具已经作为古董被陈列在博物馆里。1964 年以后柴达木的人口已经由互助组的 94 口增加到生产队时的 128 口，土地由 700 亩增加到 1200 亩，大铁车换成了大胶车。每辆大车配备三个人，其中包括赶车的老板子。开犁种地时送黄粪——年前入冬后和年后牲畜的粪便，经过堆积发酵而成的粪肥。

还有干零活的、饲养员、牛羊倌。队长分别过问一下，了解新情况，布置新任务，解决新问题，而后便急忙上山了。

生产队长包揽了全队社员的所有操心事，还要监督生产，嘴勤眼乖，善于发现问题，及时指导改进。他心中要装着很多很多，大到前景规划、作物布局、劳力分配，小到犁杖绳索、财务管理，还要应对公社大队的各项检查、摊派，尽最大限度维护社员们的利益。人们说"队长队长连干带嚷，社员社员连干带玩儿"。

在我印象中，柴达木生产队的第一任队长是大爷吴景春。我很敬佩大爷，在他 10 岁时，爷爷就去世了，他是怎么学会让大家都认可的庄稼把式的？大爷嗓门大声音洪亮，干脆利落，庄稼活拿得起，放得下，样样在行。队长是通过社员大会选举产生的，大爷在任 13 年，是人们的主心骨，社员们都尊重他，服从他。

队长的"嗨嗨"声刚停下来，紧接着便是另一种喊声："撒牛咪——撒牛咪——"撒牛，也就是告诉各户撒驴，那个时候农户没有养牛养马的，长腿牲口只有毛驴，一是为了使役，拉碾子倒磨；二是为了繁殖，但养得起的户为数不多。我家是一定要养的，因为冬季爸爸用它做小买卖，先是驮子，后来改成力车。从我 10 岁那年开始，因爸爸是生产队里的牛倌，我便成了爸爸的小牛倌，每天早晚接接送送。每天早上几乎和队长同时到生产队，当使役的牲畜牵走后，我们才能将剩下的散畜从圈里赶出来，吆喝着上山。队长的吩咐指挥看在眼里，内心既佩服，又很羡慕。那么为什么没有牛还要喊撒牛呢？顺口而已，不信试试，扯开嗓门喊撒马撒驴是什么效果？喊撒牛又是什么效果？习惯性地这样喊，各户也是习惯性地往外撒。我们赶起牲口群，经过东水泉子上了东大坡，我也就完成了送的任务。这时村里村外被各种声音缭绕着，人喊马嘶，鸡鸣狗叫，吆牛声、羊咩声、点葫芦棍的敲击声，长长短短、顿顿挫挫、远远近近、此起彼伏。太阳一竿子高了，营子里又传来吆喝声："撒羊唻——"

这分明是一曲悠扬的交响乐，拨动着人们的心弦，演奏出农村的气象，演奏出农民的喜怒哀乐！我加快了脚步，回家撒羊，然后上学。

我15岁这年，村里来了一位表演杂耍的艺人，名叫陈贵，带着老婆孩子游走四方，打把式卖艺，以此为生。我记得非常清晰，陈叔叔年纪在三十五六岁，陈婶儿身体略显臃胖，小儿子四五岁。他们每天居无定所，加上行李道具，陈婶又行动不便，比较艰难。这天晚上队长派饭到我家。陈叔看到我家有毛驴车，饭桌上向父亲提出雇用我家毛驴车，拉他们一家人。双方很快达成协议，让我来给他赶车，吃住他包着，另加1.5元/天的劳务费。第二天我便以"车童"的身份服务于陈叔上路了。每当陈叔赶上台口，我只照顾我的驴、车。陈叔每每演出到深夜，而我只有想家，想家里所有人，想我的玩伴，想那悠扬悦耳的嗨嗨声、撒牛声、撒羊声、鸡鸣狗吠声、点葫芦棍敲击声……尤其清晨，尽管这里也有类似的声音，然而，这声音是那么嘈杂，那么刺耳，那么杂乱无章，对我来说是那样陌生，乃至成为噪声。

我17岁这年（1969年），又因生活所迫，被爸爸打发到赤峰县食品公司所属的波洛克牧场放牛，大约放了七个月。在这里我学会了骑马，玩耍长鞭，肆意地放纵我的野性，曾经骑马追赶狍子时，突然蹿出只野兔，坐骑受惊而被掀下马来，庆幸的是毫发无损。虽然17岁对于艰苦的环境有一定的承受力，但每当夜深人静，家乡的旋律仍然在耳边回荡，若不是为了给父母减轻负担，恐怕早就撂挑子了。曾经有过几次逃避的念头，还是被家人那期盼的力量征服了。这一年的中秋节，我们赶着育肥的牛群返回食品公司，经过家门，公司给我们每个人发了八个头的月饼。这在当时没有月饼票是望尘莫及的。除此之外，还有一支纯牛皮的"揽鞭"，比较心爱，收藏了多年。

完成了这次"趟子"也就入冬了，第二年（1970年）我便光荣地成为名副其实的人民公社社员。这一年，队长是程财，副队长是王金良。这一年和我一起转正的，还有王金柱、董玉英、仪明兰、仪明霞。也是这一年被指派为柴达木民兵排排长，光荣地加入了中国共产主义青年团，被大队派遣带队到赤峰县组织的二道河子水库建设工地，工期两年。我很庆幸，应该是第二代人民公社社员吧！

乡土、乡音、乡情，永远刻在我的骨子里。无论何时，抑或身处何地何等境况，它都无法从我的记忆中抹去。我眷恋这片故土！我爱这里的一切，一切！

种地从清明便开始了，清明忙种麦，谷雨种大田。晚田也要赶在芒种之前播种完。"过了芒种不可强种""杏堵鼻子种穄子"，农时是不能误的。种谷茬时，小半桩子、老头老太太都来抢着捡茬（chá）子。谷茬是很好的燃料，燃值高。我又加入这个行列里。太阳两竿子高了，该歇头歇了，犁杖停下来歇息。我们没有茬子捡，也跟着歇息。使犁的老头们凑在一起吹牛，我也凑过去听。

程老七，我叫他七爷爷，可谓是高手中的高手，说他在某某地方扛长活，七副犁杖开墒打地不出斜子。说在黑石滩打场，六副马碡不带钻套的。打麦子时，场铺得多厚多厚，马进去只露俩耳朵，搂了三遍穰子了，翻场还有成个的麦个子……大家哄堂大笑："七胀包，你家大乳牛倒扛着，吹死大乳牛，憋死小牛崽儿，听说撺沿打垄的，没听说七副犁杖开墒打垄不出斜子的。露着俩耳朵，那马还迈开步了吗？你真是养孩子不带血——哨子干净……"我开始怀疑七爷爷说的真实性。妇女们这时都簇拥着抱着脑袋抓虱子，掐虮子，议论着女人们的私密事。队长在这个时候开始检查质量了，比如，下种标准，打磙子是否落下垄或者有跑垄现象。打磙子的"雏们"大都是刚入行，笨手笨脚，难免会出现磙子跑垄的现象，这是绝对不允许的，这样种子不能发芽。队长一经发现，必然发火，是女雏挨顿训斥，是男雏指定挨骂："干什么吃的？闭着眼干呢？"要么让他双脚踩，落下多的重新再打一遍磙子。

种谷子、玉米是一定要有农家肥的，每副犁杖配备一个捋粪的，而且是身体强壮的，要有责任心的。每亩地约一马车土粪，每副犁每天耕种八亩地，捋粪的每天就得用簸箕端八车土粪均匀地撒在垄沟里，劳动强度相当大，所以捋粪的每天比正常人多挣二分工。黄粪用在豆类及荞麦作物上，黄粪较轻，捋起来轻松多了。

整个春耕历经两个半月。种地接近尾声，除了留下挑荞麦地的使犁老头，大部分劳力都集中起来，投入夏锄生产中，不分男女强弱均在一起劳动，无论什么作物，都必须经过一遍锄草。这时早种的麦子已经一拃高了。

这又是另一种形式的大锅饭，软弱的妇女小姑娘如何能在保证质量的前提下赶上身强体壮的大老爷们儿？领人的、"拉川儿"的、"挑边儿"的都是壮汉，队长"扒阳沟"兼督促进度，监督质量。领人的由副队长担当，他会适当掌握进度，既要考虑尽量多出效率，也要考虑劳动者的承受能力，毕竟队伍里强弱不一，控制体壮的还要拉扯着体弱的，体现社会主义优越性嘛，谁家也有妇孺，老也吃饭，少也穿衣。

夏锄在整个作物生长过程中占据重要一环，在生产队成立初期，柴达木生产队人口128口，劳动力只有50个左右，经营着1200亩土地，除去压青地以外，也要有1000亩需要锄草，平均每个劳动力每天耪2亩地，就算50个劳动力全上，每天也只能跑100亩地，而且是不可能全上的，有专业人员，有使犁的。那个时候比现在雨量充沛，下雨天是不能下地的。这样夏锄就需要较长时间，常与其他农活发生冲突，队里对这个阶段的劳动力控制得十分严格，修房建屋的必须赶在夏锄之前完成,谁家的大事小情也必须给夏锄生产让路。实在躲闪不了的,如丧葬病患之类例外。这个时候谁家也不会嫁娶的。

为了不误农时,生产队还制定了优惠政策,增加补助粮,每出勤一天补助一斤小米,也就是说,除了挣到 10 工分以外,还能得到 1 斤小米。10 工分,无法估算价值,但小米子绝对是硬货,没有一个农民不重视的,另外还会吸纳辅助劳力——60 岁以上 65 岁以下的身体较健壮的老龄人,以及 15 岁至 17 岁的半桩子。半桩子顶半个人,成年劳力耥一个垄,半桩子耥半个垄,记 5 工分补半斤小米子。这样一来,可以扩充十来个劳动力,大大提高了人们的积极性,从而加快夏锄进度。

大姐 17 岁就能顶一个成年劳力,耥地薅草和妈妈不相上下。大姐与共和国同龄,心灵手巧,13 岁就能熟练地操作缝纫机,15 岁独立完成一双鞋的整个加工制作。家里人口多,冬棉夏单缝缝补补,和妈妈共同承担。我只有十五六岁,打过碴子,顶半个人耥地。爸爸已经不放牛了,四弟品杰 1965 年出生,生肖马。这个时候我们家八口人,成年劳力,只有爸爸妈妈,生活略显紧张。爸爸辞去白天的放牛工作,又承揽了夜间的放夜马工作。白天使役的马,夏天基本不给料了,靠补饲青草维持膘情,这样可以节约料量,作为补助粮。爸爸夜里放马,白天照样出工,一天可挣两个工日,两份儿补助粮。

那么补助粮又从何而来?前文提到,每年的粮食产量中有留够集体的,也就是从种子料粮中节余下来的。种子平均每亩地按 5 斤预留,耕畜母畜每头 / 只按 700 斤预留,散畜每头 / 只按 250 斤预留。而实际上这两项都有结余,尤其散畜,一年见不到一粒料粮,除非缺少母乳或失去母畜的仔畜及趴蛋牲畜加一点料,再就是羔羊喂点豆面儿、碎米。种子每亩地至少也能节余 1 斤。总是加快了生产进度,这对每个家庭也是一笔不小的收入,至少能见到一点保命粮。小米子、黄粮细米,不亚于真金白银,对生产大队来说也是公开的秘密,属于自主权吧!

　　耪地的劳动场景是最精彩的，四五十人的队伍，一过一大片，耪前是一个世界，耪后便展现出一个新世界。

　　对种地的农民来说，一年之计在于春，春季落场透雨就能抓住春苗，而抓住春苗，就意味着有了一半的收成。绿油油的春苗，长势喜人，它是农民的希望，是农家的奔头。

　　"锄头有火又有水"，是农家的行话。锄头有火，是指涝天耪地松土，可以蒸发水分，起到抗涝的作用；锄头有水，是指在天旱情况下，耪地松土可以防止地下水分蒸发，起到抗旱的作用。"湿耪糜黍干耪豆"同样是农家的行话，地面较湿只能耪糜黍类作物，即便埋上点土，小苗也能钻出来。糜黍的幼芽特别有力量，能钻透实纳的鞋底子。而豆类作物就不能了，它们的幼苗怕压头，所以干燥的天气最适合耪豆类作物。"锄禾日当午，汗滴禾下土。谁知盘中餐，粒粒皆辛苦。"这首诗大多数人都耳熟能详，却很少有人懂得其中内涵，锄禾为什么非要日当午？前文说耪地不办饭，又是为什么？

　　耪地的作用有两个：一个是除草，另一个是往作物根上围土。除草对于任何一种农作物都是必不可少的环节，日当午，太阳最热的时候，杂草经过锄头锄掉，再经过太阳暴晒就很难再复活，所以说人们又累又热，汗水滴在地上，正如农民说的，汗珠子掉在地上，摔得七八十来瓣儿，容易吗？在整个农活中，只有耪地才不下山，做饭的往山上送饭，要的就是"锄禾日当午"的效益。围土是为了让作物多生根，所以有"谷耪八遍饿死狗"之说。每耪一遍就能多扎出一层根，根系越发达籽粒越饱满；籽粒越饱满，皮越薄，也就糠少。传说上帝决定的，人吃精米狗吃糠，没有糠，这狗不就饿死了吗？当然，这是一种象征，有些夸张。

　　耪地的队伍比较庞大，队长更要严格检查质量，既不能耪掉苗，又不可留下草，尤其靠垄眼儿的地方，尽可能将草锄掉，避免锄拉不到头而留下门槛子，更不能埋了苗。队长耪着一个阳沟垄，时不时地检查着质量，成年人都比较熟练地按质完成，只是那些体弱的或小半桩子跟不上大帮，最容易出现问题。队长有时也是在敲山震虎："睁开点眼，眼珠子长肚脐子上了，没成豆还没秕豆？看不着都埋上了吗？那草留着你吃啊？"其实就是在诈唬。真发现问题会走到这个人的身边，小声告诫："加固着点，撇拉这么宽容易掉出来。"这都是行话，睁开点眼意思是埋了苗了，加固着点意思是垄眼子闪得太宽了，有草没锄掉。当然，这里含有讽刺意味，但是大家觉得像是开玩笑。

歇头歇了，太阳两竿子高了。人们有的口渴，到邻近的人家找口水喝，有的到邻近的沟坑放放水，男人们聚在一起打火抽烟："来对个火。""家住山海关不抽对火烟。""嘿嘿，家住北京城不对又不行。"彼此把烟对着大口地吸着，有的有烟无纸，有的有纸无烟，都心有灵犀地交换着。为了解乏，有的把去痛片碾碎，放在烟里抽，说是立马身上就不疼了。程老七习惯抽蹭烟，看见人家有去痛片，也凑上来嬉皮笑脸地讨要。有年轻顽皮的，把粉笔头磨成去痛片的模样，给他一两片，他如获至宝，偷偷摸摸地卷在烟里，十分享受地吸着，有时还吞下半片："嘿，这玩意儿真管用。"大家知道了其中的秘密，哄堂大笑。大侄媳妇告诉了他实情："老叔，你的心眼儿咋就那么实？那三孬种哪有那善心？他能把去痛片给你啊？那是粉笔头。"又是一阵哄堂大笑。"我说咋这么牙碜呢！"老爷子脸泛羞涩，翻了三孬种一眼，嘴里嘟囔着。

这位七老爷子是单身，弟兄七个他排最后，跟着大哥的儿——大侄子和这位大侄媳妇一起生活，大侄儿夫妻俩也没有孩子，老侄少叔相依为命。老爷子心地善良，大侄媳妇又是那么贤惠，大侄子倒是有时粗喉咙大嗓子地嚷他，一旦被侄儿媳妇儿听见，保准一顿臭骂。全营子人多数都是侄儿，拿他开玩笑，有时候几个后生一挤弄眼："嘿，放辘轳啊？"三五个家伙，将老头按倒在地，扒开裤子。女人们都把脸扭过去。任凭他怎么叫喊也没用。浑蛋们尽兴了才会放开。老头也不骂也不恼，只是频频地说："啥玩意儿？啥玩意儿？拿烟来卷根抽。"接过人家的烟口袋，狠狠地卷了一大支，大口地吸着，可以抽出火苗。吸烟是他唯一的嗜好，总是好抽蹭烟，说自己的烟味不好，太冲，是蛤蟆拱，总愿尝尝别人的葵花烟。因此时常被人戏弄，在烟里卷上小爆竹，点着了递给他，吸了几口"砰"的一声，炸得烟末飞溅。那个时候的爆竹比现在儿童玩的擦炮还要小，人们叫它"干草节"，没有多大的炸力，都是淘气的年轻人恶作剧，寻开心而已。

诈一阵子尸消停下来，喝水的、撒尿的都回来了。该郭队长讲故事了："老叔，再讲个故事呗！""对，老舅，拉个呱呗！"

"拉一个就拉一个。"

"咱们就说跟耪地有关的故事吧。"

"早些年一个庄户家，当家的在山上耪地，老婆在家做饭。什么饭呢？是豆子干饭。米汤放在甂子里，干饭放在篮子里，一头甂子一头篮子，让10岁的儿子挑着给当家的送到地里。小儿子挑上担边走边玩儿，见到蚂蚱抓蚂蚱，看见蝴蝶追蝴蝶，不知不觉来到了地里，看见他爹紧走了几步，吧唧摔个跟头，甂子打了，米汤洒了，儿子吓傻了。他爹走近儿子连忙扶起，收起篮子。还好干饭完好无损。老爹提过篮子安慰儿子，不要紧，有吃的就好。坐下来边吃干饭边笑，儿子问爸爸为什么发笑，这当家的说了，这叫：骑着青鬃马，手使钩镰枪，打破了甂城市，跑了汤元帅，拿住豆总张。小儿子眨巴眨巴眼睛笑了，一手提着篮子，一手拎起扁担跑回家去了。"

大家沉默了片刻，哦，钩镰枪不就是锄头吗？青鬃马？麦子垄啊！

领人的发话了："来呀，上马提枪干起来！"

小半桩子们还不尽兴："再讲一个呗！"

"好好干活，明天再讲，提枪上马，走起！"

第二天真的又讲了一个，也是与耪地有关的，也是送饭。

"早些年，一家姓姚的庄户家，老爷子在山上耪地，让12岁的孙子挑着饭挑子往山上送饭，小孩子淘气啊，爱好鞭子。挑着挑子玩着鞭子。路边是荞麦地，荞麦已经开花了，有蜜蜂在上面飞来飞去。这孩子想打蜜蜂，一鞭子下去，没打着蜜蜂，却打落一串串荞麦花。他觉得好玩儿，一步一鞭子，一串荞麦花落地，就这样边走边打。正这时感觉有屁要放，小孩子淘气啊，掀开龛子放了一串屁，又连忙盖上龛子，挑起来又走。还是边走边打荞麦花。到了地里，爷爷吃饭，他自顾去玩，当爷爷吃完饭，孩子收拾了，挑着空担回家，还是照样边走边打荞麦花。

"就在这时，西北天边起了一块笸箩口大的黑云。这黑云不断扩大，片刻之间来到头顶，一阵狂风扑将过来。与此同时，爷爷胸口一阵剧痛，咳嗽了几声，扑通倒地，气绝而亡。几乎在同一瞬间，耳听得一个炸雷响过，传出孩子的惨叫声，紧接着云头转移，片刻之间疏散。声音惊动了周围地里的人们，人们循声而至，发现送饭的孩子倒地而亡，已经没有一丝气息，身旁有一块白绢，上写道'鞭打荞麦50亩，屁熥干饭祭老祖'。人们也就知道了孩子的死因，跑回去告诉家人，眨眼之间，两条人命就这么没了。所以说青苗是有神灵保佑的，糟蹋不得。"

听故事的人们不禁咋舌，也领悟了队长讲故事的用意。

在没有故事听的时候，年轻的男子汉体力大有剩余，趁着休息，放松耪地的压抑。摔跤虽不是汉人的专利，但是只有这项运动，既刺激，又可以消耗大量体力。双方有赌注，败方给胜方带一个垄，也就是半个人的劳动量。有参战的，有观战的，有喊号子的，也有评判的。场面很激烈，三战两胜或五战三胜都有，提前说好。摔跤不但要有力气，更讲究技巧。有抓破肉的，有撕破衣服的，都不会急赤白脸。就算是把裤裆撕开也没关系，薅把草拧成绳捆上，提起钩镰枪，跨上青鬃马，也不管队长说啥，也不顾领人的快慢，一股脑儿耪到头儿，跑回家缝上裤子再来时队伍才到地当间儿。

不愿摔跤的参加另一项运动——"撅大秤"。一个人躺在地上，双手抱住头，身体挺直，另一个人站立，双腿夹住躺着的人的双腿，双臂搂在这个人的臀下，身体下沉，用力把躺着的人上身撅起，撅到平身为胜；当没撅到平身，躺着的人没挺住，身子软，沉下为败。双方轮番互撅，三战两胜或五战三胜，赌注同样耪半个垄背儿。李文焕小我一岁，我们属于半桩子范围内。他在旁边看热闹，瞅出玄机，挑战黑老大，他躺下让黑老大撅。这黑老大人高马大，哪怵他这个小嫩条子！慷慨应战。结果三战三败，只好接受惩罚。稀半个垄倒是没啥，心里不服。李文焕本来顶半个人，黑老大稀着垄，他扛着锄在后面跟着，脸上美滋滋，而黑老大的脸却是火辣辣，红一阵白一阵。李文焕走上前："认师傅吧，我会使千斤坠，气死你也撅不起来。"黑老大放下半个垄，稀着自个儿的垄，臊眉耷眼地脱离人群。人们都纳闷：大焕真会使用千斤坠不成？聪明的郭队长早已看出玄机，在一旁抿着嘴笑，却不去点破。其实，大焕哪会什么千斤坠？他躺在地下，头下枕着一簇断肠草，用手揪住，相当于千斤坠。黑老大憋得脸通红，甘拜下风。

可怜那些体弱的啦，还没跟上进度，吭哧瘪肚在那儿刨。这类人体力确实不佳，并且工具也不咋应手，"手巧不如家什妙"嘛。这里有口诀："不深不浅儿，将没锄板儿，没等使劲儿，来到跟前儿。"不懂技巧的，总是扒堆子，地稀不到好上，却非常吃力。爸爸对收拾锄头最在行，锄头既抓草又轻快，不黏土。其他人都争着抢着换他的锄用。"不行，换镰不换锄，换锄使不服。"

成年妇女们总是习惯性地抱着脑袋抓虱子，掐虮子。年轻一点的大姑娘、小媳妇儿凑在一起"抓子儿"玩儿。偏大一点的男人们用石头玩"五福"或"毛轮"，又叫狌歹叼羊。

开锄十几天了，为了激发社员们的干劲儿，队里分发第一批补助粮，全是小米子。有的家庭劳动力多，而且不缺勤，能分到六七十斤，少的也能分到十几斤，可以改善一下了。会过的家庭吃顿干粮，人家说，细水长流吃穿不愁，过日子要精打细算。不会过的呢，有米一锅有柴一灶，上顿干粮下顿饼子。奶奶说："马达子过法，吃净分光。"当然，奶奶所说有所指。家庭主妇不善于持家，有了一顿充，没有了敲米桶。儿时的我，当然眼馋人家的小米子面烙糕啦，还有小米面的发面。非年非节，妈妈是不会这样铺张的，总是粗细搭配着做。人们说，男人是个耙儿，女人是个匣儿，不怕耙子没齿儿，就怕匣子没底儿。随着年龄的增长，我越发理解了这句话的真正含义。每逢年节，妈妈总会用细粮做出各种美食犒劳我们。

人们经历了1960年到1962年的困难时期，更加珍惜粮食，记得课文里有这样一篇文章，叫《十粒米一条命》，讲了一个悲惨的故事。地主到佃户家收租，因为年景歉收，佃户家没交够租子，地主把家里唯一的一升米强行拿走，临走时佃户家的小儿子从升里抓了一把米，被地主家狗腿子上去一脚，把小儿子踢死了，掰开孩子的手，只抓着十粒米，因为十粒米搭上了一条命。爸爸经常给我们讲："是饭就充饥，是衣就遮寒，'粒米度三关'啊！"

谷子该拔草间苗了，于是男女分开劳作。男人们继续耪地，女人们专职薅草。这样比较好些，女人们薅草更有优势，一方面蹲得住，另一方面，手比较灵活，而男人们略显愚笨。妈妈和大姐都在拔草的行列里。大姐被妈妈带得已经是出类拔萃的庄稼人了。我还不能顶半拉人的时候，大都在这个组织里负责敛草。妈妈和大姐把薅下来的草攒在一起用来喂羊。

拔草的工作有两个要点。一是分清草和苗。谷子分青苗和红苗两种，青苗茎的颜色与莠子草特别接近，必须从颜色及茎叶上进行区分，坚决不可薅了苗而留下草，即使没有苗的地方，也不可留草，因为莠子的籽是边成熟边脱落，第二年照样发芽荒地。二是苗的间距，正常情况下，一拃留三棵，疏或密同样影响产量。"厚谷稀麦，庄稼人的祸害""稀谷秀大穗，一穗顶两穗"。拔草同样有农时的要求，"谷间寸如上粪"，是说谷子幼苗长到一寸高时及时开，像上粪一样见长。那个时代的庄稼人不懂得科学，只知道老祖宗传下来的秘诀："种地不用问，全靠水和粪。"毛泽东主席的八字宪法"土、肥、水、种、密、保、管、工"，其中的"密"，也就是株距要适当，太厚了，绝对不会高产。

这个队伍有正队长跟着，既督促进度，更重要的是监督质量。谷地垄与垄往往是有区别的：一方面是前茬的因素，落下莠子籽儿会很荒；另一方面，毕竟不是一个人点的籽，疏密肯定有区别。遇到厚垄的撵不上，队长便上前帮上一阵子，大家奋力前行。薅过草的幼苗整整齐齐，像少先队小朋友的队伍，微风吹过，齐刷刷地给辅导员们行队礼。

这里十分热闹，尽管双手忙乎着，嘴却不闲着，你一言我一语，时不时地掀起一阵欢笑。

"嘿，大伙头今天咋来晚了？大哥拽住小大襟了吧？"

"你才让人家拽住小大襟了呢。猪圈门子没关住，头脚出院，猪崽子后脚跟出来了，又把它撵到院里圈上。"

"二嫂子，我家老抱子（抱窝的母鸡）趴窝都趴死了，你家有咕咕头母，卟蛋着调，我晌乎去你那儿照几个去。"

"我家只有两个蛋，不用照，都拿去吧。"身边的几个一阵大笑。

"去你的，跟你说正经事儿，你又没正行。昂，说好了昂。"

"说好了说好了，别人不行，你还不行？"

"给我也带几个呗，出几个算几个，公鸡就公鸡，母鸡就母鸡。"

"我想搁十个，你搁五个吧，搂好了。晌乎你也照照，后晌回去就拾到上。"

"嗯，行，只要出俩母鸡，就供上我老小子吃了。"

"还老小子？看看你那肚子。"

队长干一会儿站起来转一转："薅哇薅哇，这头吃干饭那头吃年糕啊！"不知队伍中的两个人因为什么争论起"人死了还能不能再托生成人"的话题，其中一个问队长："老叔，人死后还能转世投胎吗？"

"那得看咋死的了。"

"咋死的能投人胎？"

有这么一个传说。有一个男子，好要钱，因为要钱经常和老婆吵架，家里输了个精光，就剩三间房圪崂了。这一天又出去赌了，在邻村赌输了，落下一屁股两眼子的饥荒，丧奔幽魂往回走，边走边懊恼，边走边后怕。三天后还不上，人家会来挑房盖儿的。越想越窝囊，咋回家面对老婆孩子呢？正走到一个小沟弯儿，迎面一棵歪脖子榆树，一个念头浮现在脑海里。干脆我死了得了，一了百了。迈步走到跟前，解下裤腰带，挽了个套儿搭到树上，翘着脚，脑袋往里一钻一蹬腿，翻了白眼儿。正在这时，放羊的羊倌赶着羊群，眼看着太阳落山了，来到榆树下，看到树上吊着个人，急忙上前打落下来，一看是狗剩子，心中想：你个二流子，知道是你，我都不往下卸你。赶上羊群，回去告诉了家人。老婆赶来一看，没气儿了，只是哭了一通，也没叫叫啊，劝劝的。这二流子，憋着一口气没上来，倒是希望有人捶一把，或是喊两嗓子，上来这口气也就活过来了。就这样被卷巴卷巴埋了。这狗剩子的真魂心想：完了，回不去了，走吧！被黑白无常给带走了，到阎王那儿一查，阳寿不到，送他去投胎。黑白无常带上他来到一个大坑边上，就像咱黄土坑似的吧，一坑水白沫液涨的。黑白无常告诉他，你想投啥就披啥皮，披上往坑里一跳，马上投胎。狗剩子魂魄围着这些皮转着看，发现一张油黑锃亮的皮，心里想这张真好，跟黑缎子似的，就选这张吧，披在头上一闭眼往水坑里一蹿，砰的一声落进水里了。与此同时，一家大巴主（过大日子的）的老母猪下崽子了，嘁啦出溜下了十来个，其中的一个钻出母猪哨子，抖搂抖搂毛，睁开眼一看是只猪，这个后悔呀。没有办法，肚子饿得不行啊，吃吧，叼着奶头，一顿猛嘬。吃饱了往大母猪胳肢窝里一钻，睡起来了。就这样吃了睡，睡了吃。醒着的时候啊，就寻思咋逃出去呢，这样最终得让人家给杀了吃了。终究没有办法，饿得难受啊，还是吃。他一个吃好几个奶头，嘬干一个，一嘴巴子把别的打到一边，嘬，嘬干了再换。眼见这个刨篮子（公猪），长得比别的大一圈。一个月过去了，该分窝了，喂猪的是个山东人，早就和东家说了：俺的小胖儿说啥也不卖，留着自己吃。最后真的没卖。

就这样日复一日地过去了一年，到了年根腊月十几，突然觉得猪食怎么清汤寡水的呢？他心里咯噔一下，这是在吊他的肚子啊，完了完了，好日子到头了，咋整啊？他时刻警惕着，远离人群，吃个三两口就走。这一天他夹着瘪肚子来寻吃的，看见几个汉子手拿绳索在向他靠拢。他忙不迭地叼了口食，还没等人们靠前撒腿就跑，东一头，西一头，人们围上来逐渐逼近他，他是有空就钻。哎，有个阳沟，哧溜钻了进去。里面是场园，这小子一股脑儿钻进了干草垛里，就是不出来，人们没办法，只好暂时放弃。

这家伙在里面哆嗦得像筛糠，心怦怦直跳，像打鼓。也不知道黑天白日，纹丝不敢动。只听到鸟雀们叽叽喳喳在头顶上叫。后悔当初啊，咋没披张鸟皮？自由地飞翔多好啊！饿啊，我咋就落到这番天地呀，咋就不信老婆的话呢？这要是在以前老婆早把饭给我端上来了，千不该万不该哟！正在想着只听喂猪的敲着猪食盆子在叫他：小黑儿，出来吃食喽，出来吧，保证不杀你了。心里在暗骂：谁信你的鬼话呀？出去？出去我就没命了！他大气不敢喘，紧缩着身子。

也不知过了几天，他只觉得眼前一阵阵发黑，盘算着就这样耗下去，饿也得饿死。去他的吧，咋死不是死啊，早死早托生，想到这儿他挣扎着倒退出干草垛。乍一出来，不敢睁眼，冷静了一会儿，抖抖身子，哎哟，险些栽倒。他踉跄着按原路返回，还是钻阳沟吧。心里明白，这个阳沟啊，好比上吊时的那个腰带套扣，这面是阳世，那面是阴曹。他咬紧牙关定定神，哼，大丈夫生而何欢，死又何惧！哧溜钻了出去。嘿嘿，哪承想人们已设好套扣，立马就擒。他不叫，也不挣扎。嘿，哪还有力气挣扎。人们将他四马蜷蹄捆个结实，抬上断头台。这家伙咬紧牙关，就等着挨刀了。只听得扑哧一声，嘿，冰凉的，没觉得咋疼，只是气不够用，迷迷糊糊像睡着了。醒来才知道又被黑白无常带到了阎罗殿，阎王爷一查生死簿，此人阳寿未尽，送去投胎。又来到了那个混浊的死水坑旁边，心里想这回可不捡黑的披了，他寻摸着看见一张紫不溜秋的皮，还闪光呢，就这张吧。往头上一蒙，一头栽下水坑。与此同时，一匹大白马产下一头小骡驹儿。他睁开眼观看着四周，大骡马正在舔身上的胎物。这个懊丧，长大了拉车拉磨挨鞭子。完了完了，这哪是个头儿唉！拜了四方，站立起来，找奶吃吧。书中交代，是个栗子色儿的骡子，主人喜欢得不得了啊，俗话说：一个骡子半个儿。

他十分明白未来的命运，同时也在设想着如何摆脱。每天跟着妈妈在山坡上吃了睡，睡了吃，这一天睡醒吃足站在山坡上，思量着这啥时候是个出头之日？不能就这样任人使用啊！书中交代，这山坡呀，像咱们的东大坡，坡下也是个东大沟，这骡驹子打量了一阵，然后放开四蹄，如同离弦的箭，直奔大沟冲来，将到沟边，他两眼一闭，纵身跳下几丈深的大沟，没觉得咋疼，忽忽悠悠地迷糊过去，醒来时还是被黑白无常带到了阎罗殿。同样，阳寿未尽再次投胎。这回啊，他心里有数了，说啥也不再披新鲜的皮啦，找到一张最脏最脏的，提起来还流脓滴水，黏了咕叽的，往头上一蒙……

正讲到这个节骨眼儿，不讲了。站起身说道："薅啊薅啊，这头吃干饭，那头吃年糕啊，薅小的留大的。"旁边有人搭腔："薅大的留小的，小的想她妈长得快！"

"哈哈，那你回去把你老妈掐死，你明天就长大了。"

惹得大家一阵大笑。

搭腔的是个小半桩子，和队长是叔侄关系，平时总爱逗个嬉溜。

大家都催促着："快说呀，老叔，这回投了个啥胎呀？"你一言我一语地猜测着。

队长巡视了一番，纠正了几个半桩子："把这护腔毛择络干净点，别跟连鬓胡子逮炒面似的。动动镰刀头，别头脚走了，后脚又二荒了。"

队长只要一拉呱，没人说话，都静静地听着，只有薅草的"唰唰"声。手慢的也紧紧地追赶，落远了听不见，进度明显提高，人们还不觉得那么疲劳。

队长巡视一番，回到他的垄上蹲下继续说：

这回长心眼了，找了张脏的皮披上，往水坑里一跳。与此同时，张员外的二房的产房里传喜讯——生了，儿子！这张员外只因为膝下无儿才娶了二房。这二房还真争气，给比她大20岁的老公生了个儿子。这小子生下就眨巴眼，他心里就明白了，这回托生成人了，同时暗下决心：一定重新做个好人。

生在这样一个家庭，宠爱自不必说，本来长得天庭饱满，地阁方圆，老员外倍加疼爱。一年小两年大，转眼间到了上学的年龄，老员外花重金聘来有名的私塾先生，只教他一个。这孩子天资聪颖，学书如吃书一般，博得老先生大加赞赏，把看家的本事全部传授给他。有话则长，无话则短啊。转眼到了龙虎之年，京城开了考场，儿子征得父亲的同意，进京考取功名。三场得中皇家榜眼，皇上嘉封某省督察，上任不提。

单说狗剩子撇下的妻儿，孤苦伶仃，孤儿寡母相依为命，度日如年。忽一日门外来了个讨债的，说是前夫欠下的赌资：你家儿子已经成人，父债子还！老夫人心中一惊，啊？事过几十年，怎么冒出个赌债？这便如何是好？讨债者扬言：你的房子地契在我手上，限你几日腾出房子。老夫人更加惶恐，这死鬼，莫非真的将房契抵押出去不成？书中暗表，这个讨债主本是当年与狗剩子一起赌博的赌徒，名叫坏三儿，也是输了个精光，连个住处也没了，走投无路，看见当年赌友家中尚存一舍，思量着，蒙他们母子必定得手。常言道：赌窝里面出贼性啊，输急了眼啥屎都拉，就是不拉人屎。

老夫人觉得十分冤屈，决定上堂申冤。

这一日新上任督察升堂理事，忽听外面有人击鼓喊冤，人役将喊冤人带到堂前回话。喊冤人上得堂来，双膝跪倒，口称大老爷民妇有冤情诉秉。督察吩咐人役给妇人看座。老妇人坐定，心神倒舒坦了许多。督察用眼睛仔细打量了一番，总觉得此人十分眼熟，但在这大堂之上，又不便多问，开口说道：这一夫人，有何冤屈，如实道来，本官与你做主。老妇人定了定神，未曾开口，双泪横流，一五一十将以往之事细说一遍，说她丈夫人送外号狗剩子。这一言出口，堂上大人机灵灵打了个冷战。老妇人继续说道：丈夫因赌输了所有家资，无力偿还而上吊自尽，而今有一赌徒名叫坏三儿，硬说我家房契在他手上，限我几日内腾出房子。这叫我们孤儿寡母如何生存？还望青天大老爷与民妇做主。说完眼泪扑簌簌而下。堂上大人听得眼圈已经红了。眼前的大人便是当年的狗剩子，除了他自己，别人哪里知道这天大的秘密。督察镇定片刻，对老妇人言道：夫人此言可是实情？

民妇所言，俱是实情，绝无半句谎言。

那督察叫道：人役！

在！

随本院民妇家中走一遭。

呔！

督察乘坐八抬大轿，众人役侍奉两边，老妇人头前领路，直奔妇人家中，不对，应该是向他自己的家中而去。这一切他是再熟悉不过了。到了门前落轿起帘。督察走出轿子，直奔堂屋，吩咐人役，取来梯子放于屋里山墙之上，叫人役上去敲击。只听得有一处空响之声，叫人役挖开一看，里头毛头纸显露出。人役取出交给大人，大人递给老妇人：可是此物？老妇人接过细细辨认，面露喜色：正是此物。老妇人方欲下跪，被大人双手搀扶，说道：夫人不必如此。大人立刻吩咐回衙听命。众衙役抬上大人回衙。

老妇人丈二和尚摸不着头脑：这位大人为什么这样神？为什么叫我夫人？

督察回到衙内，断喝一声：升堂！众衙役随声应喝：升堂——升堂！

督察惊堂木一拍：来呀，带罪犯坏三儿上堂回话。

半袋烟工夫坏三儿被带到。

堂下跪的可是坏三儿？

正是草民。

李家的房契可在你的手上？

这、这个，在我手上。

呈上来。大人听他吭哧瘪肚的，就知道有鬼。

哦，大人，来得仓促没带在身上。

速去取来。

坏三儿正欲起身，大人拍案而起，随手将家里的房契摔在坏三儿面前：哎，睁开你的狗眼，看看这是什么？

这坏三儿情知事情败露，磕头如同鸡啄米：罪民知错了。

大人吩咐将坏三儿打入牢中，听候发落。吩咐衙役：有请老夫人。

不多时，老妇人上得堂来，方欲跪下，大人忙道：夫人请落座。大人下得堂来，屏退左右，来到老夫人面前问道：你可知我是谁吗？

自从大人从家中的墙上取走房契，老妇人心里一直犯嘀咕：他是谁？为什么这么准确地找到我家房契？这东西本来是孩子他爹藏起来的，难不成他就是……不对，他比我儿子还小哇！可其他人又怎么知道的呢？

听大人发问，老妇人连连摇头：不知，大人，你是神吧？

夫人，我并不是神，我就是当年不听话，久赌败家，人称"狗剩子"，你那不争气的丈夫……

大人把老妇人按在椅子上坐定：听我慢慢道来。

大人把如何上吊，如何三次投胎，第三次投胎托生为人，又到了今天，细说一遍。老夫人这才半信半疑。大人接着说道：当时我没有死，只是背过气去了，如果你在我的前胸后背敲上几下或喊上几声，我也就回来了，可你没有。对不起，让你受苦了。老妇人又问：那房契又是怎么回事儿？大人答道：房契是我背着你藏在那儿的，我想，我天天这么赌，没准儿把这个家败光了，为了保证你们娘儿俩永远有个窝儿，所以才在山墙上掏个窟窿，将它藏在里面。没承想，这坏三儿真打了房子的主意……

简短地说，大人回府与家父细说明白。这个隔世的家庭又重新组合在一起：儿子大爹3岁，媳妇大丈夫23岁。

这位督察大人，严格治理社会，在他管辖区内再没有赌博恶习。

故事讲完，大家七嘴八舌议论开了，有的说这不是真的，可是立刻有人出来反驳：猪八戒不就是投错胎吗？有的深有感触地大骂赌博的就该死，永远别投胎。

有心的郭队长意识到人群里有深受赌博之害的家庭主妇，于是又转口说道："也别说要钱不好，要钱的属上九流，不是说吗，一流佛祖二流仙，三流朝廷四流官，五庄稼六买卖，七僧八道九要钱。要钱人是上九流老九，赵太祖就是要钱出身，有句俗话叫'赵太祖的光棍儿输打硬要'！也都别瞧不起庄稼人，我们庄稼人是上九流老五。"

当时的我听得入神，却有些懵懂，不知道谁说得对谁说得错，带着这些疑惑，总是有意无意地去收集这方面的知识。

民间有时也偶尔带出这类的东西，比如，有老人骂那些地痞流氓："可惜阎王爷给你披上这张人皮，啥屎都拉，就是不拉人屎。"这句话的意思，似乎与故事里的披皮投胎比较吻合，可是在现实生活中总是见不到真实的事情发生，随着年龄的增长，逐渐悟出故事的真正内涵：做好事，做好人！

郭队长称得上故事大王，他大字不识一箩筐，又是从哪儿学来的呢？他的记忆力也是神了，一个故事能讲两三天。比如，王三姐的故事，从《彩楼记》到《破瓦寒窑》，再到《汾河湾》，再到《算粮登殿》，其中的人物姓名、人物形象、所在朝代，都叙述得惟妙惟肖。有爱情的，如《蛤蟆传》；有神话的，如姜子牙《封神演义》，如何把他自己封到灯笼杆上。

他尊奉神的存在，但又不迷信神的超能；他修房盖屋，从不找风水先生；家里有人生病长灾，从不看"香"；天旱无雨，他从不认为是神在作祟，那是自然现象。他深信人要是缺德神灵会惩罚他的，积德，神灵也会祖护他的。

拔草队伍的劳动气氛是丰富多彩的，而耪地的大老爷们儿却很枯燥乏味。这里是清一色的男子汉，有些放纵的汉子几乎是赤身裸体。有的因歇着时的赛事不甘心，又跑到地头继续搏斗。他们身上有多余的能量，不能得到释放，即便是落下一大截，一哈腰便追上队伍，继而超过领人的一大截，远远地看上去，队伍像一盘散沙，像一队残兵败将。但有一点，耪地的质量没得说。

一晃端午节到了，队里放一天假，但不是带薪休假。孩童们早早盼望着这一天，清早去东水泉子、下泉子采薄荷、艾蒿，掏鸟蛋，尽情地戏耍，除此之外，还能分到一个煮鸡蛋。因为一年仅此一次，所以舍不得吃，由闻闻到舔舔，不小心磕破了，一点一点地咂巴，那个香哎，今天回忆起来还余味犹存。东水泉子菜地的韭菜下来了，每户都能分到，既按人口也按劳力，这叫人劳各半儿，体现了社会主义的分配原则，也体现了劳动者的优越。每户都能吃上一顿韭菜馅饺子，感到幸福满满！

从这天开始，园子里总是断断续续地有蔬菜产出，每家每户都能时不时地分到新鲜的蔬菜，水萝卜、小火葱、黄瓜、青椒等品种很多，又十分新鲜，绝对绿色环保。如果谁家来了客人，比如，下乡干部、孩儿生日娘满月、请先生看大夫、请媒人，可以破例到园子来搭兑点蔬菜，园头有本账，秋后结算适当作价。这样使得餐桌上不那么羞涩，东家脸上有光，从而产生自豪感和优越感。蔬菜的肥料都是生产队里的羊粪，每年都有足够的肥料优先投放在园子里。每逢节日都有蔬菜可以分到，头伏饺子，二伏面，三伏煎饼卷鸡蛋，立秋吃秋饱。大雨节上庙杀羊祭奠，羊的血腥气息留给神明，所有可食用的都分给社员们，人劳各半儿，绝对分得公平公正，像给儿子分家一样，哪怕是一根烧火棍，也一撅两半。中秋节就更丰盛了，许多种蔬菜都成熟了，各家都能分得很多蔬菜，一时吃不完，储存起来，够这一秋天割地打场用的了。入冬时节，还能分到部分冬储菜——大蒜、芹菜、大白菜、疙瘩白，尽管数量不多，但完全体现出以生产队为核心的队委会的良苦用心。好年盛景好心情，体现出生产队的好，因此"爱社如家"，不再是口头的戏语了。种园子的手艺人也更换了几个，先是王进得三大爷，后来是他的六弟王玉得六大爷，第三代是仪垂德三大爷。队里在园子里配设了水车，拉水车的小白毛驴儿特别听话，带着捂眼儿，一个上午、一个下午不停地拉，泉水源源不断地浇灌到菜地里。可谓人勤、水足、肥壮、蔬菜丰！这在周边的十里八乡是很少见的盛况。尤其是八月节，队里要杀几只羊，偶尔还杀上一头老牛、老马分给社员们，都是人劳各半儿。这要得益于社会主义的优越性，得益于生产队长们的用心良苦，得益于柴达木人的劳而苦干！

大约在 1964 年以后吧，柴达木人的日子才逐渐看出些起色。

农事越来越忙，头遍地没耪完，谷子该耪第二遍了，其他作物也该开铲了，部分劳力从耪地队伍中分流出去参加铲地劳作。大车上的劳作停了下来，除非大车有摊派任务，也只是老板子一个人完成。队长不失时机地掌握着生产环节，以缓解因雨量充沛作物长势旺盛，而导致的越发催手的农活。为了调动大家的干劲儿，劳动报酬也会调整，补助粮每个工日由 1.2 斤增加至 1.5 斤。看到希望的社员们早出晚归，挥汗如雨，指望着有个好收成。铲过的庄稼过不了几天就该稠了，又要从耪地的队伍里分流出部分力薄的老者去稠地。

时令已经入伏，有露水了，人们真正意义上日出而起，日落而息，露水打湿了他们的全身。尤其是稠地使犁的，下半身几乎是在水里泡着似的。脱掉长裤吧，叶子上的锯齿就像刮刀，把大腿外侧刮得鲜红，血水渗出，加上露水的浸渍，钻心地痛，但没有一个放弃的，因为这是他们的正业。

这个时节是多雨季节，农活越忙天越是不开晴。偶尔年份会出现"夏至连端午"的情景。从端午节就阴雨连绵，持续到夏至，人们说老天下顺点了。也有人说今年是一龙治水，龙多不下雨。

农活做不成，男人们开始上山挖药了，山上的药绝迹后，人们大都不懒在家，在房前屋后、地头地脑下点功夫，家里的小菜园侍弄侍弄。

实在无聊，便挤在饲养处吹牛，云山雾罩，胡诌八咧，荤的素的都有。还真甭说，真有成本大套的："说我诌我就诌，大年午更立了秋，实冬腊月发大水，冲走一颗高粱头，剩下一根秫秸秆儿，撅插撅插做车轴。去时拉的是关东米，回来拉的是关东油。走一步膏（gào）一膏，看看车轴研轴不研轴。"

"说我聊，我就聊，耗子叼着个大狸猫，野鸡摁着个黄莺啃，兔子摁着个座山雕。"

"说胡话，道话胡，拿起镰刀耪一锄，一锄耪到枣树上，耪下个栗子黑大乎。猫腰捡起个大甜梨，拿到上房敬二姨。二姨见了心喜欢，支起鏊子鏊水饭。张三吃了李四饱，撑得王二麻子遍街跑。"

"我在大街走，碰着个人咬狗，刚想拿狗打石头，又怕石头咬着手。"

只有拉呱才会使人们静下来。在这里拉呱儿，当数郭队长的二哥郭得一二舅啦，同样荤的素的都有，先说个素的吧：

说有一个姓张的员外，颇有家资，有许多庄园，他膝下儿女成群，每天围着打打闹闹。忽一日，他为儿女们的未来发愁：将来我不在了，他们以何为生呢？必须教他们生存的本领啊！对，必须找一个教书先生教他们读书。主意打定，便进城寻找教书先生，他走大街穿小巷，逢人就问：谁会教书啊？您会教书吗？人们都摇头。

话说有这么个二流子，赌钱输了个精光，躲在一个小巷子的旮旯里，抱着个瘪肚子，正在犯傻。这时，老员外过来近前问道：您会教书吗？二流子抬头一看，面前站着一位五十出头的老者，看上去很有福相，一听说会教输吗，这有何难？我天天和输打交道，于是满口应允：老先生不瞒您说，我只会教输，不会别的。老员外上前拉住二流子的手：谢天谢地，我总算找到了，请问先生大名？我姓静，叫静长输，您就叫我小静吧！可不是呗，经常输，没赢过。

书中说，这两个人所说的书，根本是风马牛不相及。老先生说的书是读书的书，静长输说的输是要钱输赢的输。二人就这样误打误撞、错打错来。

话说静长输跟随老庄主来到家中，简短地说，收拾学堂，置办桌椅，择日开学授课。静长输怎样教书不说，单说这老庄主啊，心里惦记，这先生教的什么书呢？想一探究竟。他蹑手蹑脚来到学堂窗子外面偷听。只听得老师正在教孩子们读书，老师教一句幺二三，学生跟一句幺二三，老师又教一句二拉四，学生跟读二拉四。

幺二三，二拉四。

幺二三，二拉四。

老师吩咐：把这两句背熟，明天老师考你们。

学生们半闭着眼睛，晃着脑袋开始背书：幺二三，二拉四；幺二三，二拉四……

　　老员外哪知道啊，这是耍钱中用骰子撵猴中的输点。于是他再次进城去打听，逢人就问：幺二三，二拉四是书吗？当然有很多人不知道啥意思，纷纷摇头说不知道。无巧不成书，还真有这么个主：幺二三，二拉四？是输啊，这不纯输吗？老员外听了喜出望外啊，急忙回到家，当晚摆盛宴款待了这位先生。又过了几天，老员外出于好奇，又来到学堂窗外偷听，只听着孩子们正在背书：顺子豹子进交夷，十五十六带十七；顺子豹子进交夷，十五十六带十七……

　　丁七叉，瞪眼扒，八喇嘛烧火笑哈哈，

　　四六紧拽鹅骑驴，老虎钻进酒篓趴。

　　地九相碰一根棍，天啃石头锛掉牙。

　　书中交代，这些都是耍钱输点儿的顺口溜。老员外仍然不懂，不读哪家书不识哪家字。又去城里打听，人说啊：这都是输呀！输透了！老员外这个乐呀，回家再次犒赏先生。

　　话说，正赶上外寇入侵，官府要求村村寨寨张贴反寇标语。大家都推荐老员外家的教书先生，能教得一手好书，自然会写标语啊。老员外满口答应，回来对先生言讲。这位先生心中一震，但又不能被老东家看出来，先是谦虚了几句：你看看咱村里的能人这么多，还是让别人写，我才疏学浅，恐怕难当此任。老员外连忙解释：满村里哪有先生这般学识？大家都推荐静先生当此大任。先生勉强答应，送走了老东家，自己在犯嘀咕，这标语我哪写得了哎，可又推托不掉。急得满屋子打转转，突然计上心来，我何不这般如此如此这般！

　　第二天叫上几个大个的学生，弄来许多白土子搓成细面儿，用水泻成泥浆，拿来刷子，在所有墙面上画一个圆圈当中点个点儿，画个圆圈当中点个点儿，远远看上去还很亮眼。人们围来观看，无论是识字的不识字的都不敢吱声。他们早有耳闻，张员外家请来一位学识渊博的教书先生，那是老有才了。其中还真有一位胆儿大的人发问：敢问先生，这个字怎么念？静先生一脸不高兴的样子，绷着脸说道：哎呀，这么简单的字都不认识，你看这个圆圈儿了吧？这好比一口井。当中这个点儿啊，好比扔进井里头的一块石头。当你把石头扔进井里，你会听到什么声音啊？对方立刻回答：当然是砰的一声啦。先生高兴了：哎，就读砰。对方又问：为什么写这个字呢？它与抵挡外寇有啥关系？先生一本正经地说道：你看看你看看，这就不明白了吧？如果我们全村的人都这样行动起来，准备好石头，外寇来时，我们一起砰，结果我不说，你也知道了。中国字无边，只要你领会意思就都能认识了。说完倒背双手，装出一副斯文的样子，边走边嘀咕：中国字无边哪，学吧。走回学堂。

村里人一传俩俩传仨，全村的人都知道了。官府也知道了，指派保长让家家户户都准备足够的石头，单等外寇到来……

听书的总想刨根问底："外寇来了吗？这石头好使不？"

这郭二舅，还真卖起关子来了，拿起那只没有烟袋嘴的烟袋，搓上一锅子蛤蟆烟，慢条斯理地伸进灶火膛点着火，紧嘬了几下，继续说下去：

嘿，哪有的事，外寇来这个地方干啥？反正这位静长输把这件事总算是应付过去了，可是名声也传出去了。张员外这脸可有光了，没想到找到这么好的一位有文化的先生。反念一想，不行，得想办法留住这位先生。左思右想还真想出个好点子来。回房与大太太说明，说这位先生如何如何有才，想留住他，只有把咱家三姑娘许配给他，方可留住此人，你去与三丫头说说，听听她的意见。大太太闻听满口答应，这样的乘龙佳婿打着灯笼也找不着哇。屁颠儿屁颠儿跑到三小姐房中，与三小姐说知。这三小姐听完羞答答一脸红润，她心里当然是乐意了。她早有耳闻，爹爹找到一位特别有才的先生，也曾经偷看过，心里还真痒痒的。母亲见女儿在一旁发呆，便猜出个八九不离十，甩一句"那我就说给你爹去"，像风一样，离开了小姐的闺房，向老爷回禀。老爷十分高兴，立刻吩咐厨上备办一桌上等酒席。

再说这静长输进了学堂，倒吸了一口凉气，亏得随机应变，不然露了马脚可咋整。唉，这书也没啥教了，这样下去终归是兔子尾巴——长不了啊。如同怀揣着二十五只兔子——百爪挠心呢。正在这时，房门外有人敲门："静先生！"这静长输被吓了一大跳，不知又有什么麻缠事，心慌得不做主。转念一想，管他呢，是福不是祸，是祸躲不过，该死鸟朝天，不该死翻过来。他稍做镇定回应道："东家吗？快请进。"张员外拉开房门，挑帘笼进来，静长输连忙看座。张员外客气地坐下，夸赞了先生，如何有才，乡亲们如何称赞，外寇看到标语的力量不敢入侵等一些虚头巴脑的话。静长输自然是端着架子，口里只是淡淡地一句："哎，举手之劳，何足挂齿。"张员外接着道："我叫厨上备办了些许小菜，请先生到舍下小坐如何？"静长输暗自叫苦，嘴里却道："多有打扰，唯恐不便吧？"员外忙道："不妨，不妨。""那就恭敬不如从命了。"二人一前一后奔员外房中走来。员外高挑帘笼让进先生。炕上已摆好一桌子丰盛的菜肴。嘀，鸡鸭鱼肉，煎炒烹炸。老员外急忙将先生让到上座，火盆里酒壶早已烫好烧酒。老员外亲自把盏给先生连斟三杯。酒过三巡，菜过五味，老员外说道："酒薄菜淡不成敬意，望先生多多担待。今天叫先生来有件事情想与先生商议。"

静长输连忙说道："老人家有事尽管吩咐。"

老员外接着说道："今天借酒盖脸，也就不顾及脸面了，我有一言出口，还望先生不可回绝。"

"东家您说，我件件依从。"

"好，爽快的人，这可是你说的噢！"

员外又提起酒杯："来干一个！"

二人对饮一杯，老员外开言道："静先生，不瞒您说，老朽敬重您的才气和为人，膝下三女儿年方二八，有意许配先生身旁为妻，还望先生别驳了老朽的颜面。"说完再看这张老脸啊，也搭上喝了几杯酒嘛，红得像贴上红纸，把头垂下，瞟着眼皮看先生的表情。

静长输悬着的这颗心"扑通"落了地，心想这老东家，我以为是什么事呢，这是天上掉下来的大大的好事一件呢！他稍一愣神，见老东家还欲说话，急忙像火烧屁股一般，跳下炕双膝跪倒："岳父大人在上，受小婿一拜！"

　　简短地说，老员外喜出望外，择良辰选吉日，张灯结彩，给两个新人完婚。这静长输乐得屁股眼子的褶儿都开了。

　　转眼到了即将收割的季节，离庄几十里远有老员外一处庄园，无人打理。于是便派这三姑爷夫妇前去管理庄园。备好了银钱驮子、车辆随人。二人择日上路，小夫妻不一日到了庄园定居下来，布置生活、料理庄园。收获开始了，十几天过去了，带来的银两没有多少了，秋收还要许多时日，雇用的短工，还要开工钱，怎么办？眉头一皱，计上心来，唰唰点点，写了一封书信，派家人骑快马给岳父送信。

　　员外打开书信，什么也不认得呀，找人看，没人认得。就是认得也没人敢说，这不是字，因为人家先生太有才了，说出来会伤了颜面。老员外立刻吩咐，你家三姑爷一定有了为难之事，骑快马，请回三姑爷当面细说。

　　送信人返回庄园与三姑爷说明："您的信无人认得，东家让您亲自回去说明。"这静先生心里暗道：有人认得那才怪呢，因为那根本就不是字。口中埋怨着："唉，真是的，这不识字可咋好啊？我这还忙，咋整啊，回去一趟吧。"骑上快马，飞奔而回，见到岳父忙问："这么急，把我召回什么事？"老员外递过书信说道："贤婿啊，你的信无人认得，怕误了大事，故此把你叫回，您看书信写的是啥意思？"静长输接过书信，装模作样地说道："哎呀呀，这不识字可了不得呀，太误事了，你看这不是吗，弯弯勾勾一张镰，割了道北割道南。就剩道西一块地，又缺银子又缺钱。"读完用手指敲打着书信说："就这么简单的事儿，非得让我跑回一趟！"皱着眉头，一脸不耐烦的样子。老员外立马明白："嘿嘿，是这么回事儿，快快快，备驮子。"

　　其实他那哪是字啊，就四条波浪线，唬呗！

　　不一会儿驮子备好，静长输压着银钱驮子回奔庄园。

　　故事讲完了，多数人都认为这是侃大岔，但是人家侃得圆满呀！

　　记得一次公社来了下乡干部，配合大队干部来队里宣传党的"关于制止农村不正之风，整顿社会秩序"的政策，不外乎反对投机倒把、耍钱撂票之类。这位郭二舅却开导起下乡干部："嘿，吃喝唠倒穿，耍钱抽大烟，只要他正干，那用几个钱？随他便呗！"惹得大伙儿哄堂大笑，下乡干部也忍不住笑了，反问道："耍钱抽大烟，坏事占全了，还算正干啊？"还把他的话记在笔记本上。

这位郭二舅单身一人，却不投机不倒把，不吃喝也不嫖赌，也不抽大烟。他喜欢羊，自己养了几十只大绵羊，一个人尽管邋遢些，但是吃穿不愁，安分守己，乐于助人。我的盟弟李文焕时常给人们讲关于郭二舅资助他的一段故事：

"我盖前面那三间房子时，哎哟，那叫困难，啥都没有，木料是自个儿家给凑的，啥都备好了，就等上扒泥了，搁了好些日子，这个扒泥就是上不上了。老郭家二大爷来到我家就问我：'你这扒泥咋还不上啊？还缺啥？你跟二大爷说，挪山挪海挪不了，挪事咋也挪了吧？'我支支吾吾，心里明镜似的，缺啥？人家老的少的都来帮工，我总不能给人家端咸菜盘子吧？二大爷看出我的心事，就说了：'你不好开口，我知道你是缺钱买肉吧？没关系，咱家圈里有羯羊子，进圈逮一个，我也不是白给你，这样，你把羊杀了，皮子给我还回来，肉你留下称称多少斤，按价折钱，不过，折钱是折钱，我现在还不用，你啥时候手头宽裕了，啥时候给我。'把我感动的啊，一时啥话都说不出来。就这样杀了人家一只羊，出了十来斤肉，又在人家小园里砍了几个疙瘩白，这才将就着，好歹把这个扒泥上上啦，真给我遇了急了。我这辈子，下辈子都念人家的好处。"

尽管二舅单身，一个人不修不建，但是，乡亲们谁家修房盖屋都少不了他，尤其苫房，他拍那个苫房草最拿手，拍得像榆树籽儿似的。自己家的小院儿有一口井，虽然井水不咋充足，但是一旦谁家缺了水，营子里的井干了，来他的井里打一挑子水，他都慷慨应允："嘿，碾磨大家用，井水不用问，挑去算了。"小园种着多种蔬菜，因为有井水长得特别好，他自己吃不了，谁家需要遇急，谁就来拿。"文化大革命"期间，农村实行"砍刀"，二舅的羊群被砍掉，全部归生产队。他没有了收入，半辈子与羊结下不解之缘，只好跟着他的羊一起"归"给了生产队，成了生产队的育羔员，他对羊羔特别亲，称呼羊羔"羊孩子"，自打他接手管理羊羔，接羔率95%以上。几年后，国家又恢复允许自留畜的政策，他的羊群又返给他。责任制落实后，按他的条件，应该是享受五保待遇，他却说："我也有双手，也是两个肩膀子扛着一个脑袋，只要你给我地种，不用你们谁保。"生产队分地时，把土地分成八类，他主动提出："你们不用给我分类，只要是地，地里有土，兔子能去拉屎就行，给我一块，别人几亩我几亩。"正好生产队每人分八亩半地，而有一块地名字就叫"小八亩"，他主动提出就要这块三面靠荒、一面靠树的兔子不拉屎的地。人勤地生宝，人懒地生草，加上人家有大量的羊粪，人家的小八亩相当于生产队时几倍的产量。在地里叠上坝堰，防止水土流失，说是"种地砸坝堰，强去攒粪蛋"。生产队里没见着谁"锄禾日当午，汗滴禾下土"，这位郭二舅在他的地里做到了，而且是上身裸体"日当午"，后背晒得紫红锃亮。

勤劳是他的本质，在20世纪60年代初期的困难时期，只有他手中有粮，为什么呢？因为人家院子里的小园儿可以变成地产出粮食来。二舅栽得一手好烟，而且是葵花烟。倚仗自己家中有井，早春就把烟苗育上，到一定时期，再分栽到畦子里，一个人天天在园子里鼓捣：挖地、打畦子、施肥、辘轳提水浇灌，把畦子耙得绽平，土做得非常细。栽烟需要技术：打烟叶、掰烟杈。底层叶子不要，中层叶子质量最好。烟叶收获必须赶在下霜之前，烟叶最怕霜打，被霜打过的烟叶就会腐烂，一文不值。在下烟叶之前，必须备足烟绳子，用麻批子草拧成的，全是手工制作。他一个人去深沟里挑选最高的麻批子草薅回来，晾晒一两天，自己再拧成绳子。烟叶的茎把夹在绳子里，然后把上满烟叶的绳子再悬架起来，一方面是为了晾晒，更重要的是为了让每天夜里的露水打淋，这样经过多次翻倒，烟叶才浓香，有味儿。当烟叶晒到一定的含水量，要从架上连同绳卸下，摺叠起来堆放，叫作"捂"，烟叶自行发热出汗，提高烟的味道。一亩园，十亩田，就这小小的园子，够他忙乎的了。收获的烟叶拿到沟脑半农半牧区卖钱或换粮食，多数换粮食。他的烟很受烟民们的青睐，南北营子都主动扛着粮食前来兑换，因此人家存粮万担。

他虽然孑然一身，却没给社会增加丁点负担。如今，二舅已是我身边的过客，在某种意义上说，却是做人的一面镜子。

二舅和爸爸是舅子妹夫关系，虽然他的妹妹不在了，但兄弟俩的感情处得很融洽，称呼我母亲都叫"你老姑""老吴"，"你们人口多，缺粮食去我那端，耗子吃也是吃……"每逢年节，好打一把"三拱牛"扑克，正好和爸爸是牌友，除了这个和没有烟嘴的烟袋，再没有任何嗜好。

二舅爱开玩笑，和逗着玩儿的哥们儿创造出许多雅俗共赏的段子或俗语、谜语、歇后语，凭我的记忆还能想起些：

"说啊，有一对儿新婚小两口儿，初次回去拜年，临走前媳妇儿嘱咐他：'长点眼色，别老夹菜吃，听我在外间屋敲一下盆，你就夹一下菜。'可是岳母娘把鸡食盆放在窗台外，大母鸡飞上去叼食吃，发出'当当'的响声，他便跟着夹菜。又飞上去一只鸡，'当当当当'声音加快，他连续夹也跟不上趟，干脆端起菜盘子倒在碗里，嘴里还嘟囔着：'慢点敲啊，夹不供。'

"第二天丈母娘说他吃东西没尽藏（zàng），只盛了半碗饭给他，吃完了，没饱，守着空碗在那儿干等，又不好意思要。挑眼皮看看老丈人，头不抬眼不睁地自吃自的。他心生一计，说道：'爸爸，我家房后有棵大树，给我找个茬卖掉。'老丈人是个贪财的主，急忙放下饭碗问道：'啥，你想卖树？''对！'他漫不经心地说。'多粗啊？'老丈人追问。他用筷子敲了敲空饭碗，慢条斯理地说：'比这个粗多了。'老丈人一听一看，喜上眉梢，忙喊：'给他姐夫盛饭来，你看这咋说的？'丈母娘还在那儿纳闷呢，媳妇急忙跑进来端起丈夫的碗，盛了满满一碗饭上来。他狼吞虎咽地吃起来，老丈人几次欲言又止，终于耷着胆子问：'哎……这个……他姐夫，你说的那棵树什么价能卖啊？'他装聋卖傻地吭哧着，大口大口地吃着，一碗饭下肚，才说话了：'哦，你说那棵树啊，那个啥，有吃有喝就不卖了。'说完下地拉起媳妇儿就走，从此再没登丈人家的门。"

这位郭二舅时常在没事的时候端着烟盒蹲在大门口，叼着没有嘴的烟袋抽烟消遣，招来几个人闲聊，我们小孩子也上前凑热闹。有一次，给我们几个说了个谜语："四四方方一座城，里头兵马乱了营，个个带着红缨帽，不知哪个先出城。"孩子们只找有红缨帽的东西或人，怎么也猜不出。看孩子们实在猜不出来，他划了一根火柴，点燃了一锅子烟，把火柴棍扔在地上说道："看，它出城了吧？"孩子们豁然开朗：起灯（火柴）！

饲养处是生产队的核心，它既是饲养员们（牛羊倌、经营羊羔的、喂猪的）的住所，又是生产间和储藏间，共有五间房，西间用来住宿，东两间是库房，专用来存放种子料粮、生产资料。中间两间是开放的，冬天打上隔断变成了接羔室，夏季拆掉隔断可以灵活使用。油匠曾经在这里榨油，人工榨油，叫作硬下排楔。把油料如大豆、麻籽挤出油来分给社员们。这套工艺很传统，也很有技术含量，油匠们手中的大锤有18磅重，在关键时刻光着膀子抡圆大锤，铆足了劲砸楔，油才会最大量流出。记得在校读书时，有一项游戏就是效仿这个原理进行的，叫作"挤油"。冬季里学生们的衣服比较单薄，课间时都出来晒太阳儿，站在墙角处，背靠一面墙，站成一排向墙角方向拼命挤，一方面可以取暖，更刺激的是看谁成为"油"被挤出来，被挤出来的再站在后面，以此类推。

毡匠在这里加工各种毡具：牛羊倌用的毡披子，羊倌接羔用的毡包，赶大车老板子用的毡疙瘩，睡觉时铺在最下层的毡子。前几种都是生产队里给专业人员配备的，材料都是羊毛。铺的毡子在当时很少有农家赶得起，多半是牛毛做的。我家就有一床牛毛毡，是父亲做饲养员时给牛刷身时攒下的，一直沿用了几十年。后来条件好了，出嫁的姑娘陪送羊毛毡子。

皮匠在这里加工皮套、皮刹绳、皮鞭、鞭梢子、鞭杆子、皮弦、压杠皮、马龙头。车上的辕具：套包子、套冲子、搭腰、坐鞴。这些原料基本上是牛皮，就连细小的夹板门儿绳也要选择较好的皮料，这类皮匠叫黑皮匠，也叫臭皮匠。

投犁携把，磙框磙杆子，枷板子牛鞅子，又把扫帚扬场锨都在木匠这里制作。

还有一种匠人也是要请的——白皮匠，专门制作皮袄皮大衣。羊倌、赶大车的老板子每人一件，但不是私有的，下工后必须原物交回。这项工作比较细作，用的是刀子剪子、三棱针、线绳子。师傅坐在西间的大炕上，带着顶针、花镜精心缝制。

西间大炕能睡五六个人，都是饲养类专业人员。外屋有一个大大的锅台，坐着一口大锅，专门用来给猪煮食的。大灶火膛能钻进一个成年人，入冬以后灶火不止，退了休的老爷子们来这里烤火闲聊吹牛。西山花是三个圆仓，存储待缴的公粮、待分的口粮。睡在屋里的人们兼顾着"更官"。圆仓的西侧是学校。

饲养处有很大的院落，东牛西马南羊圈，院落里可以存放两辆大车，可以任意挑头进出。早些年也就是刚成社不久，生产队院落和学校被马圈分成两个院落。饲养处有两个门，一个是南门，另一个是东北门，但都是哑口，也就是有口无门。学校与饲养处共走一个门。几年后，随着人口增加、土地扩大、生产扩大，学校的院子也被占用了。学校的西面是场院，也是在不断地西扩。场院有两个门，一个是与饲养处相通的东门，设有两扇木棱门，供拉运畜草、粮食收仓、进场作业之用。另一个是北门，比较大，专供往场院拉庄稼用，有两扇较大的木掌门控制。

这里是个整体的象征，人们每天都在围着它转，每天都有故事发生，吹牛的大人们，在这里吹出了喜悦，吹出了心声，吹出了情感，同时也吹出了奇迹与创造，有些雅俗共赏的语句和段子，并非出自一人之作，而是他们共同的创作偶成。不妨给大家分享几段。

歇后语，专选点稍微文雅一点的，太过粗俗的就免了：

阴天种豆子——潮种

死爹哭妈——犟种

嗑瓜子嗑出个臭虫——啥人儿（仁儿）都有

瘸子的屁股——两拧着

戴花跳井——浪得没深拉浅

山神爷撵狹歹——狼嚎鬼叫

戴孝帽子往灵棚里钻——假充近支

小家雀儿下鹅蛋——胀腚

黑瞎子打立正——一手遮天

黑瞎子打乌麦——看上不看下

黑瞎子掰棒子——掰一穗丢一穗

黑瞎子拜年——熊上门

耗子进茶坛——口口咬词（瓷）

耗子进风匣——两头受气

耗子娶媳妇——小吹小打

耗子跳牛——进去了

耗子拉木锨——大头在后边

耗子钻炕洞——俩眼乌黑

耗子进棺材——死的出不去活的往里钻

凉锅贴饼子——蔫溜

鸭子抱窝——翻不过蛋来

鸭子过河——随大溜

财神爷甩袖子——崩子皆无

坐火车拿大鞭——老赶

羊肉包子打狗——有去无回

兔子没尾巴——随窝风

兔子遍山蹦——早晚回老窝

碟子里扎猛子——不知深浅

毛驴子啃痒痒——递一口

骑着毛驴看唱本——走着瞧

骑着毛驴吃豆包——乐颠馅儿了

狗咬马猴——两家怕

猫咬尿脬——瞎欢喜

髓泡打人不疼——恼人心

夜猫子戴柳冠——晕头涨脑

夜猫子进宅——无事不来

鸡不尿尿——有一变

拆了东墙补西墙——窟窿原在

200吊买个茶壶——嘴好

后老婆打孩子——又一顿

喝量酒使官钱——早晚都是病

鸡蛋磕子碰碌碡——石打石

王二小放牛——不往好草赶

……

方言土语：

好人护三村，好狗护三邻。

好人出在嘴上，好马出在腿上。

房不连脊地连边。

大车拉元宝难买一奶同胞。

除了同胞数姑表。

桃不好杏（姓）好。

是亲三分向，是火热气生。

远亲不如近邻，近邻不如对门，对门不如一家人。

大伯嫂子是条龙，兄弟媳妇跟着行。

大伯子背着兄弟媳妇跑，费力不讨好。

会做媳妇两头瞒，不会做媳妇两头传。

小孩不冷，酱缸不冻。

小公鸡打鸣好听。

扶犁杖看拖拖，说媳妇看哥哥。

家有贤妻，男人不做横事。
家大户门宽，有当王八有做官。
家鸡打了围房转，野鸡不打满山飞。
看见活人受罪，谁看见死人扛家了？
穷汉子得只驴，黑天白日数毛尾（音义）。
光棍儿的钱，纸糊的船。
光棍儿回头饿死狗。
脚上的泡是自己走的。
土包脑袋赛漏斗，要着没有偷着有。
能在大树搂一把，不在小树打滴溜。
大树底下好乘凉。
顺情说好话，耿直讨人嫌。
管事不了等于做主谋挑唆。
大事不可量，小事不可欺。
人无远虑，必有近忧。
林子大了啥鸟都有。
家有千万口，主事在一人。
家财不出外国，便宜不出当家。
家趁万贯，不如日进分文。
家趁万贯，带毛的不算。
明人不用细讲，响鼓不用沉槌。
既在江边站，就有望海心。
来说是非者，必是是非人。
好心没好报，烧香惹鬼叫。
阎王好见，小鬼难缠。
捎话捎多了，捎枣捎少了。
能说人家做官为宦，不说人家做贼养汉。
炒豆大家吃，炸锅是一个人的事。
能让身子受苦，不让脸上受热。

猛虎一只能拦路，黑瞎子一百个五十对熊。

人吃土欢天喜地，土吃人叫哭连天。

团圆媳妇吃剩饭，嘟当脸子干。

狗肚子盛不了四两香油。

抢粥锅伐锯条，孩子哭老婆号。

秃子狠瞎子愣，瘸子打人要了命。

吃十成穿二八，赌一半儿嫖白瞎。

没有大粪臭，哪有五谷香？

木勺子坏了七八十来瓣儿，哪有闲钱补笊篱？

手打鼻子眼前过。

砍的没有楦的圆。

用急倒了堂前地，糊口卖了挡墒牛。

家不漏是好家，户不漏是好户，村不漏是好村。

一朝被蛇咬十年怕井绳。

胳膊折了在袖筒里袖着。

房连地土不让人，老婆孩子不让人。

财巴儿女动人心。

十里地赶个嘴，不如在家喝凉水。

走的走捎的捎，来得晚的捞不着。

刀伤药再好不如不割口。

吃人家的嘴短，用人家的手短。

十匠九落，一匠不落指山卖磨。

忍字忍饶字饶，忍字倒比饶字高。

饶字身边吃饱饭，忍字心头一把刀。

鸡多了不下蛋，老婆多了晚了饭。

骑驴的不济（人家）有好掌鞭的。

金砖不厚，玉瓦不薄。

十里不通风，百里不通俗。

打仗亲兄弟，上阵父子兵。

千江有水千江月，万里无云万里天。

……

谜语：辇破素猜，雅俗共赏。

远看像条龙，近看铁丝拧，平地龙驮鳖，过河鳖驮龙。(打一交通工具：自行车)

一个大碗尽是豁，明是牛箍嘴，就是不跟你说。(打一农事用具：牛箍嘴)

这些只是冰山一角，单凭我的记忆，还有许多许多。假设哪位有雅兴，我会把它编辑成册分享给大家。

那个年代，人们基本都不识字，他们有独特的交流方式，创造出特殊的语言文化，用现在的话说，艺术源于生活。这些具有艺术性的语言，生动、形象、逼真，又体现出他们淳厚、朴实、诙谐幽默的性格。农民具有极强的生命力，更有无穷的创造力，尽管很低俗，但是在这样的群体范围内，更具有它的实用性，在特定的语言环境下，起到画龙点睛的作用。

饲养处又如同水泊梁山的"聚义厅"，队长行使权力、规章制度的制定、账目公布、年终分配、分发口粮；农民识字班、政治夜校、群众大会……都在这里进行。正事在这里，闲扯也在这里，每天例行的记工分也在这里。劳动一天，晚饭后生产队会计都会喊："记工喽——！"因此每户都有至少一个代表拿着记工簿来记工。记完的没记的都挤在这里。女人记完工立刻走开，因为这里满是污言秽语的脏话。我们家大都是我来记工，这里既是大人们吹牛的场所，更是我们这些顽童的乐园，可以尽情地、撒泼地玩耍。有月光时扇片子(用纸折叠成的片子)、打行头、打杂杂，没月光时杀马战、抢高山、捉迷藏。

所有游戏中当数杀马战最激烈、最刺激：分成人数相等的两队，每队选出两名强悍的队员，一个是马头，另一个是骑在马脖子上的骑士。马头两边各有一名护卫，相当于马镫，余下的人在后面保驾。以五人一队为最佳。宣布开战，双方奋勇冲向对方，各方骑士撕扯拉拽，以将对方拉下马或败回阵为胜。队员们都有较强的团队精神，竭力保护骑士，不让他被对方打败。马头尽全力抱住骑士的双腿，即便是倒在马背上，也不让他下马。双方力量悬殊时，会重新结队，双方力量抗衡，才能战出真水平。小鬼们倒是开心，家长们却极力反对，因为每天都会有被撕破的衣服、被抓伤的皮肉，大人们叫作"撕皮掠肉"，但是屡禁不止。

其次，当数捉迷藏。这里地势极其复杂，最容易隐藏，大牛圈、圆仓后、犄角旮旯。只有两个地方是坚决不能去的——场院和草屋子，以防发生火灾。曾经有一次弄出一场闹剧：邵连军藏得隐秘，藏在门后的门上边，因为找的长时间找不到，他又不肯轻易暴露，竟然趴在那里睡着了，实在找不到，也就放弃了，大家都各自回家。邵连军的爸妈久等不归，便挨家问和他一起玩儿的，了解情况，分头去找，没有。家人恐慌了，惊动了更多的人参与找孩子，该找的、不该找的地方都找了，没有。人们不由得往坏处想，是不是出现意外了？于是加大力度，连喊带叫，灯笼火把。最后因他趴的工夫太久了，手脚麻木，醒来才知道咋回事。当他走出来被人们发现，人们才终止了忙碌。

秋天起圈的土粪堆成高山，有房脊那么高，成了我们的道具，抢高山在这里进行，谁最终占领制高点谁为王。可着劲地滚，有时头冲下呛得满脸、满嘴粪末子。当然，年龄稍大的体力最强的占优势，这项游戏同样遭到家长们的打压，因为太费衣服了。只有冬季才有高山，穿着棉衣，几天工夫衣服就有开花绽线的地方。妈妈再给补上，一冬下来，补丁上摞补丁。硬着头皮回家后，轻者挨骂，重者挨打，如此习以为常。心惊胆战地钻进被窝，"伸出腿来！"妈妈喝令。我顺从地伸出一条腿，任她在我腿上搓（绳子），因为妈妈和大姐的腿已经搓得冒血了。纳一双鞋底儿要用十来根绳子，一家八口，一年要穿多少双鞋，用多少根绳子无从记得，难怪她们的腿被搓出血。

无论冬夏，女孩子们晚上是不出来的，她们大都宅在家里，陪伴妈妈学针线，像大姐一样，绣鞋帮纳鞋底，缝连补绽。白天闲暇时间偶尔出来做她们的游戏——跳格子、踢毽子："一个毽儿，踢两瓣儿，桃花开，杏花转儿，里勾外拐，八仙过海，九十九一百。"虽然解放有几年了，但封建残余思想还很浓，男女有别，基本不在一起做游戏。

回想儿时的我，尽管爸爸妈妈家规非常严，甚至到了苛刻的程度，但还是不失时机、不遗余力地摆脱他们的控制。最拿手的是扇片子，大言不惭地说这是我的强项，自称"常胜将军"毫不夸张，可以包打全球。我赢的片子用麻绳打成捆，能有好几捆。我对片子的材质有些忌讳，坟头纸不要，对联纸不要，对方输急眼了，非要用这些，没办法，赢过来当场撕毁。输没招儿的家伙们，只有撕书纸、笔记本，讨打是必不可少的。成捆的片子，怕被父亲发现，藏在畜棚顶上，最终还是被爸爸给端了窝儿。而我却并不心疼，因为只要允许我继续扇，不久的将来，还会有更多。随着年龄的增长，我慢慢地对它淡化了，它对我已经没有任何诱惑了。

玩腻了就满嘴跑火车地骂人："镰刀把三道弯儿，他妈嫁个水晶官儿，水晶官乖巧的；他妈嫁了个修脚的，修脚的瞧臭的；他妈嫁了个卖肉的，卖肉的喷香的；他妈嫁了个卖姜的，卖姜的猴辣的；他妈嫁了个毡袜的，毡袜的毡袜粘；他妈嫁木锨，木锨好掉头；他妈嫁孙猴儿，孙猴儿展固眼儿；他妈嫁笔杆儿，笔杆儿两头吹；他妈嫁张飞，张飞打偏马；他妈嫁蛤蟆，蛤蟆哇哇叫；他妈嫁老道，老道会念经；他妈嫁唐僧，唐僧会放火。他妈嫁来嫁去嫁了我。"用大人的话说，这叫敛贫嘴，和那些胡诌八咧一样，没有什么意义。

分组做游戏时也讲规则，凡是参与的都站成一排，各组出一个组长，挨着点将，一次一点，一点一人："雄鸡翎扛铡刀，你的兵马计我挑，挑哪个？挑花腰。"最后的"腰"字落到谁，谁就出来。接下来另一伙组长如此继续点将，最后队伍只剩下两个人的时候，用"公鸡头，母鸡头，不在这头在那头"，"头"字点出一名，另一名自然是另一伙的。游戏有输赢，输的蹲下接受赢的一个或一串"偏马"作为惩罚。输的也不示弱，站起身口里念叨："打偏马不吃亏儿，我是爷爷你是孙儿。"稍懂事点的，觉得差辈分，也就罢了。

盛夏季节饲养处太过闷热，记完工分，人们都聚集在村中心的大榆树下。这里又是另一个"聚义厅"，也是孩童们的另一番天地。

当年在现在王学生大门口外十字街的东南角，长着一排大榆树，其中一棵是个歪脖子，树干距地面两三米高，向北倾斜约80度，整个树冠遮住街面，与其他树冠携手搭建了一块开阔的凉棚。白天老人们带着孩子在这里纳凉；中午许多老爷们儿为了躲避孩子的吵闹，在凉棚里天当被地当床鼾睡淋漓；过往货郎、锔锅锔缸、戗剪子磨菜刀……到20世纪80年代农副产品交易，都在这里驻足叫买叫卖、摆摊营业；晚上人们聚集在这里谈天说地、胡吹海哨，议论历朝历代、十里八乡、左邻右舍的过往故事。

在我有记忆时，歪脖子榆树上悬挂着一口大铁钟，口径约60厘米，特像电影《地道战》中高家庄的那口大钟。据老人们说，这口钟清朝时就有了，肯定是村子里的警钟。遇有大事小情需要集会就会敲响它。

听奶奶说过，当时负责管理村寨的头头叫"头行"，有事便敲钟，钟声响过，迟到或不到都会遭到惩罚——打棍子或枷棒子。我记事时，钟锤和钟绳都没有了，可能是因为新中国成立后钟的"霸道"被革了命，失去了它原本的意义，却成了孩童们的玩具。但还有一根钟棍放在邻近的王家。记得王家住的是厢房，开的是东门，到后来少主人执事改成正房，大门朝南开。村里有事就用钟棍儿敲钟，发出沙哑的声音。

那时村里来干部开会都在这棵歪脖子树下进行。1953年成立人民公社才盖起三间饲养处，几年后又在东边接出两间。冬天人们挤在饲养处，天暖仍然在歪脖子树下自讨方便，站的坐的、躺的歪的，仨一群俩一伙各行其是：玩"五福"的，玩"猍歹叼羊"的，打火抽烟的……

后来碾房也挪过来了，在大榆树南边盖起了三间厢房，安了两盘碾子和一个大扇车，象征着生产队的一大进步。孩子们围绕着碾房、大榆树捉迷藏，打打闹闹唱着歌谣：

> 小三儿小三儿，
>
> 打火抽烟，
>
> 掉了火炭儿，
>
> 烧了脚尖儿。
>
> 脚尖儿流脓，
>
> 流到北京城，
>
> 北京城吹喇叭，
>
> 一吹吹到老马家。
>
> 老马家蒸包子，
>
> 蒸出一锅兔羔子
>
> ……

现在郭亚东的后墙原是董家的园子墙，只有两板高，墙外是一口井，供给全村人畜饮水。土改前郭亚东住的院子包括活动场都是老董家的大园子，成社后归集体，生产队在这里种些胡萝卜、大白菜、线麻之类。现在王金义住宅的大门外与董家园子之间有一个只能通过一辆马车的窄胡同。胡同以东到邵连义、李桂民的住宅分别是吴家和李家的园子，归队后通称为大园子，种线麻、大白菜、胡萝卜等。如今的这两条街都是 1970 年以后才逐渐形成的。最早的是李桂民和邵连臣住的院子，当年是生产队建的大车店，倒闭后分别被他们两家买下。郭亚东住的院子是 1984 年由乡教育组和村民组共同出资（劳）建起的教学点，1992 年撤并教学点时被郭亚东买下。

到了雨季，村子里有两个大水坑，还有村南的黄土坑（现在吴永中大门外）。每遇暴雨，东、南、西三面洪水都往营子里灌，大坑容纳不下，通过村西北角的道槽子汇入北洼，这时村子里变成了一片汪洋——一道亮丽的风景。整个夏季坑里或多或少都有水，小蝌蚪仰浮在水面上，露出带有纹绺、鲜肉般的肚皮和小尾巴晒着太阳，稍有风吹草动，一个翻身便隐去了；小青蛙凭借两条修长的后腿巧妙地游玩于水岸之间；成群的蜻蜓飞舞着，时不时地轻轻点水荡起微微波纹；小燕子衔着泥，点起成串的水纹儿腾空而去；鸭子们如果主人不来叫，会夜宿在水边，偶有蛋产在岸上；犁上的老牛劳动归来在这里喝个痛快。其他牲畜是不喝这种脏水的。

光屁股不懂得害羞的小男孩儿几乎成天泡在水里，打水仗、糊泥人、用泥巴垒房子院落、捞蝌蚪……一个孩子站立，其他孩子往他身上糊泥巴，除了脸全糊上，糊成一群泥孩子。玩儿够了钻进水里互相搓洗。捞蝌蚪最有收获感了，半瓶子半罐子地捞回家，大母鸡们饱餐一顿，奶奶说它们会下双黄蛋的，还真有过。

大人们都出工了，孩子们在这里自由玩耍。出现危急情况王家六奶奶会第一时间赶来解救。这位六奶奶是王学生的奶奶，在老院子住厢房开东门时离大水坑较近，随老儿子（王金义）搬到前街开西门时，离水坑更近了，义务性关注孩子们安全：溺水的、受伤的、打架的，特别是饿了的都来找六奶奶（也包括我），六奶奶将干粮或是炒面蛋分发给孩子们，无论是王家的还是邵家的、程家的、李家的、赵家的或是我们吴家的都一样。六奶奶一直住在营子中心，老人家几十年如一日在这里守护了四代人，乡亲们都有目共睹。我最最崇敬的六奶奶！！！

后来六奶奶把娘家侄女介绍给四弟，论辈分老人家小下一辈，六奶奶却说："驴大马大值钱，人大还值钱？我甘愿卖一辈……"但成亲后我一直称呼六奶奶。

黄土坑在村外，半桩子小伙子们趁中午人静结伴在这个混浊的天然洗澡堂里洗个热水澡。

"南洼蛤蟆叫，必有大水坑。"每到傍晚，蛙声四起，长长短短，顿顿挫挫，此起彼伏……还有邵良二叔的男高音梆子：

手扶城墙用目观瞧，
观之见大兵似如海潮。
前营门座下了狼牙大炮，
后营里大旗迎风飘。
是文官头戴着白纱帽，

是武官身披着白色战袍。
陶三春身披着三尺绫孝，
满面怒气两泪抛。
座下一匹桃红马，
战马嘶鸣如出海蛟。
她身穿梭子连环甲，
护心宝镜放光豪，
虎头战靴蹬足下，
雉鸡翎尾胸后飘。
左挎弯弓右挎剑，
手里提着杀人的刀。
大小三军军容整，
杀气腾腾亮枪刀。
分明是替夫把仇报，
她抓住孤王岂肯饶？
我知道装作不知道，
尊贤妹你领兵哪方征剿？
……

此时必然到了夜半更深，"虑事亭"的人们已经散去，二表叔从村北唱到村南，直至进了自己的家门，附和着蛙鸣把人们送入甜美的梦乡……

2012年"十个全覆盖工程"惠及农村，通往乡政府的公路从村子中心穿过，碾房被迁徙；村民们及大榆树的主人为了方便更多人，忍痛割爱，将在这里生活了三个朝代的歪脖子榆树根除；随着降雨量的减少，大水坑不见了，美妙的蛙声及二表叔的梆子腔再也听不见了，"泥融飞燕子，沙暖睡鸳鸯"的风景不复存在了，川流不息的来往车辆倒成了一道新的风景线。

凡是农民都会背四季歌：打春阳气转，雨水沿河边，惊蛰乌鸦叫，春分地皮干。清明忙种麦，谷雨种大田。立夏鹅毛住，小满鸟来全。

芒种已开铲，夏至不拿棉。小暑不算热，大暑三伏天。立秋忙打垫，处暑动刀镰。白露霜已见，秋分无生田。寒露不算冷，霜降变了天。立冬交十月，小雪地封严。大雪河汊牢，冬至不行船。小寒到大寒，对头整一年。

什么节气安排什么农活，是农民的本分。

在社员们的通力合作下，地基本上都已经耥完，只要耥完地，农活暂时可以松一口气了。"夏至三庚便数伏"，夏至过后，三个庚日就进入伏天，伏天里，尽量争取把地耥完，因为这个时节的田间管理效果最佳，除草松土都会得到事半功倍的效果。比如，在伏天多涝的地，人畜进来踩的印子都不会结坷垃。

这个时候社员们可以处理一下家务，如修缮房舍、走亲访友、赶集上店。头伏，二伏，三伏，秋后一伏，都值得小庆。头伏饺子二伏面，三伏煎饼卷鸡蛋。尤其是立秋，是必须庆祝的，叫作吃"秋饱"，无论有多严重的灾年，立秋就会得到缓解，这之前叫作"青黄不接"。立秋，最早的、最直的作物成熟了，如60天还仓的豌豆，既能摘青角烀着吃，也能打下来，做成各种食品，勉强可以糊口。也是从这天起"跟着碌碡吃饱饭"，饥饿不会危及生命，所以值得庆祝。1965年以后生活水准有所提高，不是青豌豆糊口，而是在东水泉子菜园提供的精品蔬菜配合下，餐桌更加丰盛些。唉，一顿纯小米干饭，对这个时代的农村人来说，已经够奢侈了。

农活只有拉拉垫脚土，清理一下场院，挑挑压青地，谷地里薅大莠子，稍有轻松。为了庆祝立秋和六月十三大雨节，求得风调雨顺、五谷丰登，队里通常要在庙上杀羊，告慰神灵。嘿，"心到神知，上供人吃"。

还要请影戏班子来唱戏。在我们周边有一组影戏班，比较活跃，也比较出名。他们是黄三儿、黄四儿、黄万贵儿，还有拉弦儿的大程四儿，仪垂德是小徒弟儿，再加上徒弟的干老子。仪垂德便是前文说的种园子的三大爷。"文化大革命"前，他基本跟随影戏班子在周边吃艺饭，换取些粮食。"文化大革命"后，影戏被打成"四旧"，所上演剧目都属封、资、修、牛鬼蛇神。他只好弃艺从农。
三大爷已经过世多年，一肚子的好东西一并被埋进土里。徒弟的干
老子是我的姥爷赵金河。人们称他们为"江湖人"，这些艺人真称
得起江湖人，剧幕中哪个角色都可以饰演，影戏倒不需要动作，拿
腔捏调却是惟妙惟肖，软硬家什样样精通，所谓软硬家什指的是文
武场，文场指四弦琴、喇叭，武场指锣鼓钹、梆板。有时影戏带落子，
和评剧相似。很关注姥爷的饰角儿，也是生旦净末丑都能演，尤其
那小嗓勒得可细了。上演的剧目多得数不清，有的折子戏可以连续
唱一个月，如《杨家将》《破锁阳》。《彩楼记》围绕王三姐和薛
平贵的爱情故事，一幕幕展开，从《彩楼记》到《寒窑》《汾河湾》
《算粮登殿》（也叫《大登殿》）。《窦娥冤》《铡美案》……记
得在演《穆桂英大破天门阵》时，姥爷有一段台词：

> 纵单骑出大营夕阳西下，白杨枝剩枝丫犹带晚霞栖了啼鸦。
> 迭迭山好一似泼墨图画，怎奈我思绪重心如乱麻。
> 初出征破辽兵精心策划，又谁知萧天佐用兵鬼黠。
> 三撤兵引来了众将闲话，恨宗保也在内恶语相加。
> 迎秋风望星斗寒月斜挂，寂静夜朔风里传来胡笳。
> 俺本是将门女哪能惧怕，山河情黎民泪助我奋发。
> 我定要与东辽见个高下，振军威齐奋战志保中华。
> ……

那时的我非常崇拜这些民间艺人，那么多剧目，那么多人物，
那么多台词，他们大都不识字，是怎么把这么庞大的台词背下来的
呢？还有各种乐器，无论是打击乐还是管弦乐，抄起一件就能得心
应手。记得一次姥爷来我家，爸爸也喜欢唢呐，我和二弟缠着姥爷
给我们吹一个。他说没有喇叭嘴子，我们不信，以为他在骗我们，
继续纠缠。他实在没办法，才说："你们上房找一根葶麦秸（那个
时候苫房都用葶麦秸）。"这容易呀，立刻上房拽下一绺苫房草。
只见姥爷剪下一段，用水浸泡一下，放在嘴里不一会儿工夫，便吹
出哨声，放在喇叭上，神奇地吹出悠扬动听的曲乐。我立志长大后

一定和姥爷学一学这套本领，可惜姥爷却不给我这个机会，他于1963 年四月初八便撒手走了，享年 66 岁。这年我才 12 岁。我特别失望，每当看到这支喇叭，心里就有些隐隐作痛。如今这支喇叭被我的表弟——姥爷的孙子赵玉军继承下来。表弟也是一名小有名气的江湖人，与姥爷的才艺不相上下，却不是姥爷的门生，而是昭苏川刘家营子刘军的关门弟子，如今也像姥爷一样，从事这个行业。

　　我参加工作以后，在一个偶然的机会，因工作原因去了白音和硕村办事，中午在白书记家吃饭，正好刘军也在。当刘师傅得知我是姥爷的外孙时连连夸赞。从这位刘老师口中得知，姥爷班子上真正称得起江湖人的，只有姥爷，其他人各有欠缺。当说起姥爷演唱《穆桂英大破天门阵》的台词时，他更是赞誉有加，特佩服。他说，这段台词用他们行话说叫作"观阵"，能完整地唱下来，至少也得半个钟头。影戏里的十三趟大辙全用到了，而且各种板也都用上了，一环扣一环，环环紧凑。莫说唱腔，就是文武场没有一定的功夫也不敢演，也根本演不了这出戏，"南北川没有第一个抵得上赵老师的"。

　　有时在一个营子连唱好几天，关系处得很融洽，班子上会再赠一场两场的，观众必然会点《穆桂英大破天门阵》，为的就是听"观阵"这段唱腔，人们百听不厌。我听姥爷唱这段，已经记不清有多少遍了。

　　演神戏第一件事，首先，备办供品、香表到庙上将龙王爷神灵神像请回。到庙上，非常虔诚地跪在庙前，点燃香表，摆上供品，口念尊号，表明心意。二人抬上龙王塑像，收了供品。班子里的鼓乐响起，吹吹打打，请回戏台最重要位置安放，点燃香表摆设供品，跪拜磕头。戏唱完了再如此隆重地送回。这些事项都是由大家公认的、德高望重的"会首"担当，演出三天，也许五天，也许七天。个人家有曾经许愿的，为了还愿可以将神像和戏台一起搬到他的家里唱上几天。

　　这是当时农村比较普遍的一项文化娱乐活动，这几天也吸引了周边村子的人赶来看戏，接闺女搬女婿，女儿女婿也会将岳父母接来看戏。那时哄孩子的还有一首儿歌："拉大锯扯大锯，姥姥门口唱大戏，接闺女搬女婿，小外甥也要去，不让去，一巴棍子打到门后去。"同时也吸引几个小商小贩，带来一些小零食——糖豆儿、酸枣、黑枣、蜜枣、山楂、大枣儿、炒熟的瓜子、各种旱烟叶，在一边叫卖。卖红绿颜色花丝线的货郎挑子，摇摆着拨浪鼓："红绿颜色——花丝线的卖……"无论怎样拮据，拿鸡蛋也得给孩子换点零嘴儿。戏台上故事情节起伏跌宕，戏台下盘亲结友，仨一群俩一伙儿，议论着家常里短。成队几年的柴达木，在周边村庄里脱颖而出，越发被刮目相看，因此，适龄的儿郎也进入人们的视野，每次戏后，总有一两对婚事促成，大都是邻村的女子入嫁过来，其中王店营子嫁过来的最多，本村结亲的也有。这里的人们，酷爱着这片热土，不愿将女儿远嫁不十分认可的村庄。据我算来，这个小小的村庄非是十门十亲，已经是亲上加亲了。以姓氏为例，如我们吴家，奶奶娘家是本村董氏，姑奶奶嫁给本村邵家，爸爸前妻郭家，李家女嫁于程家、王家，程家女嫁给赵家，郭家女嫁给仪家，程家女嫁给仪家，王家女嫁给赵家，下一代赵家女嫁给我们吴家，李家女儿嫁给邵家。嫁出去的王家女儿，连同女婿返回娘家——下一代女儿又嫁给了龙家；李家女儿嫁出外村后又迁回娘家。辈辈相连，从表亲到老表亲，坟中有骨，辈辈有亲。前文说到，我们村儿没有阶级，又有着浓郁的、带有血缘的亲情，还有我的两位盟叔。

在工作岗位几十年中，我们这些基层干部经常和农民打交道。别说新窝铺村五个生产队，就是分家前的十个生产队，乡村两级干部下乡都愿意来柴达木生产队（村民组）。无论是政策宣传，还是任务摊派，都相比其他小组容易接受和推进。在乡里开会，每每被乡领导点名表扬。尤其在教育方面，柴达木一直是岗子乡的一枝独秀！改革开放以来，柴达木人更是全乡的领航者，他们穷则思变，心有灵犀地领悟国家政策的精髓，被标榜为岗子乡的"小香港"。

我为我的家乡感到骄傲和自豪！这是我留恋这片热土更直接的理由。

唱完这场戏，转眼到了处暑，"处暑动刀镰"，早熟的作物陆续收割，场院已经压得锃亮，拉地用的架杆、刹绳、吊鞦、绞锥绞棒、手勾火叉……备置整齐。轰轰烈烈的秋收生产正式拉开序幕。

秋收高潮来临，男女劳力混杂在一起，"麦收一晌，七成收八成丢"，所谓"三春不得一秋忙"，麦子如果不及时收割，会掉头，莜麦是"七青八黄不少打粮"，莜麦如果蔫了苒不可收拾，会严重影响产量，所以秋收生产十分吃紧，虽然是错峰播种，可是遇到一场接墒雨，早晚播种的作物会一起发芽，所以会赶在一起成熟。大把抓黄粮的时候了，社员们都紧张起来。公社大队也行动起来了，每年例行的秋天估产又来了。公社下乡干部领队，一名大队干部配备各小队派来的代表，逐块评估产量，作为下达公粮指标的依据。

割地同样是一项不轻松的劳作，腰酸背痛腿抽筋在所难免。拱勒口、打勒子、捆个子，都必须有娴熟的技巧。刚刚入社的"雏儿"们显得架手架脚。成年劳力显得轻松，他们会手把手教给没经验的"雏儿"们，怎么抓把，怎么搭镰、放把压把："不用慌，不用忙，全凭把大物子长。"凡捆个子的庄稼都是下搭镰。凡是不捆个子，只放铺子的庄稼都是上搭镰。

"雏儿"们割一阵就喊腰疼，被队长调侃："小小的孩儿长得怪全的呢，还有腰？"

"这不是腰是啥？"

"那叫当间儿！"

"雏儿"们半信半疑："什么时候我的腰才叫腰呢？"

趁着磨镰休息时，队长讲了个小插曲儿，大家才明白，原来这是有典故的呀：很久以前，就是在这块地，父子俩一起割麦子。儿子割了一会儿也喊腰疼，老子说："小孩子还长着腰？"儿子摸着腰问，"这不叫腰叫啥？"老子顺口答道："叫当间儿。"儿子无话可说，又开始割。割了一会儿，老子要磨磨镰刀，问儿子："磨石呢？"儿子告诉他："在当间儿呢。"老子走到地当间儿去找，没有，回来又问："磨石在哪儿呢？"儿子有些烦，说："当间儿呢！当间儿呢！"老子又回到地当间儿仔细寻找，还是没有。又回来问儿子：

"地当间儿也没有啊？"儿子指着自己的腰说："这不是在这儿吗？"老子恍然大悟，有苦说不出。

旁边有个人似乎想起了什么，站起身来说道："我听老人们说也是在这块地发生过一个故事，说有个过路人在这儿扛过驴。"队长马上随口说道："有过，这块地叫大长垄，原来是老仪家的地，咱们营子与岗子、新地方向往来，为了近便从这块地走出一条小道来，地的主人非常反感从地里走小道，不是有那么句话吗，'人怕起外号，地怕走小道'。这天主人正在地里耪地，一个骑驴的过来了，被主人逮着了，不但不让过，还必须扛着驴倒出去，不然要折断驴腿插到腚里。骑驴人好话说了九千六，就是不行。骑驴人气急之下，钻到驴肚皮底下，扛起驴原路返回。当年秋天，庄稼都进场了，着了一场大火，烧了个精光，主人也不知道出自什么原因。第二年秋天，又是一场大火，主人还是悟不出其中原委，胡思乱想，这一定是得罪人了，于是大年初一就开始请客，可是第三年秋天还是着火，于是再扩大请客范围。一个清早主人开门，发现门上贴着一张字条，写道：'东一席西一席，就是没请谷地扛驴的。'主人恍然大悟，原来碴子在这里，于是托了好多人才打听到扛驴人，托人说情送礼才算罢休。"人们面面相觑，心里都明白了一个理儿：得饶人处且饶人！

大车开始往场院里拉庄稼了，来不及打，码起大垛。莜麦、麦子一大垛一大垛的。谷子最后进场。麦地、莜麦地腾出来，及时挑地，为的是使落下的籽粒可以发芽，来年不荒地，土壤也得到充分晾晒。挑过的地过个十天半个月再合一遍垄，准备明年种谷子。

人员分流：割地的，拉地的，打场的，挑地的。这些劳动都靠手工，那个年代的农业机械化几乎为零，东水泉子的水车勉强算个半机械。就比如我们使用的工具，如铁锨叫洋锨，铁钉叫洋钉子，水桶叫洋铁桶，火柴叫洋火，凡是带"洋"字的都是日本货。由此可见，我们国家当时的物资多么匮乏。

这时偶尔有雨水光顾，尽管晚田需要雨水，但场院是不需要雨水的，麦子遇到雨水稍勤点，会在麦穗上生出芽子，顾此失彼是常有的事。"七月十五定旱涝，八月十五定收成"，七月十五一过，这一年的收成啥样，农民从全年降水量就能揣摩出个七成八落。抓住春苗，看对半收。伏天不能缺雨，是作物抽穗、拔节、作胎的关键时期，如果伏天雨水少或不及时，麦子拔不出节自然穗头小，俗话说"麦收四叶雨"就是指抽穗阶段。莜麦作胎时，雨水不及时，同样抽不出穗或空泡，俗称"白菱子"。立秋后同样关键，所谓"秋旱如刀刮"，玉米、谷子等跑花授粉的作物，此时更需要充足的雨水。小秋风也需要给力，它可以催籽粒成熟。农民就这样提心吊胆地过日子，靠天吃饭没办法，老天爷"让你吃一口，绝不让你吃一斗"。

割地时节，根据忙闲队长会及时调整补助粮的标准。这个时候最担心的是下"蛋儿雨（冰雹）"，哪怕是一小阵儿，都会造成严重减产。尤其是即将收割的作物，如果被冷子串一遍，成熟的籽粒被打掉，没成熟的籽粒也会退缩，就像从农民身上往下剐肉一样。白露节气紧跟处暑，在我们这个地区，无霜期只有115天左右，白露时节必定见霜，或大或小，而洼地又是霜口，哪怕是轻微的霜，洼地就比上冈地严重得多，所以洼地只种莜麦、麦子之类比较抗霜的作物。"现霜出毒日"啊，只要是凌晨有霜，白天的太阳必定火辣辣的毒热。被霜打了的茎叶，经过太阳暴晒，就没有复活的机会了。当然，籽粒也会脱落，严重掉产。人们对霜束手无策。故此说"七成收，八成丢"，宁可伤镰，也不能丢。队长声嘶力竭地催赶着："大把抓黄粱了，还跟太太似的，啊？迈着四方步……懒驴上磨屎尿多……"

割地的速度与面积、个数有关系，面积与割倒的庄稼个数成反比，如果割的面积多，单位面积的庄稼个数肯定少；如果割的个数多，那么单位面积一定少。当然指正常情况下，以熟练的技术为前提，与植物的密度有着密切关系。缺苗的庄稼就一定割得快，但是，庄稼个子绝对少。相传有这样一个故事：有一个汉子割地时，正坐在地头磨镰刀，小路上过来一个老头骑着小毛驴，带着串铃叮当叮当地走过来。骑驴老头不经意地往前走着，这时汉子也不经意地站起身来，开始割地，谁都没顾及谁。麦子垄和小路是平行的，当骑驴老者到了地头，回头想看看割地汉子，远看无人，近看汉子已经站在那里。老者奇了怪了啊！我这踩跶驴儿没落下你这割地的！老者来了兴致，说："小伙子，我再陪你一遭。"汉子道："行啊。"老者掉转驴头往回返，汉子哈腰割了起来。当返回一遭，老头儿的踩跶驴儿到头儿了，汉子也直起腰了。老头儿跷指赞叹好样的，手捋胡须，"我活这么大年纪，还是第一次见到你这样的高手啊！"互留姓名交了朋友。汉子割地快是一方面，可是想想看，这块地的产量会高吗？

在同等条件下，确实有快慢之分，这就叫眼精不如手熟，手熟不如常摆弄。但反过来讲，如果放在今天的庄稼密度长势，除非机械，再快的手恐怕也是施展不开吧？所以有快有慢是相对而言的。

八月十五定收成，雨水调和，无风无火才能确保年景几何。

割完的地里像羊群一样的庄稼个子、铺子整齐地排列着。每割完一大片队长会发令："码地！"社员们将镰刀掖在腰上，腾出双手，把庄稼个子码成对码，穗头朝上对立着，有利于晾晒籽粒。成铺子的，铺子挨铺子平放着。谷子割倒后不能及时捆个儿，待谷草干透后，再派专人捆个儿，码成小垛。无论什么庄稼都要码垛或码铺，便于大车装拉。自从庄稼割倒，便有了类似更夫一样的岗哨，把所有的男劳力（专业人员除外），编成小组轮流值班看地，每个夜晚，每块割完的地都有流动的或固定的岗哨，看守着如同生命般的宝贝。

中秋节正是大忙季节，不会放假的，中午早点收工到饲养处分牛肉、羊肉、骨头、下货，仍然是人劳各半儿。这里没有特权，只有用钱买走那点边边角角，实在不能再分若干份儿的下脚料，权且是特权吧。而享受这类特权的，也只有像木匠赵大叔这类有手艺的有钱人。队长总是最后拿走属于自己的那份。

东水泉子的蔬菜又下来了，许多品类：大头菜（俗称疙瘩白）、大白菜、芹菜、茄子、芫荽、大狮子辣椒、狗尾巴尖椒，畦子背上的贼不偷鞭杆子胡萝卜。大蒜已经收获了，大蒜栽种是有季节要求的，

"清明不在家，处暑不在外"，园头大爷都编成辫子搭在架上晾晒着。散落的或小头的，每户分上几头。第一季下来的菜，第二季又种上了，比如，年前栽的葱秧子，清明前后就下来了，叫作"羊角葱"，顶到端午节也就出地了，接着再栽上疙瘩白秧或茄子秧、柿子秧、青椒秧。头一年畦的白露葱也是如此，腾出地来种上大白菜供给社员们做冬储菜、腌酸菜。园子里所用的种子大多是园头大爷自己培育的。秧苗也是自己培育的。这里才是真正意义上的"四海无闲田"，每寸土地都利用到极致。到了这生机勃勃、郁郁葱葱的菜园，仿佛到了另一个世界。在队长的通知下，每家都有代表前来领取所分到的各种蔬菜。人们都控制不住肚里的馋虫，分到啥吃啥。大狮子青椒绿得如同翠宝石；紫牛肝一样的茄子，油光锃亮；一身绿的芹菜，晶莹剔透；疙瘩白裹得紧紧地坐在母叶怀里，像是褓褓中的胖娃娃；爬在架上的黄瓜蔓叶子已经泛黄，供应了一年的硕果，只剩下几根殷黄的棒槌，懒洋洋地吊挂在疲惫的架上……

大白菜切段配上芫荽，切上一根尖椒，再剁上根大葱，撒上把盐面（那个年代都用大粒盐，用擀面杖或是琉璃瓶子轧制成面），一抓挠，不亚于熟菜，用一句不雅观的歇后语来形容，那就是"秃尾巴牛打栏——没裆啦"，白菜叶子打饭包，咧开腮帮子呛吧！"哈拉海扎腚——没挑"。我们是吃不上羊肉、牛肉的。芹菜放上几块羊血、羊杂、几块光棍般的肋骨，唆拉起来也挺香。牛羊肉基本都储起来，或是腌制，或是撒上盐晒成肉干，为的是来人客去的也好是个腥花吧！奶奶说："自己吃了叫添坑，来人吃了叫扬名。"疙瘩白、芹菜切碎，放点盐、葱段、芫荽腌成咸菜，可以吃到入冬以后。用爸爸的话说："过家之道，面不面的无所谓，不能没了米；肉不肉的没关系，不能没有油；菜不菜的没关系，不能没有咸菜。"盐，是百味之祖，庄稼人有这几样，身上才有力气，才经得住酷暑严寒，风吹雨打！凡是来分菜的都很自觉地取走属于自己的那一份，绝不贪婪一丁非分的果蔬。

八月十五是要供月的。父亲无论如何也会买上几个西瓜，像现在市场上卖的南瓜差不多大，6斤一个是最大的。我们生产队很少种，好像只种过那么一两年，在东大沟边的小瓜地。各家各户都买，都是周边邻村来卖的。月亮升到头顶时，院子里摆上桌子，把西瓜切成月牙形，摆放在桌子上，再摆上供品，祭拜过后才可以让我们吃。月饼是凭票买的，在我记事时好像都是八个头的，也就是每斤八个，所以很小，有四个头的，相当于八个头的两个大。像端午节的鸡蛋一样珍贵，由闻到舔，再到一点一点地啃，渐渐地月饼成了不完整的圆、半圆、小半圆，最后一口吞下。香甜！这世界上竟然有这么香的美食！脑海里潜意识告诉自己，长大后一定要多买月饼，满足自己，也满足全家人，可劲儿吃！用爸爸的话说："有朝一日时运转，天天是节，月月是年。"是的，真的时运转了，今天的日子与那个年代相比，不就是"天天是节，月月是年"吗？

记得有一年爸爸出门了，赶在八月节早上才回来，可惜的是没买回月饼，妈妈和他吵闹："孩子们跟着你扒死夜活地干一年，过个节，连个月饼也吃不上，今儿个，你无论如何也得给我们买回来，买不回来，你就别回来过这个节！"似乎爸爸也被妈妈的话打动，真去买了。可惜没买到月饼，爸爸端着一个白色带几朵小红花的茶壶回来了。爸爸说："没有月饼了，咋办？"当然爸爸讲了许多原因。从爸爸的表情中可以看出，他也很惋惜。妈妈似乎理解了爸爸的为难，愤愤地指着茶壶问："那是啥？"爸爸略带羞愧地回答："打了二斤酒。"妈妈翻了他一眼："死色（shǎi），可没忘了你自己。"爸爸抿嘴笑了。只此一回，后来的每个中秋节，爸爸会尽量满足我们的奢望，而这把茶壶竟然成了姐姐的嫁妆。其实在计划经济的年代，供销社里是有我们那份儿月饼的。有两种原因：一是被特权侵占了；二是爸爸去晚了，售货员以为这份月饼的主人买不起了，卖给了急需的准女婿们去孝敬丈母娘了。这些现象已经是司空见惯的。

庄稼割倒后不能马上进场院，需要充分晾晒风干，而且劳动力要集中投入收割中来。当割地忙过大溜，庄稼干得差不多了，上垛不会烧垛（捂垛）时开始拉地。拉进场院分类码垛。每辆大车四套骡马，都戴上箍嘴。每车两人，一个是老板子，一个是跟车的。老板子站在车上手持火钩码装，跟车的用火叉叉住个子往车上扔。装车要有一定的技巧，不同的作物有不同的装法，有一定的技术要求：翻装车正垛垛。勒口朝下为翻，勒口朝上为正。根据作物秸秆的高矮确定几"勾头"，也就是装几排：四勾头、五勾头。莜麦、麦子是最不好装的，弄不好，走在路上，遇到沟沟洼洼，车一颠簸会下蛋的。装满车，用刹绳、吊鞅、绞锥绞棒绞紧，小绞绳勒住绞棒，赶起车小心翼翼地往场院走。

大车进场是有车道的。拉什么庄稼就用什么庄稼铺道，为的是不被牲口蹄子伤了场面而起土。大车到位，牲口们的箍嘴摘掉，尽情地吃。老板子码垛，跟车的站在车上往垛上扔。垛高车矮时，扔得就十分吃力了。

拉地的大车后面跟着一群孩子捡穗穗儿。当然捡上手的少得可怜，狼多肉少，抢呗。一个上午能捡上一两把看不起眼的麦穗穗、谷穗穗，也就很有收获了，毕竟是粮食，不亚于真金白银一般金贵。孩子们后面是羊群，这叫"遛茬子"，抓秋膘。除了谷粒捡不上来，其他的大粒子羊都能捡上来，尤其是每个码铺处，因为老鼠的作祟，总有些孩子捡不上手的小穗儿、小码在地上，便是羊的美餐了。

这是社会主义的羊群，放羊的羊倌叫仪垂友，我叫他四大爷。在我印象中自打有了生产队，生产队有了羊群，他就是羊倌。忠心耿耿，尽心尽力。他没有家口，和五弟仪垂生一起生活。除了一日三餐在家吃饭外，基本都在山上或是饲养处。住宿360天都在饲养处。凭他憨厚的性格，我敢断言，他从不薅社会主义的羊毛。当然，跟着羊群肯定能拾到羊毛，树枝上剐掉的，羊腿肚皮下自然脱落的。"十匠九落，一匠不落，指山卖磨。"用这点"落头"纺成毛线，织成袜子给自己，也给家人。他也替别人纺线织袜子、手套。曾经给我们做过，对谁都是有求必应。每天晚上饲养处挤满了人，他躲在一个角落，打毛线：用一个长骨头拨槌，像葫芦两头略粗，中间安一个铁丝钩挂住毛，用手拨打拨槌旋转，毛便成了线，随着旋转双手精准续毛，使线保持粗细均匀。够了一定长度把线缠绕在拨槌上。线在拨槌上逐渐增多，再缠成线团儿，再把线团儿合成绳，根据所织物的薄厚要求，可控制毛线的粗细、两股或三股。一双袜子正常情况下，需要拳头大小的线团两到三团，老爷子要牺牲很多休息时间才能完成一双袜子的原材料。织袜子有两种方法：一种叫织，一种叫钩。织用五根织针操作，钩只用一根钩针，织针和钩针都是自己磨制的。以前织针用的是竹筷子打磨，后来用自行车辐条磨成。钩针必须是铁丝才能磨制成。完成一双袜子从纺线到成品，要牺牲他十天半个月的空闲时间。

老羊倌对集体真可谓是爱社如家，对事业兢兢业业。羊群由少到多，无论任何恶劣的天气，都能确保羊群不受损失，每逢每年的初春"跑青"时节，或是秋天"遛茬子"，都是最不好放、最累的时候，都是他一个人完成。冬天接羔时，在山上下羔很正常，他总是细心观察待产母羊，一旦产羔，他会及时接产，确保小羔吃上第一口奶水，放在毡包里，安全地背回交给经营羊羔的饲养员。在产羔高峰期，有时一天要接五六只羔，所以他要送回四五趟。他心无旁骛，一心扑在集体上，没任何嗜好，烟不抽，酒不喝，不要钱，不嫖赌，老实巴交，少言寡语。据说他娶过妻，生活了几年，妻子就因病去世了，没留下子嗣，也没再续娶。

他还有另一个身份：服过兵役的退役军人。1947年应征入伍，服役于热河省军区，热东军分区117师，从事警务工作，职位是战士，1950年退役。听爸爸讲过，他回来时带回一盏提灯，铁架玻璃罩，玻璃罩外面又有一层铁丝罩，燃料煤油或柴油。柴达木人开了眼界，大大先进于纸糊的灯笼。他从不提及服兵役的事，不居功自傲。

羊群支撑着生产队的财政支出，扩大了集体经济，生产队的添车买马、拴犁加牛、置办家当，都是来自羊群的资助。在那个年代，生产队没有其他经济来源，在农业上，除了保证社员的口粮、国家的公粮外，几乎没有剩余，据说只有三两年向国家缴过购粮。能自给自足，算是丰收的了。这在整个新窝铺大队也是屈指可数的先进队，从来不向社员摊派任何费用。土地扩大与人口增加几乎对等，可是扩大土地面积的同时，也缩小了牧场。

生产队认识到了羊群的重要性，同时也对老羊倌的贡献给予肯定。冬天提供羊皮大氅，雨季提供毡披子。在报酬上一年按满勤记工分，社员有补助粮时同样也有牛羊倌的份儿，常年住在饲养处也是特例。

老羊倌仪垂友忠诚地坚守岗位直到实在迈不动腿才退役，由他的侄子仪明山接了他的班，少羊倌同样敬业，传承了四叔的技术和高尚的品德，这两位羊倌在集体经济的年代里，在平凡的岗位上做出不平凡的贡献，为集体事业奋斗终生。这叔侄俩已经相继去世，他们是最普通的过客，却永远被人们怀念着！

畜牧业生产在当时的集体经济中占据着重要地位，而羊却占有重中之重的位置，它既能产毛又能繁殖，扩大了种群数量，完成公购羊任务，还可以丰富社员们的饮食，已经引起了足够的重视。发展养羊业便进入了队长们的工作议程，除加大投入外，改良种群质量也势在必行。

小孩儿没娘，说起来话长。

不单是我们柴达木，就连兄弟生产队，乃至全内蒙也加快了畜牧业的发展。1969年县畜牧局给岗子公社调拨两只新疆细毛羊种公羊。一只给了四大家大队，另一只被我们新窝铺大队争取到，放在耿窝铺生产队，建立了人工授精站，配备了人工授精设备设施。只是比较简易的设备，没有冷藏设备和运输的液氮罐。占用耿窝铺饲养处的犄角处围成一个简单的工作室，培训两名技术员，一个是新窝铺生产队的李凤友，另一名是柴达木生产队的郝长春。羊群发情期之前，十个生产队挑选较年轻、繁殖能力好的母羊送到耿窝铺，单群放养，搭配一定数量的本地种公羊，带上绝育兜子，用来撵羊，利于发现发情母羊。中午或晚上羊群下山实施采精授精，确认受精后再各自赶回。两名技术员在耿窝铺吃派饭。坚持了两年，觉得不方便，自立锅灶。

各队的羊群都是土种大尾巴羊，产毛量均在一两斤，毛质粗短，经济价值极低。可是经过两三年观察发现，人工授精的受孕率较低，导致许多空肚的，反而造成损失，而且这种羔羊比较软弱，与土种羊相比不太好管理，成活率相对下降。人们不太看好，加之两名技术员没有全身心投到工作上。因为自立锅灶，没事时到耿窝铺的地里薅豌豆、黄豆回去烧着吃，到土豆地扒土豆。郝长春在生产队有补助粮时，还回来干半天活，为了多挣补助粮。在耿窝铺群众中引起众怒，时任耿窝铺生产队长张学礼在队长会上提出意见："这两个家伙吃好饭，干熊活，不说拉倒，一说就呲……"坚持了四年，也就撤站了。毕竟繁殖了几批二串子，耿窝铺较多些。毛质、产量大大提高，每只羊产毛都在五斤以上。

羊毛是轻纺工业的主要原料，我国重视了轻纺工业的发展，棉花产业远远不能满足需求，所以想让轻纺工业有长足发展，首先要发展绒毛产业。1972年周总理出访澳大利亚，澳大利亚总理送给周总理两只澳大利亚种公羊，乘轮渡回国投放在新疆，与新疆的细毛羊进行杂交。第二代未出新疆，第三、第四代引到内蒙古繁育。1974年，澳大利亚又给了中国几只澳美血种公羊，仍然放在新疆。澳美血种公羊是澳大利亚和美国细毛羊杂交的后代。1975年内蒙古畜牧厅在克旗郝鲁库良种场，培育新欧美杂交羊获得成功。拨到我村的几只均属杂交的后代。1975年夏初，县畜牧局给了我们大队21只郝鲁库细毛羊基础种羊，其中两只公羊、19只母羊。下过毛由我们村的郭学山和中芥菜沟的一名社员赶回来的，分到各生产队。结果到第二年春天都死掉了。后来才知道人家给的是淘汰的下架羊，即残羊。加之长途赶运，突然改变环境，草场也不如原牧场，所以也就死掉了。有句俗话叫"买羊不得山，买马不离川"，可见牲畜对环境的适应性是很有限的。

几年过去了，羊群改良没有实质性改变，当羊毛涨价土种毛与细羊毛价格大大拉开差距时，才引起人们的重视。幸存的细毛羊后代得到青睐，这个时候已经是责任制经济了，谁家有狗尾巴公羔都不会阉的，除了留作自用还会等价换回一只小母羊。

1985年畜牧局给岗子乡九只新澳血种公羊，当时任乡畜牧局干部的邵连忠主管这项工作，分别给了新窝铺王荣一只，我留下两只。当时放羊的是第二代羊倌仪明山三哥。从此以后羊群质量大大提高，产毛量都在七斤以上。

随着国家的轻纺工业的不断发展，羊毛价格不菲，一度飙升到每斤10元以上，而且市场上出现抢购势态，就连一件破烂不堪的羊皮袄、羊皮褥子也能卖到惊人的价格。人们为了追求利益最大化，挖空心思地让羊毛增产。可改良品种是来不及了，就在羊身上或剪下的羊毛上动起了脑筋：掺土。这是最快的办法。不能不说，这是一个伟大的创举，也是一个伟大的飞跃，羊毛0.6元一斤时，羊毛上没有一点土星、一个草刺。而今天竟然大加特加杂质，自圆其说是羊身上的油脂，春天风沙大，自然含土。收购商抖抖吧，不让抖，你不要有要的。对，"萝卜快了不洗泥"，除了姑家有姨家，姑家不要姨家要，然后姑家姨家都要。抖吧，咋抖都行，在羊身上注入红糖水、机动车油，勉强视作油脂吧，然后往毛里撒干沙土，羊要背负一两天，大夏天的羊身上一定会出汗，就这样一混杂，原本一只羊的产毛量会成倍增加。开始这似乎是见不得人的勾当，后来已经是公开的秘密，不掺白不掺。收购商遇到一份儿不掺土的羊毛，他会说人家是潮种。因此不会掺土的请人来掺，好歹掺吧掺吧，面包啤酒也就出来了。有的能人搁下农活下乡高价收购农户的干净羊毛，一夜之间可以成百上千地挣。于是，一个羊毛掺土，扒坟扬骨的时代诞生了。与此同时，刚刚崛起的轻纺工业与这刚刚受到青睐的细毛羊被扼杀在摇篮中。这是20世纪80年代末90年代初的事情，细羊毛被山羊绒及化工纤维所取代，细而长的羊毛无人问津，绵羊群又回归大尾巴时代，而羊肉却被飙上餐桌榜首。

牛也进行过改良，自从成社到生产队，作为使役的牛马，自繁自养，不能跟上生产的发展，只好从外购入。1977年，县畜牧局给了我们大队一头纯草原红种公牛，是在翁旗海金山良种场，由二表叔邵良和中芥菜沟的姚凤云一起牵回来的。当时是 2 岁崽，体重 1440 斤。它有自己的户口，有它专属的口粮指标，每年 1480 斤玉米，凭它的户口本和种畜本可以到岗子粮站免费领回口粮。开始放在大队部，由李玉峰的父亲李喜发专门饲养着，每天到田间地头牵着。几天内顶了老头好几次，老头说啥也不敢接近它了，只好发配到中芥菜沟生产队。在那儿过了三年，消瘦了许多，不用说，肯定是克扣了它的粮饷。春耕时用它打磙子，身大力不亏啊，能拉五个磙蛋轻松自如，除此之外，再无他用。铲地耥地是不能用它的，因为身宽体孪，容易踩苗。配种更是免提，清心寡欲不说，它见到生牛一闻不闻，而生牛见到它这个庞然大物，吓得紧躲。县畜牧局倒是来采过精，也是无功而返。实在是"至则无可用"，又发配到耿窝铺，一年后病死在槽枥间，枉为种公牛称号，没留下后代。

马也如此，1965 年前后，岗子公社引进一匹种马，浅黄色，身高 2 米开外，薄鬃细尾、细腰拉胯。拴它时必须用丈二石槽，如果是五八尺石槽，它一抬脖能把石槽挪位。当时由一位姓卢的饲养它，哪个生产队有发情骒马，就牵着到哪个生产队去配种。这匹马二夷大乎，人们叫它大潮种、大洋马，伙食标准较高，足够的精料和几个鸡蛋清。我们村子配住一个，青不虚的，虽然没有长到它那么高大，但也超过普通马很多。同样也是潮不愣的，二大两勺，没有活道。对于牛马的繁殖，目的是使役，当时大车总出去拉脚或执行县、公社摊派的任务，老板子总反映车上的骒骨太软弱，同等情况下，没有人家车拉得多，遇到揹卡就得误车，还得求人家找套（卸下别的车的马帮套），因为这个，把这个大潮种卖了 1200 元，同价买回一匹白骡子，大胡家梁时任大队主任徐景春的，原汤化原食。这匹大白骡子，真是招人喜欢，体态丰满，四条腿如同四根柱子，由四叔吴井先调教得十分顺手，叫一套拉一套。不假不蹿，放在梢子打里，放在后面扛辕。进粮站交粮，进煤场子拉煤，车多拥挤，四叔就把前面三个梢子卸下，只让它驾辕，三四千斤的货物，它端起来就走。最窄的地方，前拉后倒，准确无误。说声"吁"，一屁股将装有几千斤重的车立马定位。四叔也好来点洋的，不给它带笼头，小鞭一举运用自如。可惜的是，这匹大白骡子感染了破伤风，被枪杀埋在了北洼上边的大井圈子里。当兽医宣布不可治愈时，四叔抱住它的脖子泣不成声。人们掰开他的手，才把骡子牵走。四叔几乎是赶了大半辈子大车，特别疼爱他的伙计们，从不用鞭子抽打它们。以后再也没有遇到过这样好的骡子。

1977年生产队又买了一匹种马，一身红，叫作"三河马"，买来时2岁崽，花了800元。体形特别协调，每年开春由李中文专门饲养它，冬天由饲养员与其他马骡统一饲养。只用来配种，很少干活。两年后发育得越发浑壮，虽然没有大洋马那么高大，但远比大洋马粗壮。到了1979年春天，此马已经是四颗牙6岁的样子。因为马是双扎牙，每年长出两颗牙。当时生产队正队长是王金祥，副队长程财，两个亲连襟。这年春天，这马生了一场病，尽管治愈，但给人们留下一个担心。当时生产队有基础的母马也就是五六匹，单纯配种有点多余，而且有的骒马在车上扛大梁，常年不发情。用它拉车吧，放在前面拉梢子，跟不上节奏；放在辕子里吧，因辕口窄小，放不进去，而且显得很笨，不会前拉，不懂后倒。四叔吴井先调教了几次，费手不说，因为此马身价高，担不起责任，就这样近乎多余。

在一个偶然的日子，村里来了两位不速之客：耿窝铺的董国珍和杨景林。董国珍前几年已经举家搬到盘锦居住。这次回家探亲，不知道因为什么事来到柴达木。这二位看到这匹马赞不绝口，尤其是董国珍，更是赞誉有加：这马要是在盘锦胡家农场那块，闭着眼也得给2500元。

其实他说得并不夸张，当时社会形势正在逐步走向开放，辽宁黑水有个大型牲畜交易市场，吸引了方圆几百里的商贩到此交易。这里的价格与我们当地有很大的差价，一匹马相差百元不止。况且胡家农场都使用单套的平板车，路又平坦，一车装载三四千斤，正适合这样的大马。

说者无心，听者有意，两位队长和好多社员都在一旁听到。两位队长不约而同地有了主意：卖它一个能买两只骡子，何乐而不为？事情就有了方向。

　　无巧不成书，正好王金柱在公社开解放货车，要去盘锦拉脚，这是个绝好的机会。王队长跑去公社革委会请示了领导，得到了允许。这天出发，王师傅开着卡车装上马去了盘锦，王队长跟随。按董国珍留下的地址，找到了胡家农场，卸下马，卡车便去拉活儿了。王队长牵着马找到交易市场，引来大批围观者。自然是讨价还价，这个问多少钱，那个问什么口，搭讪呗。王队长奔着两千五的谱去的，肯定不少要：两千八，两千七，两千六。贩子们一听他是外地来的，开始拉呱："一千二，卖不卖？""一千五？""不卖。"贩子们挤鼻子弄眼，没人问了，也不围观了，货到地头死。这位王队长牵着马游街了。找董国珍吧？他不是干这行的，他也没招。逛了好几天，最后一千八出手了。

　　回来一说卖了一千八，都很吃惊，两千五的马咋就卖了一千八呢？不解，不信，怀疑。仨一群俩一伙地背地嘀咕，不约而同产生一个共同的心理：有贪！不用说这些疑心早已送到程队长的耳朵里，董国珍的话在耳边犹存："闭着眼也给两千五。"那要睁着眼呢？那就是还会更多呀，没多反少？碍于连桥的关系没有实际的证据，可不能乱说，不情愿地把事情压下了。

　　事有凑巧，1976年"文化大革命"结束，1978年实行改革开放，允许农民工进城务工。周边村子有去盘锦插稻秧的，传回来个消息，有枝有叶地说这匹马卖的不是一千八，而是两千大几，说得有鼻子有眼儿，明显是王队长有贪污的嫌疑。作为副队长的程财——二连桥压不住了，向大队做了汇报。时任书记李玉峰听完汇报，觉得事情不那么简单，要想澄清事情真相，只有外调。于是委派我和程财队长前去调查此事。

　　到了盘锦，首先找到董国珍，毕竟是老乡，父子俩很热情地接待了我们。说明来意后，董国珍说不错，这匹马是被他们村的迟某某买下了，花了一千八，转手卖了两千三。他知道，但他没参与。

第二天找到这位迟某某，人家直言道："是我买的，花了一千八，转手卖了两千三，捡到黄金随时卖嘛……"我请求他给出个字据，也好回去交差，人家不肯："字据我不出，我们是正常交易，与你们任何人都没有关系。"同程队长交换了意见后，次日返程。

回来后向书记做了汇报，给乡亲们做了交代，人们在半信半疑中安静了。可是这位王队长不让了："这叫干啥啊？寒碜人？想背地儿整人？姓王的小子也不是欺死龙压死虎的汉子，有事儿当面锣对面鼓地明来！外调，我看他是没坐过火车吧？三辈子活了十八天，你穿了几条有裆的裤子？差旅费打我这儿说生产队不报，让他出！"似乎王队长已经知道了消息的制造者及传播者，才话有所指。

唉，人世间总有那么一种人，做蜜做不甜，做醋倒是做酸了。用毛主席的话说，凡是有人群的地方，就有左中右。此事就这样不了了之，王队长肯定很委屈，但是对工作仍然认真负责。

从我们内蒙整体来讲，畜牧业确实算得上支柱产业，但具体到赤峰县乃至岗子地区，因为有限的牧场的制约，算不上支柱产业，只能作为一种副业存在。记得在一次县里召开的三干会上，我举了一个例子：把柴达木所有牧场的草连根带草刨出来，一个小伙子能挑走，羊勉强可以，但要控制数量，大牲畜以使役为主，不可能成为一种产业，勉强作为一项副业，自繁自养，能满足就很不错了。结果还真被我说中了。1996年内蒙古提倡围封草库伦，1998年提出封山禁牧。纯牧区出现超载放牧，造成草场沙化。封山禁牧确实生效，今天的山上披上绿装，这项政策利在千秋。

书接前文。大脑在追忆着，信马由缰扯远了。

逐渐地场院的四周垛满庄稼垛，中央只留有不大的空间。

随着庄稼的进场，场院里开始忙碌了，真正意义上的"跟着碌碡吃饱饭"的日子来到了。1960年前后确实是这个样子，煎熬了大半年的庄稼人，终于可以见到粮食了，队长也会考虑先打下一些早熟的作物，抓紧解除饥饿。1963年至1964年以后这种现象基本得到了缓解，只有少数家庭还不能摆脱饥荒。队长会在打下第一场后，预分给他们一些，家里有老人、小孩子，总不能让他们挨饿吧？其实这些家庭有一定的客观原因，人口多、劳动力少是一方面；生病长灾的是一方面；娶媳妇儿新安家的负债很重，一时缓不过手来的是一方面；但是也有个别家庭，并非完全是客观原因，平时不注意节俭，有米一锅，有柴一灶，人又不那么勤快，年年吃探头粮，年年亏空。

通常场院里只站有十一二个人，最多16个人，这支队伍里是不会有"雏"的，下过三四年庄稼地、眼精手勤、麻利的壮汉才有资格进场，偷奸耍滑的是绝对不要。其实场院里的活儿并不是多累，有忙有闲，但是讲究对把，什么活都拿得起，放得下。叉子扫帚，耙子木锨，样样都能使唤，叫一套拉一套。真正有风扬场，刻不容缓。看见西北起了云头，预示大雨将至。该堆的堆，该垛的垛，该遮的遮，该盖的盖，该挡的挡，该压的压。使用家具收拾到场院屋子里，皮绳皮套绝对不可以淋雨，就像战场上的战士，人人奋勇、个个当先才算对把。大家齐心协力，各尽其责，着了紧蹦子，真正得出几身好汗。这个团队必须高度配合、高度统一。

因为场院周边的庄稼垛占据了很大空间，场中心不是很宽敞，开始进场人员不用太多，五六个人，主要打吧打吧那些零七碎八的作物，如豌豆、黄豆、糜黍等。当场院逐渐腾出地儿来，人员逐渐增加。

早上和其他社员同时出工进场，首先做些准备工作，检查一下工具，用扫帚掠掠场面上的浮土。因为地面上每天都有一层潮气或轻霜。当太阳爬上一竿子高时，潮气退下，才可以摊场。推的推，拉的拉。摊莜麦、麦子都必须解开鞝口、穗头朝上抖松戳立着，有利于晾晒籽粒。这些动作，只有娴熟的把式才可做得连贯到位。场院场院，摊成圆形。摊完场也就到了小晌午，都回去用午饭，饭后进场套碡。根据场摊的大小薄厚确定该用几盘碡。最大的场套四盘碡，每碡两匹马。遛场人手握长鞭驱赶驾驭着牲口，分头碡、二碡、三碡……遛场人站在中间，每副碡的打里梢子马有一根长长的绳系在腰间，几盘碡就有几根绳控制着马碡相跟着绕行。从慢到快，再到小跑，俗称"颠磙"，这样效果最好。每转过一圈，遛场人向前倒一步，就这样马不停蹄地撵着沿地镇压，几个磨儿过去，"场头"查看效果，即上层秸秆上是否还有籽粒，有籽粒叫作"生"，"生"就再压，不生即可搂穰子了。马磙减慢速度，缩小圈子。正常情况下，两把或三把搂穰耙，抱穰子的，用叉子翻场的。搂穰子有深浅之分，以马蹄蹚起多深搂多深。搂深了，搂出带粒的；搂浅了，打干净的穰子没搂净。落下了反复镇压得不偿失。翻场的要把叉子捞到底儿抖匀，把籽粒全部抖落到底下。穰子里没有糠就一定没有籽粒。如此忙活半个时辰吧，一遍过去，放开颠磙，其他人稍休息片刻。第一次进场的实习生不能休息。嗯，能获得进场的"殊荣"深感自豪，也得确实勤快有眼力，抄起扫帚掠边儿，将带穗的秸秆挑进场里，将籽粒掖进底层。他掠完一圈儿，第二遍穰子开起了，他撂下扫帚就去抱穰子。无论哪位成熟的把式都必须经历这一关，就好像"多年的媳妇熬成婆"一样。第二遍穰子搂过，让过磙接着就搂第三遍。第三遍穰子开搂，磙也就完活了。过来几个人各牵一盘磙到场外，卸下牲口送回圈里。遛场的松了一口气，坐下来歇息，喝点水抽根烟，其他人便开始聚场，大穰子基本没有了，剩下的都是大糠和籽粒。众人七手八脚，叉子扫帚木锨并用，顷刻间场院里如同燃放了烟幕弹，人们被烟雾包围着。无论天气多么炎热，人们都会扎着腿，围着围脖，就怕莜麦毛子、麦芒子钻进，一旦钻进抓心挠肝地痒。约莫半个时辰，聚起个大大的圆堆，人们放下工具，露出头脸，解开扎缚，大汗淋漓。遇到庄稼有乌麦，个个如同黑鬼，只有眼睛牙齿是白的，其他部位全是黑的。咯出的是黑痰，鼻筒里全塞满了黑炭。大家也都习以为常。

聚完堆大家略做清理，歇息片刻，接下来准备扬场。还要看天公是否作美，风给力，可以顺利进行。正常情况，西南风、西风、西北风都会好使，唯有东风绝对不干活。最怕频繁变换风向，"风倒八遍，不用掐算"，肯定是要变天。没风也干不了活，看看天色将晚就不用扬了，继续围绕大堆摊场，为明天打基础。

只要风好使，扬场是环环相扣的。这个时候最讲究对把了，叉子扬大糠，木锨扬籽粒，不一会儿扬出一条马道，如同长廊。糠与籽粒明显分开，籽粒起来一个长檩。打掠的手握扫帚盯住长檩。掠出去的杂物，甩在马道上，实习生周旋在马道前前后后，风吹不走的长秸，用耙子搂，短秸扫帚扫，巧妙地躲闪着叉子木锨，被起伏的糠尘包裹着，撂下耙子，抄起扫帚。看上去实习生就是个打杂的，但是因为他的手疾眼快使扬场提高了极大的效率。对把的如同戏台上的武生，有板有眼，"三分的扬手，七分的掠手"，风顺手的话，个把时辰便可扬出千八百斤籽粒。

经驻场代表的检验，便可以下场了，所谓下场，就等于打到囤里了。用簸箕撮进口袋，每袋约装 120 斤，检斤记账。会计记账，保管守库验收，年轻的扛口袋。场院里有两个忌讳，第一个忌讳是在整个打场过程中，有人问或议论"打多少"之类的话题。第二个忌讳是在扬场或下场时，有女人在场，"女人的口，无量的斗"，最怕女人说"少啊""坏呀"之类的话。

一部分人下场，另一部分人清理场园。麦糠不能用作饲草，堆到场院的一个角落，作为来年修房盖屋泥水活的镶介。莜麦糠是很好的饲草，用大架筐抬进草屋子。粮食的副产品就是秕子，无论是缴公粮还是留口粮，成粮里都不会混入秕子。为了蒙混驻场代表，可以巧妙地在秕子里混入点成粮，不做口粮指标分给社员，回家再从中提取，本身是种粮的，总得有点"近水楼台先得月"的优势吧？唉，这也是不得已而为之啊！

有的生产队出现过各种形式的瞒产私分，趁驻场代表回家之际打夜场，当夜打下当夜分，在仓下设暗仓藏粮……

在正常情况下，一场收获七八百斤，场大的一千五六百斤。当然特指莜麦、麦子这两种作物，秸秆大最难打。荞麦最好打啦，进场不上垛，直接铺在场上，大车边拉边铺，边铺边打，也不需要几盘碡，一盘碡两三个磨儿，直接挑秸秆，一次性便可打得干干净净。一场可收获三五千斤。荞麦叫作狂粮，"巧麦巧麦"，种巧了，可以大获丰收。生长期 70 天可以收获，50 多天也能打粮。一般的情况，除非春天墒情不好，迟迟得不到透雨而旱田种不上，只好种荞麦，再就是没抓住苗的地，需要翻地，只好种荞麦。种不巧，要么风秧不开花，要么开花不作粒，而且最怕风风火火，既不抗风，又不抗冰雹霜冻，所以每年只有试探性种上百八十亩，收就收了，不收也不至于有多大风险。

有准备明年苫房的家庭，这时该刷莜麦秸了，选择高而粗的莜麦，在拉地时都会单另垛起来。用一种叫作莜麦刷子的工具，像乒乓球拍子，只是比球拍窄而长，在一面钉上密密麻麻没有钉帽的洋钉子，左手抓一把莜麦秸，右手持刷子，先刷掉籽粒，再掉过头来，刷掉茎叶，最后刷成一根桯。就这样一把一把地刷，捆成水桶粗的个子。好的秸子每三间房需要140个左右。我去过西沟脑，人家用小麦秸苫房，人家的麦秸能长到一人高，并且特别齐。豆打长秸麦打齐嘛。用铡刀铡掉麦穗，刷去茎叶。小麦秸要比莜麦秸实成得多，苫一次要坚持八九年。牧区有用草扫帚的更好。

乡亲们互相支援，不苫房的支援苫房的，今年你帮我，明年我帮你。刷完过秤适当作价，这是家家必用的。每苫一次，如果不被大风刮坏，可以坚持五六年。在"文化大革命"期间，有一首歌的歌词写道："新苫的房，纸糊的墙，屋里挂着毛主席的像……"充分体现当年的标准化家庭模式。

还有一种作物叫作冬麦，类似小麦，株高相当于小麦的2倍，果实可做料粮也可食用。产量不如小麦高，这种秸秆儿可缉笼帽，顾名思义，笼屉上的帽子。家家户户逢年过节蒸干粮、撒年糕，锅里做上箅子，箅子上面放食材，上面扣上笼帽，灶膛里加上旺火。奶奶讲过一个谜语——"灯台摞灯台，三个灯台摞起来，上面乌云罩，底下莲花开"，谜底就是蒸干粮。缉笼帽用的秸子，捽掉籽粒，刷掉叶子，捆成个子。一个笼帽只需两三个秸子就够了。过日子家庭必备，不过日子的家庭借用。因为这个，尽管不高产也会种上十几亩乃至几十亩。

假如傍晚来不及下场，或下到一半黑天了，或遇雨不能继续时，粮食堆上要盖上刻有非常醒目的"丰收"二字的印子，长一尺二宽六寸左右的木板。掌印人必须推荐忠诚可靠之人。我们队一直是李子明大叔掌印，无论是口粮还是种子、料粮出入库都要经过掌印人检印、盖印。印花被破坏，必须查明原因，是老鼠还是人为。如果是人为便是破库了，肯定要立案侦查。"狼吃的不算，狗吃的撵出屎来"，好在我们队没有发生过类似案件。其他队有过掌印人与保管、看场的合谋作案的案例。口粮和公粮都存入圆仓，种子、料粮都存入库房的仓子里。门上锁，每把锁配有不同型号的两把子母钥匙，分别由保管和副队长管理，单用子钥匙或母钥匙是打不开锁的。

时令已经进入霜降，"寒露不算冷，霜降变了天"，天气渐渐阴多阳少，打场的进度比较缓慢，偶尔为了赶进度，还会打夜场，选择月亮最明亮的夜晚，可以完成一个下午的工作量，打个夜场，要吃个夜饭，嘿，吃啥？无非是上碾子轧点麻籽，到园子里砍几个疙瘩白，剁吧剁吧，推到食堂用过的大锅里，撒上点畜牧用盐，一炖吧，算是一次犒劳了。

东水泉子的菜园也进入收获季节，所有的冬储菜都应该出地了，疙瘩白、大白菜、葱叶、芫荽、芹菜等，最后的罢园菜。架上晾晒的大蒜，尽管数量不多，但每家每户都能分到些，仍然是人劳各半儿的原则。过日子的家庭会把这些菜腌成咸菜，作为越冬菜。菜窖里储藏几个疙瘩白，一些胡萝卜，作为过年时的菜肴。土豆是过冬的主要蔬菜，家家都会在菜窖里储藏些，有的是生产队分的，有的是自己家自留地种的，最大的也大不过鸡蛋。大白菜也不大，跟铣把差不多粗，都积成酸菜。较小的晒成干白菜，可以和许多食材搭配，这些是那个年代农村人越冬的主要蔬菜。园头大爷已经把每个空下来的畦子用铁锹挖过扣立起来，使土壤充分晾晒，来年继续栽种。当这里全部收拾利索了，去辆大车连同工具、园头大爷的生活用品一并拉回，一年一季的园田生活告一段落。

割完地后便开始起圈了，除了打场的其余劳力，全部投到这里来，各个圈里都有土粪，起下来倒碎，再用抬筐抬到队部院子的东南角，堆起很高的高山，孩子们的高山就是这样形成的。牛圈、马圈、羊圈、大牛圈、晾羊场都要起。"立秋忙打垫"的垫，基本都垫在这里啦。雨季是积肥的最好时机。天越来越冷了，每天都会冻一层硬盖子，先用镐撬起来，放在一边，化开再捣碎，说真话，工作效率极低，明知上冻会更误工，也不积极主动地争取时间抢进度，他们唯恐干完活儿就会失业似的。

1967 年，"文化大革命"席卷农村，各种运动耗费了很多很多劳力，致使劳动日值大幅下降。

当莜麦、麦子打到大半儿，场院里腾出比较宽敞的空间，开始打谷子了。打谷子时先用削谷刀削下谷穗，秸秆作为干草捆个码垛。除了使犁的和专业人员，其他劳力都集中到场院中来，妇女全部削谷子，男劳力捆干草，挑谷穗。每十个谷子为一擦，每削完一擦，从队长手里收到一张小票，晚上凭小票到饲养处记工，一票一工分。快手一天可以收到十五六张小票，慢手十张收不到。自成立生产队以来，第一项带有承包性质的责任制出现在这里。假如不是这样，不会有快手慢手之分，同样每天挣 10 工分。十天八天就能把谷子打完。同样在驻场代表的监督下入库。秕子、苞糠生产队留够后分给社员。

刷完秸子，打完谷子，除了分东西，妇女就再没有进场的机会了。

其他劳力继续起圈倒粪。取消了补助粮，只有工分，出工比较懒散。一是手冷吃吃，二是秋风扫落叶，谁都知道落叶的用处，夜里上冻加上大风的作用，树叶会落下很厚一层。为了获得更多，宁可牺牲一个上午不挣工分儿，也要划拉树叶子。一家子全出动，竟然圈上半个树林子。所以出工得稀稀落落。挑地的进度也不快，上午有冻，小晌午才套犁，上午干一气儿，傍晚太阳压山，便卸犁了。莜麦、麦子茬需要挑，谷茬刚垄，年前完不成，来年春暖花开继续。

小雪封地，大雪封河，上大冻了，犁杖彻底封住了，妇女们也彻底放假了。牛倌早已下工，散畜们转为舍饲。完成使命的牛马，已经成为"一刀菜"被征收，去了另一个世界。肥羯羊子、淘汰的母羊赶赴杀场。羊倌的"撒羊"声在冷风中带着凄厉，"圈羊"声夹杂着抽泣。

场院里的碌碡偶尔传出不情愿的啾啾声。人们似乎意识到一年的时光已经消耗殆尽，无论再怎么努力，再从土地里得到一丁点收获难如登天。头穰已经打完，有心人已经"荒穰"地"大观节摸"地"搂计"出能吃多少，劳动日大概是多少。期望着能在"耢穰"中获得惊喜。"耢穰"也就是把打过的头穰再打一遍，人们说"耢耢三穰吃顿干粮"，情知是在遛马腿，揣着能从秸秆中挤出籽粒的侥幸，不甘心那一丝的希望被丢弃，毕竟是粮食，手冷吃吃也要做，无功而碌也要做。偶有小雪光顾就得花费几天的工夫晾晒。劳作几天，只有1%的收获，也就是头穰产量的1%，而只限于莜麦、麦子这两种大秸秆作物。花费的劳动日值远远超出产出的价值。人们心知肚明，因为是粮食，没有替代品，在农民的眼里，粮食是无价的，同等价值的钱买不到同等价值的粮，手抓大把钞票的工人满大街跑却吃不上饭的现象不足为奇。挨过饿的农民，深知粮食弥足珍贵，所以也就物有所值了。

去执行"一平二调"任务的大车已经走了20多天了，赶车的老板子带着一车四马往返于木头沟与林西、林东、天山、大板、经棚之间。从木头沟粮站装上玉米，送到这些旗（县）的粮站。都是往西北去，重载步步顶坡又顶风。老板子的报酬是每天记10工分额外补助0.2元，后来增加到0.4元。草料自然是随车带的。人车住宿在大车店里，每夜2元，叫作"车底"，中午在车店"打间"叫作过站，收费0.8元。人的午餐、晚餐费用包括在车底或"过站"中，大白菜疙瘩白小米干饭，玉米面饼子，见不到白面和腥花的。这一切费用都出自生产队，唉，背着石头上山呗！

沙嘛靠槽、秋收罢了，庄户人一年的收获，就等待那一声扣人心弦的算盘子儿声了。生产队会计带着数字已经在大队结算完了，夹着锦囊、捂着放屁油过的裤裆回到生产队。无论是大队核算还是生产队核算，结果都在这锦囊之中。当晚便听到算盘子弹出的叮当声。

各位可能不明白，会计为啥捂着裤裆呢？

是这样，自从各生产队会计夹着账本集中到大队部那天起，十个生产队轮番往大队送绵羊羔子，一天一只，肉吃了退回皮子。只要大队会计来了二指大个条，立马去山上羊群里挑最肥的羔子抓，赶紧送到大队部。十个生产队轮过一轮，还没结完账，那就再轮第二轮。也不管会计们结出来的结果是丰收还是歉收，羊肉必须满足人家。吃到什么程度？放屁进油珠子，当然把裤裆油了，那不得捂着裤裆？

人们早早地聚集在饲养处，有人早把煤油灯添满了灯油，拨去灯花，拨高灯捻儿，单等会计到来。首先公布总收支，上年转来存欠。因为每年结算时还没有打完场，有些产量是预算的，一切收支都截止到10月1日前一天，10月1日起结转下一年。留粮人口也是截止到10月1日前一天。前一天，哪怕是半夜12点前出生的，有口粮。过了12点，没有口粮。所以留下个话把儿，叫"有孩子养到这个月上"。死亡的也同样道理，10月1日前一天生存的有口粮指标，10月1日死亡了，不影响留口粮。而前一天死亡了，对不起，没有口粮。上年预算有结存转到今年做收入，有亏欠做今年的支出。收入部分哪些参加分配，哪些不参加分配，在结算前都要经过群众会讨论通过。比如，账目上显示：某月某日卖种马收入800元。经群众会讨论留作添车买马之用，结余（欠）转下年。

咱们先简单地普及一下集体核算的基本常识、分配原则：缴够国家的，留够集体的，剩下才是自己的。

第一，缴够国家的。生产队粮食产量总数的20%为公粮任务，即农业税。中国自古以来，皇粮国税必缴，只不过是某朝某代的经济基础和制度不同，而有多有少，这毋庸置疑。根据每年6月末普查的参考数字确定该生产队种植土地面积及分类、秋收前的估产，掌握该生产队的大致情况、牲畜存栏。秋收时，驻场代表已经掌握粮食产量的具体数字。各种粮食国家统一定价：玉米0.091元/斤，谷子0.094元/斤，莜麦、麦子0.124元/斤，小米0.125元/斤，荞麦0.09元/斤。土豆每4斤折合1斤原粮。公粮国家是不计价的，也就是无偿的。购粮是什么概念呢？某生产队产粮总数中缴够了国家的，也留够了集体的，剩下的部分按留粮人口每人300斤还有剩余，剩余部分要卖给国家（那个年代，粮食没有私市，国家不允许），这部分叫公购粮，按国家定价返还给生产队。公购粮收入部分参加劳动日的分配。返销粮又是什么概念呢？缴够国家的，留够集体的，剩下部分再分给留粮人口，且每人不足300斤，不足部分由国家按价供给，叫作供应。

第二，留够集体的。种子、料粮。

种子：小麦、莜麦8斤/亩，糜黍2斤/亩，荞麦4斤/亩，谷子1斤/亩。平均5斤/亩。某某生产队可耕种土地1490亩，乘以5斤，就是预留种子数。

料粮：耕畜，包括使役的和繁殖的基础母畜及种公畜780斤/头，散畜250斤/头。以年末普查存栏数为据。

第三，剩下才是自己的。剩多少才是社员们所关注的。

收支笔笔有踪，所产粮食，按比例扣除应缴的公粮、预留的种子、存栏牲畜的料粮，剩余部分，除以留粮人口结果大于300斤，大于部分作为公购粮预算参加分配，这种情况定是丰收之年，家家都有好日子过。除的结果等于300斤，自足也不错。除的结果小于300斤，肯定是歉收了，所歉部分由国家返销给社员，差距越大，国家返销得越多，农民的日子越难过。返销粮基本都是玉米大棒子，每斤0.091元，也有高粱米或糜子米。

大于300斤时劳动日值一定在0.4元以上，肯定有余粮可卖了。但这种情况很少，历史上也就那么一两年。等于300斤的情况居多，这也是柴达木人引以为自豪的原因之一，一直被周边邻村所羡慕，被大队公社所刮目。相对而言，柴达木的当家人勤于动脑，总是挖空心思地为社员谋福祉。柴达木人抱团取暖，勤劳朴实，也得益于柴达木得天独厚的地理资源——二阴地。

我们队有史以来劳动日值最高的一年是1978年，因为卖了一匹马，参加了分配，劳动日值合到0.8元。

小于 300 斤的现象也有过，"文化大革命"时期的 1972 年，我们队每人吃国家供应 200 多斤。周边的村子也是如此，当时流传这样一段顺口溜："学大寨赶昔阳，老百姓吃的是帽高粱。"

具体到每一个家庭就又不一样啦。公布完收支，再公布每户的余缺，在生产队里，具体体现出来的每户收支是十分明细的，工分收入、卖土粪收入、卖羊草收入，支出口粮款，农副产品折价，蔬菜折价。用过生产队的任何东西都必须折价，哪怕是象征性的，也不能白用。最后收支平衡，余钱的扬眉，缺钱的锁眉。

我家自生产队成立，直到 1972 年之前都或多或少欠钱，因为只有父母两个劳动力，逐渐地大姐成为劳动力，稍微缓解了些，当我成为劳动力时，才彻底从"贫民窟"里爬了出来。结算结束，欠钱的找长钱的对户，自动化解，这个时候就显出"亲戚分远近，朋友分厚薄"了，是亲三分向，是火热气生，谁也不看谁的笑场。人都会有个缺针短袖的时候。爸爸既有亲戚又有朋友，表兄弟——邵功、邵良、董玉奎、董玉元，盟兄弟——赵金廷、李子明。一旦有为难招窄，兄弟们都会解囊相助。爸爸常讲给我们听，并叮嘱："亲戚朋友拉一把，酒换酒来茶换茶。"我们弟兄也一直铭记在心。

不能自动化解的，要么交现钱领回口粮，要么把所欠的按价扣下口粮在库里，啥时候交钱啥时候领回。一年内不交生产队作为库存参加下一年的集体分配。

好也罢，歹也罢，一年一度过去了，穷汉子盼来年吧！

第七章　过大年

　　将近年关，生产队里的活计没那么多了，都是男人们铡草、磨料，两辆大车送粪。寒冬腊月冰冻三尺，小伙子们抡圆八斤重的大镐头，刨下块块粪渣。不戴帽子，脱掉棉衣，汗水蒸腾。"虎口"震裂，浸出血渍。

　　妇女们忙碌着过冬的食材和衣物。度过荒年的人们，对于粮食倍加珍惜，1964年以后柴达木人基本都是自给自足。于是口粮的加工成为女人们的主要劳作，所谓加工，就是把谷子去皮成米，麦子去皮成面，莜麦烀熟炒干再碾成面。那个年代没有机械，都是用碾子碾压而成。有畜力的当然减轻了很多体力，没有畜力的只好抱着碾棍推了："石头山，蛤蜊狱，走十天，出不去。"这是个谜语，谜底就是推碾子。

　　说起推碾子更苦恼，不亚于搂柴的劳动强度。就像纤夫似的，所不同的是，纤夫直行，推碾子按照一个固定半径转圈。"蛤蜊狱"，把碾房比作监狱，充分说明这项劳动的艰难程度。十来岁就帮毛驴拉碾子。拉碾子绳和驴套是一对孪生兄弟。说真话，刚开始还真有点劲儿，转一阵就没气力了，时间再长，不但不拉碾子，估计毛驴还得拉着我。尤其是夜晚，工夫大了只能抱着碾棍打瞌睡了。

　　人们的口粮以小米、莜麦为主。在我记忆中，每年口粮中的麦子每人也不过5斤，所以能吃上白面馒头，那可是太奢侈了。全年口粮中的谷子都要在冬季一次性碾成米，生产队无偿提供牲畜拉碾子。碾米是一项富有技术含量的活儿，粗了米中带谷，吃起来影响口感，细了米表的脂被破坏掉，糟践粮食也影响口感。已进腊月，推大碾子也开始忙碌起来，推大碾子就是准备过年的荞麦面、豆包皮、年糕面儿、串豆子等，同样队里提供牲畜拉碾子。离年傍近，推碾子特别拥挤，两盘碾子昼夜不停。

阳间忙碌着办理年货，阴间也一定在忙碌着办理年货，所以上坟烧纸祭祖活动也在这个时间段进行。那个年代没有像现在这样市面卖的烧纸和冥币，都是用海纸裁成4开或8开，用笔写，版面上边写上"酆都城银行"，左边"地府"，右边"流通"，中间写面额：80000元或100000元。有大额，也有小额的5元、10元。每四张对角叠成沓，拿到故去的亲人坟前点燃祭祀。先压上坟头纸，再点燃纸钱，跪地缅怀祈祷，磕三个头起身。这项祭祖方式到今天还在传承着，但烧纸已经大大提高了档次和数量，元宝、锞子、冥币等，种类也多了起来。这是中华民族的传统美德，我们应该传承下去，烧不烧纸并不重要，哪怕站在坟前行个注目礼也就足矣！

村子里唯一的一项文化娱乐活动"跑灯"也在年前紧锣密鼓地筹备着。每年总是有那么几个"好事者"，精心组织策划活动形式，制作道具。生产队班子里指派专人负责，当然正队长是主要领导者，仪垂德三大爷是当之无愧的导演。一进腊月戏班子开始排练，演员都是本队的社员，不记工分，没有任何报酬。

所谓"跑灯"，就是用秫秸秆儿扎成各种形状的灯架，外面糊上纸，纸面上用水彩画上各种图案，队员手持灯笼，在铿锵的锣鼓配奏下，按一定的队列、队形翩翩起舞。

生产队请来了油匠，在生产队的外间屋铺开摊场开始榨油。油分给社员，饼渣是很好的牲畜料粮，原料是黄豆和麻籽儿。我家人口比较多，已经八口啦，分了3斤麻油，用一个装3斤的大琉璃瓶子装回。这已经是建队十年后的事了。

"小子小子你别馋，过了腊八就是年；丫头丫头你别哭，过了腊八就宰猪。""丫头爱花儿，小子爱炮儿，老头爱着破毡帽，老婆爱着破裹脚。"这些顺口溜是当年人们物质追求的真实写照。

一进腊八，奶奶总是自言自语地念叨："紧巴紧的腊八粥，要了命的糖葫芦，救命的饺子。"后来才知道这是什么意思。这是指上门讨债的，腊八开始加紧，小年最紧，只要是吃了年午更的饺子，就没事了，就能忍一年。所以那个年代，有还不上债的，就出去躲债，只要躲过了小年儿，就没事了，可以缓缓了。

并不是家家都杀得起猪，也不会年年都杀猪的，更不是一头猪养一年就能"拉开刀"。第一年抓个猪崽子，奋拉泔水（刷锅洗碗水），到年底叫"克郎"，第二年的"克郎"到入冬时再上槽。上槽是说增加精饲料，"克郎"吃的是苞糠，上槽后改成碾糠和荞麦花，苞糠和碾糠的区别在于，前者是谷子的外壳，后者是小米的外壳，当然，碾糠优于苞糠。荞麦花是育肥猪比较优质的饲料，但要煮熟。据说猪喂荞麦花可以"拷油"，但只限于喂黑猪，当然，那个年代农村还没有养白猪的，20世纪80年代后期白猪逐渐落户山村，优点是体大肉鲜、繁殖力强。和黑猪不同的是不能饲喂荞麦及其副产品，吃了浑身裂小口、红痒，耳朵爆裂出血，痛得到处蹭。羊也有这种情况。育肥猪的其他精料无非就是谷秕子麦麸子，碾米出来的二露子（碎米）等粮食的副产品。猪上槽喂上两个月，有的刚刚进腊月就杀，有的过了腊八，有的过了小年儿再杀。大凡杀猪的家庭必然是有计划的，明年要修房盖屋，给老人烧纸节，给孩子订婚结婚的，杀只100多斤重的猪，算是大肥猪了，一二指的肥膘算是胖的了。大部分人家平日里什么肉不肉的，不缺油就不错了。杀猪当天请几位近亲长辈、孩子们过来吃一顿，猪血灌成血肠和晒干的白菜一起下锅煮是最美味的佳肴。杀猪时的猪血里掺入荞麦面，放入各种调料——盐、洋葱、大蒜、香菜末、山花椒粉。那个年代还没有味精、鸡精。再放入少许白酒，　点肠油，搅成糊状，把猪肠清洗干净，分段用麻绳扎住一端，将搅拌好的猪血从肠子的另一端缓缓灌入至80%，用麻绳扎住，放进开水里小火煮。杀猪的屠夫，全营子只有那么一两个，很疲劳，都是无偿服务的。宰杀、水烫褪毛、刮毛、冲洗干净，首先摆放在天地爷前的桌子上静放一会儿，表示祭典，然后才可以开膛破肚，取出内脏分类处理。

猪在被杀之前的两三天都会被"吊"上，也就是改稠食为稀食，最后一天只是给点水喝，所以猪的肠子肚子里基本没有什么东西，为的是好收拾。肝肠五脏分离，骨肉分离，肉也要再分离，里脊肉、肥肉瘦肉。尤其是肥肉，必须尽量多剔出些，当作腊肉。腊肉指的是前肩和脊梁骨两侧部分，剔出瘦肉割成一尺见方或长方，扎个孔穿上绳悬挂在屋梁上，作为一年的食用油。谁家趸多少方子腊肉便是富裕的象征。骨头上的肉尽最大限度剔得干干净净，留在年三十中午煮。头蹄处理干净，留作二月二龙抬头时的大餐。

如果是有计划而杀猪，那就要分类备用了。猪身上的许多部位都可以上席：猪头肉，做成猪头糕，无论红事白事都可上席。猪蹄儿被誉为猪手，抓钱，宜于婚嫁喜宴。心肝肺煮熟作为凉菜。无论是红事还是白事，宴席上少不了"三尖、白片、扣肉"，都是较肥一点的猪肉作为食材，称为硬菜。猪皮熬胶做成冻，同样可以作为一道凉菜上席。

无论是孩子还是大人，一年中也只有杀猪这一天才算得到一次动物蛋白的补充，所以那个年代的人都显得苍老，没有精神，手脚干裂，皮肤粗糙。那个年代，谁家舍得拿好粮喂猪呢？20世纪60年代后期，国家向农村征购菜猪，叫购猪，标准为体重在130斤以上劁骟过的猪。俗话说"巧妇难为无米之炊""鸡吃粮食下蛋大，猪吃粮食肉也香"。没办法，农村便产生了猪群和猪倌，靠猪的自由采食野草和植物根茎维持生存。为了完成国家的任务，生产队只好养起猪来。一方面为了完成国家的购猪任务，另一方面，为了贯彻毛主席关于农业八字宪法，解决"肥"的问题，"一头猪就是一座小型有机化肥厂"。

转眼间到了腊月二十三小年，清早爸爸例行一件极为庄重的事：立灯笼杆！从打我记事，我们家就立灯笼杆。不懂事的时候感觉很好奇。我家的灯笼杆有七八丈高，超过房脊很大一块。杆顶有个风翅篓，像现在孩子们玩的风车，是爸爸用木头亲手做的。上面是一根二尺左右长的横梁，横梁当中钻一个眼儿，用钉子固定在灯笼杆的顶端，横梁可以随风旋转。横梁的一端是风翅，也是木质的，穿上钉子和铜钱，固定在横梁的一端。另一端扎上像马尾一样的一缕用红绿颜色染过的麻线。风吹过来，马尾一样的麻线总是顺着风向，而风翅就会顶着风向而旋转，因为有铜钱，所以发出嘎嘎的响声。微风也能旋转，风越大旋转的速度越快。据老人们讲，原始的灯笼杆顶上是要挂灯笼的。以前爸爸用纸糊灯笼，用长长的麻绳像升国旗似的吊上灯笼杆顶，这才叫完整的灯笼杆。但是吊灯时没有滑轮，往往麻绳被磨破，灯笼掉下来摔碎了。风大时灯笼纸被撞破，灯火熄灭。后来改在离地面一人多高的地方做了个灯笼斗子，把灯放在斗子里，也就方便了点灯、熄灯、添油的程序。灯笼杆立在正对天地爷的前方，靠着园子墙，在地面上刨个坑，把杆子立在坑里，填上土，浇上水，用绳子拉上斜拉。寒冬腊月，一会儿水冻实，杆子也就牢固了。爸爸焚香祷告："腊月二十三，给你老人家立上灯笼杆。"跪倒三叩首。灯笼杆上贴上用红纸写的四个大字"吉星高照"。这就妥了。"文化大革命"时期破除迷信，谁也不敢立了。"文化大革命"过后，妈妈时常得眼病，找香头看过，又把它立了起来，至今每逢腊月二十三，老弟都要立灯杆，但没有了风翅篓，只是安装个电灯而已。在过去，全营子只有我家和李子明大叔家立过，别人家没有立的。

　　我们家打从什么时候开始立的呢？凭我的印象，应该是在老院子（西小院，现在吴永清住的西院），爸爸与大爷分家前后，因为奶奶的腿病许下的愿，才立的灯笼杆。什么叫许愿呢？听奶奶简单地讲过，她的腿长过什么疮，怎么医治都不好，找香头看，说是得罪到哪位神或是哪位仙，所以只有立起灯笼杆才能镇住。那么为什么灯笼杆就能镇住呢？《封神榜》的故事，想必都耳熟能详吧，姜子牙斩将封神108位，轮到他本身了，没地方去，给自己封在灯笼杆上了。既然所有的神都是他封的，那就有他管理的主动权了。在民间盖房子上梁时，正梁上有个八卦，上面写着一副对联："太公在此，诸神退位。"或"鲁班说是今日好，太公答曰此时吉。"这里的太公指的就是姜子牙姜太公。鲁班被誉为建筑界的祖师爷。

过去有死者出殡，都是用人抬。遇到离坟地太远，中途需要歇息，但是棺椁一旦抬起就不准落地，只好放两个凳子，将棺椁放在凳子上悬空于地。这个当儿阴阳先生赶紧将事先用黄纸朱砂写好的"符"，扔在棺椁下面，"符"的内容也是"太公在此，诸神退位"。可见姜太公的威望有多大。有了灯笼杆，诸神还敢造次吗？

自打我们家立起灯笼杆，奶奶的腿真的渐渐好起来了，遗憾的是，右腿落下残疾不能弯曲。难怪爸爸是那么虔诚。妈妈眼疾倒是也好了，88岁还能穿针引线。但这可不完全是立灯笼杆的原因，是国家免费给老年人治疗白内障才彻底痊愈的。

小年儿的晚上还有一个仪式——打发灶王老爷上西天。灶王老爷是监管这个家庭行事做派的。家庭成员做了多少善事，做了多少恶事，灶王老爷到如来佛祖那里做汇报。"善恶到头终有报，只在来早与来迟。"腊月二十三打发灶王老爷上西天，这天晚上，人们基本都安静下来，家里主人将灶王牌位取下放在灶火坑，备上供品、送行的饭菜，还有灶王爷骑的马匹的草料，点燃香表和牌位，口中念念有词："上天言好事，下界保平安。你老人家到西天佛祖那里，好话多说，赖话少言。"好像是法定的，给灶王老爷放了七天假，年三十这天上午再把新的灶王老爷牌位供上，意味着灶王老爷新一年上班啦。和其他神仙牌位一起更换对联。灶王老爷只有横批"一家之主"。所以民间有句俗话：灶王老爷的横批——一家之主。意思是这个人的地位最高，他说了算。"灶王老爷绑在腿肚子上，人走家就搬。"意思是单身，一个人吃饱了，全家不饿。

其实有素养的家庭主妇，每天围着锅台转，一言一行都严以律己，敬老爱幼，不取决于灶王老爷如何如何，而是来自主妇娘家及婆家两个家庭的文化底蕴的融合。

二十三小年能吃上饺子了，自这天起年味儿越来越浓郁，人们也越发忙碌：蒸干粮，做豆腐，腊荞麦，写春联，刻挂钱儿。那个年代啊，集市上没有卖对联的，都是找南北营子会写的，后来本村也有会写的啦，不讲究多么好看，官不嫌字丑嘛，叫应了就行，主要讨个吉利。挂钱基本就那么一两个模式，都是往年挂过的底样，铺在裁好的 32 开粉连纸上用刀刻。从这天能听到稀稀落落的爆竹声了。那都是小孩子们难以控制兴奋，才把那仅有的 100 响一挂的"小干草节"摘下那么三两个，用香头点着扔出去，吓得捂着耳朵跑出很远。做豆腐是一件很麻烦的事情，提前把豆子泡好，用小磨子磨成豆浆。全营子有磨子的家庭不多，"井水不用问，碾磨大家用"是庄户人传承的习俗，因此小磨子这个时候最忙，几乎昼夜不停，这家磨完又被那家搬走。当然了，我家不但有，还得心应手。将豆子磨成豆浆，再用沸水把豆浆沏开，用笼布过滤剔除豆渣，剩下的是豆汁，将豆汁煮沸，再点上卤水。"一物降一物，卤水点豆腐"就从这儿说起。片刻之间，豆汁不见了，浮起豆腐脑。豆腐脑稍炖几分钟，用笊篱捞在铺有笼布的筛子里，整理成形，挤压出水分，分分钟便成了豆腐块。要想让有限的豆子产出更多的豆腐，当然是磨得越细越好了，"慢出豆腐紧出渣"。

小年过后，送财神的也来了！

听到几声少腔无调的喇叭声，由远而近，断断续续，奶奶敏感地判断道："送财神的来了，有财往外送？"果然，随着沙哑的喇叭声，门外站定两个人，一个反穿皮袄毛朝外，手里拿着厚厚一沓纸；另一个头上的狗皮帽子半卷着，两个腕子上套着狗皮套袖，嘴上插着个黑不溜秋的喇叭，也不知是吹不响，还是不想吹，总是时响时不响。"喇叭人"像憋着尿似的，站立不稳，清鼻子与喇叭搭了"桥"。妈妈塞给我两个豆包："快去把他打发走。"

财神牌位的质地非常粗糙，只有一种黄色水彩印制上去，花里胡哨的。不用奶奶说，我也怀疑这财神能有多少财。讨个吉利吧！

蒸干粮也是量力而行，一般家庭也必须蒸一锅豆包、撒一锅薄薄的年糕。在我记事时，我们家已是六口之家了。大人孩子扒死夜活熬个年，平常素日也就罢了，过年了咋着也得都吃上点，这是妈妈的宗旨，也是一贯的作风。年糕是压轴的干粮，一般在腊月二十五这天撒，这天饱餐一顿。妈妈把年糕刚刚提出锅，院子里狗叫，大门外有人喊，妈妈出去迎接。

"你二嫂子，快把你的箅子笼帽借我使使。"

"老婶啊，快上屋，你也撒年糕？"

"不是，我蒸锅发面。"

"箅子我还没刷。"

"不用，我回去刷吧。"

来人是老奶奶。

年糕即黏糕，因为只有过年才做，才能吃到，故此叫年糕。黏谷去皮叫小黄米，也叫黏米。黄米碾成面叫黄米面。小黄米区别于大黄米，黍谷碾成的米，叫作大黄米。因为黏谷产量低，而且出米率也低，因此生产队很少种，只占人均口粮的 5% 左右。人口少的，分不到二三十斤，撒不了一锅年糕。黍谷产量更低，"好黍子打不过赖谷子"，生产队基本不种，责任制落实后，从少种到多种，到取代黏谷，到今天的大面积种植，已经成为经济作物，成为上等的酿酒原料，而且身价不菲。大黄米年糕比小黄米年糕色香味要好很多。今天生产小黄米的黏谷已经断种了。随着生产队的逐渐完善，农民的生活水平也不断提高，到了 20 世纪 70 年代初，农民的锅里不再那么寒酸了。

主要项目忙乎差不多了，该扫房了，这是农民每年必有的一次大扫除。屋里能搬动的东西，全部清理到院子里，无论是卧室还是厨房，都要彻底清扫，尤其是厨房常年大柴大火，烟熏火燎，屋顶墙壁早已面目全非。特别是屋顶，因为没有顶篷，扒条檩子上挂满了络络网、塔灰，有时候掀开锅盖，因蒸气的冲击就会落入锅里。趁着灶王老爷不在家，彻底清理一下。爸爸戴上草帽子，闭上眼一通划拉。卧室里的屋顶要好于厨房，但是墙面上的臭虫血，还有小孩子蹭的鼻子嘎巴儿，很恶心。只好用火铲啥的往下撬哧。想起可恶的臭虫，身上就起鸡皮疙瘩。白天藏匿，夜晚出来偷吸人血还不够，还要把臭液留下。它刚刚吸完，身上就起了一溜一溜的大疙瘩。

夏天是它们最活跃而且繁殖力最强的时节，用炕席批子，顺墙缝一划就能划出一窝一窝的臭虫崽儿。奶奶总是睡在炕头，咬得受不了，起身划着起灯点着灯，臭虫怕见光，迅速往墙上爬，寻找缝隙藏匿，趁这工夫，奶奶用食指捻，一个臭虫一泡血，同时放出一股臭味儿。一个夏天，墙上布满了我们全家人的"手押"。20 世纪 70 年代后，发明用报纸糊墙，新鲜了很多，但臭虫照来不误，"手押"更明显了。到后来，供销社有了敌敌畏、敌百虫、六六粉之类的杀虫药，可以杀死它们一部分成虫，对于微小的虫卵无济于事，几天工夫卷土重来。虱子不比臭虫好多少，"抓不尽的虱子，拿不尽的贼"，那个年代无论谁，都是"老虎下山一张皮"，没有换洗的衣服，而且每晚睡觉一家人挤在一铺炕上，脱下衣服往被子上一盖。可恶的虱子会竭力寻找"商机"，逮着谁的被窝就钻，难怪女人们扎堆儿时都抱着脑袋抓虱子、掐虮子。其实男人们也一样招虱子。为了捉虱子，人们发明了一种"刮头篦子"，类似木梳，但比木梳齿密得多，用它在头上刮虱子勒虮子，但是以它们的繁殖能力根本不会被彻底消除掉，几天工夫就还原，所以叫"抓不尽的虱子，拿不尽的贼"。今天这些物种估计只有实验室里还保留着它们的虫卵。

扫完房，屋里陈设重新布置一下，倒是像个新家，室内空气也清新了许多。

新年的筹备工作到此已经差不多了，最让我提心吊胆、胆战心惊、心惊肉跳、跳不出"如来佛手掌心"的"剃头"终于来临了！躲不掉的，只好任人"宰割"了。

被爸爸抓住，提起来按在炕上，把头按在脸盆里，爸爸一只手抓住我的双手，另一只手按住我的头，一条腿压住我的下身，妈妈手持剃头刀在一块破布上蹭了几下。我斜眼看着那没有光泽的剃头刀，口里央求着："娘，千万慢着点！"

"你老实着，我就慢着点，不老实把耳朵割下来！"

"我保证老实！"

我说多疼谁都想象不出，咱就说这个剃头刀吧，是爸爸用一块铁片子自制的，即便是刀，大家一定认为得有钢吧，铁片子有钢吗？磨出刃来而已，放在我这像毡子一样的头发上，该是怎样的疼法吧？咔咔地像是活掀毛。

说真话，我对这个脑袋已经感到很郁闷了，年了辈子不洗一回，更不梳一回，头发们自行搅和在一起可不就是毡子。更可气的是虱子虮子肆虐甚嚣，大白天的，爬到头发梢上晒太阳，跑大场。那个年代洗头没有洗头膏、皂什么的，抓一把碱面子搓几下，那水立马变混浊。也想让脑袋轻松轻松，可这代价也太大了。

咬紧牙关，瞪着眼憋着气。挺刑不过，杀猪时的猪怎么叫我就怎么叫。明知哭是没用的，还是哭了。这一哭，妈妈手上的刀子放开了趟子，咔嚓咔嚓，总觉得这刀子在原地不动，刀子不快，头发又厚，可不就是在原地踏步。头皮火燎吧滚地疼啊。爸爸的双手像两把大钳子，动弹不得。鼻涕眼泪混杂在一起不容我擦，也不给擦，可劲儿造吧，也不知打了几个"掌子"，妈妈不停地用手指按揉。

"去吧去吧，这家伙，剃个头赶上让你上杀场了，至于吗？"妈妈说得倒轻巧。

好歹总算剃完了。

出去和同伴儿们一比较，我的头还是蛮好的，不像别人，用剪子铰的，疤拉缕癞，像狗啃的似的。

到了12岁生日这天，"跳墙"留了头，头顶总算不用再剃了，只是剃侧面。一方面少剃一半儿，另一方面，毕竟稍大了些，不那么恐怖了。剃头还有个讲究，"正月剃头死舅舅。"妈妈就一个兄弟，咋舍得冒这个风险，所以选择傍年根才给我们剃头，为的是正月头发不会长长。

为什么"跳墙"？当时我也懵懂，长大以后才明白。那个年代，孩子有个头疼脑热，不方便看大夫，严重时才把先生请到家里来，要不怎么说"请先生搬大夫"呢，轻来轻去就找个人看看，"打落打落"。奶奶就会，别人家的孩子也常找奶奶给看：不是"时气不济"得"撞客"了，就是着凉了。首先用排除法，用物理疗法，"提（dī）

溜腱子"，也就是"打落"。把孩子衣服脱光（实际上孩子已经在被窝里趴了好几天了），先仰卧，奶奶用粗糙的双手掐前胸捋肚皮，捋到肚脐两侧，双手各捏住一块肉向上提，边提溜边抖，口里念叨："提溜提溜腱子，风风火火散去；提溜提溜腱子，风风火火散去。"如此重复数遍，再让孩子翻过来趴下捋后背，重复前面的动作。然后用艾叶蘸水揉搓前胸、后背。忙乎一大气，把孩子放回被窝儿。孩子咋哭照做不误。经过这样一折腾，排除了着凉的可能。

　　什么是"时气不济"得"撞客"？从字面意思不难理解：不走运，被坏人给撞上了。就是被哪位仙家在云游时撞见了，看中了，要收他到堂上做童。这还了得？"谁家有孩子往庙上舍？"是不是得从"立钱儿"上才能得到证实。也是用排除法，奶奶先假设一位："是不是圣佛老爷？是你就抱住钱儿吧。"怎么立钱呢？首先倒上满满的一碗凉水，放在最平的位置，碗上平放一面镜子，用大钱在镜子上面立。边嘴里叨咕，边双手立钱儿："是你老人家呀，你就抱住钱，别折腾我们孩子啦，你要怎么着我们都答应。"没立住。奶奶又假设一位，还是照样叨咕着："是你吗？抱住吧，抱住我们就给你。"我还真不知道奶奶都设定了哪几位王八蛋，立住了。后来我自己背地用奶奶的方法也立住过，也没说让谁抱住，只是找好平衡罢了。大家都十分惊喜，原因找到了。奶奶发令："怎么着啊？是某某大仙要你家孩子，答应不？"当父母的满口答应："老仙家，我们答应，让我们孩子好了吧，到12岁我们就给你送去。"得，妥了，这叫许愿，可不能轻易反悔。自打这天起，孩子必须剃光头，为什么？我分析啊，一是光蛋长得硌碜，没人要；二是剃了头表示身有所属了。不知为什么，有时还立筷子。把四根同样的筷子上淋上点水，合并在一起，往水碗里立。四根筷子并起来，一端肯定是个平面，只要水碗平，找好平衡也一定能立住。

　　到12岁"跳墙"，我还被蒙在鼓里，怪不得不给我留头发呢，小时候可羡慕人家留小分头的小伙伴儿了，梳着中分，前发盖眉，频频地甩头，用现在的话说挺有范儿的。

　　这天我"跳墙"了，奶奶抓了一把新棉花，整理成人形，把我叫到跟前："一会儿跟我到老宗家荒，你站在凳子上，我用筷子打你一下，你跳下凳子就往回跑，怎么叫你别回头，千万别答应，你娘在家里给你擀面条吃。"嘱咐完，奶奶拄着拐棍前面走，到了老宗家荒（现在王学锋门前大棚位置），奶奶放下凳子，搓土插香，发了表，同小棉人一起烧掉，口里念着："某某仙（姑）你要的孩子我们给你送来了，你老接好……"实话说，我不知道奶奶到底怎么样，我看她如果做出让我接受不了的事儿，已经做好了准备，坚决立马撒腿就跑，为了那碗面条，我还是等待着。奶奶看小棉人已经烧尽，叫我站在小板凳上："别再回来啦，去吧！"叭，用筷子抽了我一下，又推了我一把，我按奶奶事前交代的，撒腿往回跑。奶奶在原地叫我的小名，我既不答应，也不回头，一口气跑进屋里，还真有一碗面条。

　　奶奶一会儿工夫也回来啦，大家好像了结了一桩心事，都轻松了许多。

　　听奶奶讲过，和我同龄的郝长军今年也"跳墙"，说是他在往回跑时，奶奶叫他，回了头，也答应了。奶奶很为他担心，怕人家仙家识别出还愿还得不真实，有弄虚作假之嫌，担心将来这孩子会有……滑稽的是郝长军今天还好好的，倒是我被骗了十来年。每剃一回头都被人家调侃："秃脑亮，亮奔儿奔儿，我家有个小尿盔儿，给你戴上正合适。"女孩儿也有许愿的，12岁之前也是秃蛋，估计比我们小子儿还难受。记得老李家就有一个小姑娘，人们都叫她秃丫头，后来搬走了。

　　到了十六七岁，吴品章大哥买回一把手动理发推子，开始用感觉很享受，后来总是薅头发，其实还是不懂得使用方法。爸爸也买了一把，用了两年还是出现类似情况，这种推子是需要正确保养的。今天已经不是半自动的了，完全是电动理发推剪。

　　"二十八把面发，二十九贴倒福，大年午更熬一宿，正月初一挨家走。"二十八开始发白面了，男人们备些劈柴，做年午更的旺火之用。二十九早上贴对联，尽管红纸裁成最小版，内容也千篇一律，但有挂钱儿的点缀，贴完后新年新气象一览无余："大门外青山绿水，草堂内富贵荣华""门前溪水声声笑，户外青山步步高"。牲口圈："六畜兴旺""大羊年年有，小羔日日增""和群如有义，跪乳似知恩""肥猪满圈"。粮仓："余粮万石"。炕贴："一入新年好，喜神来得早。财神来叫门，手托大元宝。"还有井的对联："井泉兴旺"。只有文凭最高的邵连忠才会创造出新内容："闲人不进贤人进，盗者不来道者来"贴在大门口上，看懂的人，觉得该进才进，不该进的自觉退出，既有里子又有面子。

多数家庭都会给庙上贴对联的，庙里是神，全村供奉。所以原本不大的庙门脸贴得满满当当，实在贴不上了，就摞上贴。因为是九神庙，所以最贴切的内容当数"山神土地五道堂，左拴猛虎右拴狼"，还有"保风调雨顺，佑国泰民安"。九神庙里龙王爷最大，尊位设在正中央，其他四王分列两边。龙王管行雨，关乎农民的大计，所以在庙联里突出赞赏龙王："出龙宫金童引路，驾祥云玉女随身。"横批："风调雨顺"。门神、财神都是现成的图像，不用对联。天地爷、灶王、圣佛，几乎家家都供。天地爷即玉皇大帝，这是一种说法，在我们家乡，习惯性地认为天地即天公地母，新婚夫妇都要拜天地，让天公地母见证他们的爱情，同时也向天公地母发誓要珍惜这份爱情，天造一对地设一双嘛。婚姻的促成都是天公地母给安排的，所以敬奉天地爷的对联有"天高悬日月，地厚载山河""天地三界主，十方万灵真""谢天谢地又正月，无事无非又一年"。天地爷都供在正房外面的屋檐下，屋门口右上方，在墙上挖个窑窑，牌位供在里边，放上香炉碗。圣佛——观世音菩萨，也就是南海大士，供在外间屋正中央北墙上，对联："西湖三月景，南海一枝春。"横批："南海大士"。菩萨身旁有供财神的，对联有"天狗下凡春基地，财神驻足喜盈门""摇钱树金银满挂，聚宝盆昼夜生财"。灶王老爷牌位没有对联，只有横批"一家之主"。

保家仙每家都不尽相同，有供的也有不供的，这些牌位都不在正房，供在偏厦子或羊圈里，不能供在正面。主流仙家有：狐仙（狐狸）、黄仙（黄鼠狼）、长仙（蛇）、白仙（刺猬）。且不说它们能不能保家，单说它们是怎么入住的。那个年代医疗条件落后，人的科学观念也落后，家里人有个疼痛之灾，不遂心不如意，咋办？只能找那些跳大神的，即俗称"顶香"的。说出这个家庭的诸多不幸的因素——哪位仙挑了眼、得罪了哪位仙了，必须供奉，给它香火才能保你家太平。主人当然信奉，便供起来了。

听奶奶讲过一个故事，是发生在她身边的真实故事，"在邻村有一个家庭，家里的婆婆是个香头，隔三岔五就有人来家看香，每次来仙儿之前都要焚香烧表，弄得屋里乌烟瘴气，儿媳妇很是厌恶。这一天，老婆婆又在炕上'下神儿'，儿媳妇在外屋忙乎做活，无意间发现锅台后碗架子下有一个东西在动，走近一看是一只刺猬，正蜷缩着抖作一团，儿媳妇儿十分惊恐，手里正拿着烧火棍，上前一棍子，刺猬一跳，翻身弹腿呜呼了。屋里的唱声也停止了。"

这种现象可能用科学的观点很难解释清楚，看过一本《十万个为什么》，里边的解释似乎比较合乎情理。

跳大神的叫巫婆，我们那里也叫"看香"或"相头"，据说能联通天地。记得有一年，村子里放电影《五朵金花》，几个月后传出有位大仙叫"五朵金花"，可灵了，真叫人啼笑皆非！

得病乱求医呗。

仙家牌位没有印制的，都是黄表叠成亭子形状，上面写着"供奉狐仙、黄仙之位"或"供奉长仙、白仙之位"。这些仙家倒是和睦，在一个牌位上同处相安无事。有联曰："入山三分道，出洞自在仙。"横批："得道成仙"。还有"打出天狗去，引进子孙来""在深山修真养性，出古洞保家平安"。

大户人家或户门大的还要请家堂，即祖宗灵位。设在一个独立寂静的房间，单独祭祀。

所有诸事都必须在年三十上午完成，中午摆供焚香、跪拜，"清晨三叩首，早晚一炉香"。正月初二家堂财神可以送走，其他神仙

"破五"（正月初五）撤供停香。之后各神每逢初一、十五烧香焚表。保家仙每逢三月初三、六月初六、九月初九是它们的节日，在这一天更换一次牌位，隆重祭拜。

一切供品，一言以蔽之：心到神知，上供人吃。

年三十到了，各种准备工作基本完善，我们小孩子最期盼的是那件新衣。在奶奶、妈妈和大姐的通力合作下，大人孩子衣服，鞋脚袜子理过一遍，原来的面拆下来浆洗过后，实在不能再做面的，改成里子，大人的改成孩子的，老大的改成老二、老三的。我们每三年能穿上一件新布做的棉袄和棉裤就很知足了，别说卡其哔叽，也别说斜纹尼龙，就是平纹布也知足了。新棉袄的前襟、袖口都用旧布绷上，因为这些位置最容易弄脏或磨破，中午饭前不能穿，一是中午啃骨头，怕油了；二是上午要干许多活，怕弄脏了。下午才算彻底放假，穿上新衣去找发小玩儿，嘚瑟嘚瑟。第二年再把绷在前襟袖口的旧布拆下来，看上去又像新的一样，这正是：新三年，旧三年，缝缝补补又三年。

总算放开肚皮吃顿白面馒头了，年三十中午一顿馒头，一顿并不十分体面的白中带黑的、略有邪味的馒头，那是因为白面里掺杂了其他面，可能是玉米面，也可能是全麸面，对付着能让全家人都能吃够或人均分到一份，只此一顿，再也见不到影子。除了留够供品、米龙、面龙外，剩下的妈妈说等来人吃。还是奶奶那句话："来人吃是扬名，自己吃是填坑。"正因为白面好吃，它的身价才高，来人客去得给人家做顿白面条啦白面饼啦。尤其是有媒人上门给儿女提亲的，"成不成四两瓶"，必须热情招待。所以有句俗话叫作"馋当媒人懒出家，不馋不懒种庄稼。"跑腿费心的，图个啥？

亲戚朋友家有故去的老人至亲，要送供品，几个纸节都要送：头七、三七、五七、百日、三个周年。这可不能在白面里掺杂了，纯白面的，大约2斤面蒸20个馒头，够四摞供的。每摞五个，神三鬼四嘛，庙里的神，家里供的各位神仙的供品都是三摞，每摞五个，三个打底，上面再摞上两个。妈妈为了给我们兄弟两个每人多出一个，只好在老爷的供品面团儿上缩水，给我们剔出两个。那个香啊，供品馒头就是香。

还有孩儿生日、娘满月都要去下汤面，也叫"送奶"，老亲旧邻，谁家生了孩子都要送去2斤白面，一来是祝贺，二来给产妇送去，增加营养，早些下来奶水。产妇的生活质量大大提高。难怪村里有动员适龄孕妇生孩子时说："生个吧，解洋馋解洋懒。"是啊，生个孩子"无论男孩儿或女孩儿，准能吃上鸡蛋蘸麻盐儿，男孩儿女孩儿见个面儿，准能喝上连汤子饭儿"。能不解馋吗？坐个月子再喂奶，可以不参加劳动，能不解懒吗？因此那个年代人口猛增，才出现"要想农村能致富，少生孩子多种树"的口号。

每人口粮中小麦只占5%，打点这些也就所剩无几了。

杀过猪的，中午可以啃猪骨头，尽管骨头刮得溜光干净，总比唆拉木头强。不杀猪也比平日丰盛得多，遇到这种情况，爸爸都会委心地开导说："好过的年节，难过的素日。"是啊，年年难过年年过，日日平安日日安哪！

午饭后穿上新衣、新鞋跑出院子，跑向大街，跑向生产队的高山。杀马战的没有啦，抢高山的不抢了，都舍不得糟践这身来之不易的新衣新鞋。扇片子的也不像以前那样用袄袖子划拉了，那一刻似乎我们文明了许多，懂得了许多，长大了许多！

年三十晚饭都不吃，因为年午更饺子在等待着。掌灯了，我家灯笼杆上的灯亮了，供奉的神龛前也都亮起了灯。家家户户门口都挂出了灯笼，稀稀落落的"干草节"响起。妈妈和姐姐在忙碌着，准备年午更的饺子馅儿、饺子皮儿。瓜子儿已经炒好了，因为少，不可能放开吃，搭配些窝瓜子、角瓜子。吃完午饭爸爸就走了，当然是去黑胡同里的赌场了。我们也来这里看热闹，两间小屋里，炕上地下挤得满满的，好家伙，掷骰子的这边大喊："仨么三六神鬼难救。"那边喊："八个喇嘛烤火。"炕上是推牌九的："七七八八不要九，虎头来了正当走。"那边叫："粗，粗，粗死不要命。"烟雾弥漫，一片嘈杂，实在无聊。

　　我们围在妈妈身边，姐姐和奶奶帮妈妈包着饺子，我们缠着奶奶说笑话"破闷儿"（猜谜语），奶奶尽管不识字，但是"猜闷儿"很多。我记得的有：

　　石头山蛤蜊峪，走十天出不去。（打一家务活：推碾子）

　　灯台摞灯台，三个灯台摞起来，上边乌云罩，底下莲花开。（打一炊事：蒸干粮）

　　不大不大，浑身尽把儿；不点儿不点儿，浑身尽眼儿。（前半句打一植物果实，后半句打一做针线活工具：蒺藜，顶针）

　　一个老头穿黄袍，黄袍去了一身毛，毛去了一身疙瘩，疙瘩去了一身疤痫。（打一植物果实：玉米穗）

　　煮不烂的菜，够不着的菜，吃人的菜，洗不净的菜。（打四种物品：生菜、云彩、棺材、灰菜）

　　上山吱吱钩，下山磕脐溜，遥听梆子响，洗脸不梳头。（打两件工具、两种动物：搂柴用的耙子和种地用的磙子，狗和猫）

　　老大红脸大汉，老二骑马射箭，老三微微囊囊，老四不会动弹。（打四种害虫：臭虫、跳蚤、虱子、虮子）

　　南边来个白大白，骑着毛驴敞着怀。（打一种植物：乌麦）

　　南边来了一群鹅，批了扑棱下了河。（打一种食物：饺子）

　　青石板，板石青，青石板上钉银钉。（打一天上的现象：蓝天星星）

　　一匹白马，四腿拉胯，嘴里吞人，肚子说话。（打一物：房子）

　　你说房本是房，又没檩子又没梁。（打一物：船）

　　你说船本是船，又值银子又值钱。（打一物：官印）

　　有卖（迈）的没买的，一天卖（迈）了不少的。（打一家中物品：门槛子）

　　前腿矮，后腿高，未曾走路把脚跷，渴了喝点空山水，饿了吃点骆驼蒿。（打一野生动物：跳兔子）

　　四四方方一座城，里头兵马乱了营，个个带着红缨帽，不知哪个先出城。（打一物件：火柴）

　　红门楼，白院墙，里头住着个巧大娘。（打人身上的器官：嘴）

两个兄弟一边高，出门就摔跤。（打一物品：挑水的水桶）

小猪小猪不吃糠，当啷给它一枪。（打一物品：锁）

小鸡小鸡溜墙根儿，提溜提溜毛尾（yǐ）儿，问它多大年纪儿。（打一物品：秤）

几捧泥巴一缕鬃，外边圆圆里边空，春秋四季散了火，再等来年来过冬。（打一取暖设备：泥塑的火盆）

一个坨子摆上盘，围着盘子转圈圈。雷声轰轰不下雨，雪片纷纷不御寒。（打一劳动场景：推碾子）

上八蹬，下八蹬，猜不着是小杂种。〔打一物：窗户（过去的呱嗒嘴子窗户）〕

猜不着，就胡乱猜，实在猜不出了，就问奶奶什么是小杂种，奶奶乐得没牙大口久久合不上。

带有歇后语的谜语：

嫂子喜欢——格格豆（哥哥逗）。

老母猪拱沙滩——干饭（干犯）。

炕头放孩子——烙羔（烙糕）。

干吃噎死狗——散状（用小米面和黄米面做的发面类的食品）。

更神奇的是奶奶的数学知识深不可测：

山上一群羊，山下一群羊，山上的给山下一只，两群羊只数相等；山下给山上一只，山上的羊比山下的羊多一倍。问山上和山下羊群各多少只？

仨搭俩儿俩儿搭仨，七十二个加十八，是多少？

一个老母猪十八个奶，走一步甩三甩，走了一百单八步，一共甩了多少甩？

一百匹马，一百块瓦，大马驮仨，二马驮俩儿，小马驹俩儿驮一块。问多少大马、多少二马、多少小马驹？

一溜（六）十三缸，石二八斗糠，装单不装双。怎么装？

板凳鳌子三十三，一百条腿朝了天。多少板凳？多少鳌子？

北京的人多乱如麻，三十二万九千家，哪家生男有两个？哪家生女一枝花？女娃长大要出嫁，男娃长大要娶花，男娃个个娶到花，女娃无花剩在家。几家生女待出嫁？几家生郎待娶花？

有的奶奶给出答案，有的经过提示可以解答，有的估计奶奶也说不出答案。

奶奶还能讲很多故事，丛老道的故事我记忆犹新：

早年间，有一个丛老道，串乡化缘，不化别的，只化铁，不论生铁熟铁，也不论多与少。挨家挨户走，有就给点，没有便罢。忽一日，来到这么一家，叫开门，出来一位中年妇女，身后背着个三四岁的女孩儿，孩子一只手抓着绳子，绳子的另一端拴着个镰刀头在地上拖着。当丛老道说明来意，不但没给铁，反遭一通数落。妇女一脸的不高兴，转身离开。就在这当儿，孩子的鞋掉了一只，孩子喊叫："娘——鞋——娘——鞋——"妇女没理会，径直走进屋去。

丛老道把化缘来的铁，铸成一口大钟，奇怪的是，这口钟发出的声音，竟然和女孩儿的声音完全吻合：娘——鞋——娘——鞋——特神奇！

"文化大革命"时期，这口钟被人卖给官地供销社。"文化大革命"过后，有关单位又把这口具有文物价值的大钟，从翁牛特旗土产公司的废铁堆里请了回来，安放在官地东，鸿雁湾后山的半山坡上。现在是否还在就不得而知了。这位丛老道据说是姥爷姥姥家的人，可以推断故事发生的时间离奶奶不是很远。

饺子已经包完，我们在欢笑中猜着谜语，嗑着瓜子。不知不觉已经到了该发神纸的时候，爸爸急忙走进屋："点火点火，三星打横梁了。"妈妈赶紧把灶王老爷的新牌位贴上，摆了供，焚香发表。又麻溜给各位神啦仙啦上香发表。这是新的一年第一次膜拜：拜过观世音菩萨，拜过天地爷及各位保家仙。妈妈一定带着更多更多的愿望、更好更好的祈祷！爸爸给灯笼杆上的姜老太公点上香，发了表，跪在冰冷的地上，一头捣地，磕了三个头。我和二弟学着爸爸的样子，似乎很虔诚，却实在不怎么标准，不怎么严肃，也实在觉得这灯笼杆只是风翅篓在迎风旋转，再无其他功能。我们跟在爸爸屁股后面，拿洋火，搬火盆，捡劈柴。爸爸点燃旺火的同时，灶膛里也点着了火。爸爸把隐藏的200响雷子拿了出来，挂在一根长竿上，我举起长竿，等待着。妈妈在屋里叫道："饺子已经下锅了！"爸爸先点着一个二踢角，再点雷子鞭。顷刻间全营子几乎同时点燃，噼里啪啦！砰——乓——沸腾的鞭炮声响过，跑回屋中给奶奶、爸爸妈妈磕了头，坐在炕上吃起香喷喷的、梦寐以求的、荞面皮酸菜油脂拉馅的饺子。香，扯开腮帮子呛。咯嘣，被什么东西硌了牙，吐出来是个崭新的1分钱小镚子。紧接着姐姐、二弟相继吃到：一个、二个、三个……钱对我们来说是那么陌生，又那么充满诱惑：2分钱在货郎挑子里能买到一根铅笔、一盒火柴；1分钱能买到十粒糖豆或一捏子黑枣；夏天，5分钱可以买一拃水萝卜……我奢望能吃到更多，不是得到更多钱，而是意味着福气更多，然而，只包进十个。

忙不迭地吃完赶紧去拜年。拜年是村里的习俗，先是自家本族的爷爷奶奶、大爷大娘、叔叔婶子、表叔表婶，走完一圈收获颇丰，到哪家都能收到一把瓜子、三两块鸡腰子糖、几粒黑枣。我家也同样付出这些小吃。随着年龄的增长、生活水平的提高，拜年的赠品也逐渐增加，瓜子可以成捧地给，我们却象征性地收，拼盘里有了大枣、酸枣、块糖、栗子。

有时不小心会被"拦门棍"绊个前趴子。家家院子里都撒上干草。拦门棍为了拦截那些恶狼混鬼、骚猫野狗，干草为了招引金马驹子进来。

跑完一圈回来，三星快落下了，奶奶还在坐着，等待上门拜年的人。奶奶辈分大，拜年的自然就多呗！营子里渐渐安静下来，我们耐不住困倦，打原身倒头便睡。

"起来吃饭吧，一会儿还有来拜年的呢。"被妈妈叫醒，觉得很纳闷，怎么没听到鸡叫呢？哦，是我睡得太死了，或者鸡也知道过年？所有的灯都已经熄灭，灯笼杆上的风翅篓不知疲倦地转着。人们都强睁惺忪的睡眼，无精打采。大年初一的早饭一定是面条，这叫"钱串子"，意味着新的一年顺顺利利，财源不断。刚刚吃过早饭，便有络绎不绝的拜年人上门来：奶奶的外甥，邵家我的两个表叔，奶奶的侄子，董家我的两个表叔。还有两位盟叔，进屋跪倒磕头："干妈，干儿给您拜年了，过年过得好。"奶奶在炕上紧着喊："哎哟，好好好，快起来快起来，都这么大岁数了，还磕头呢！"男的刚走，又进来另一组女的，我的婶子大娘表姊们。婆婆领着儿媳妇儿，小姑子带着刚过门的嫂子。从我记事儿就这样，到奶奶过世前从未间断，奶奶好有福气！

午饭刚过，营子里传来咚咚锵锵的锣鼓声。跑灯进入彩排，明天正式出灯了。我和二弟一路小跑来到生产队的大场院。这里已经有很多人啦，孩子们都争抢着想敲敲这些玩意儿。这个敲一下，那个敲一下。锣是不让动的，说是怕敲炸了。队长吹响了哨子，打鼓的开始打通了。大一点的半桩子主动抬起鼓。打鼓的捏起鼓槌往鼓帮上敲了两声：梆梆。打镲的跟着两声：嚓嚓。一声锣：哐。接着便正规地、有节奏地敲打起来：咚嘚隆咚嚓嚓呛……镲总是不变地打着拍子，锣寻找着恰当时机轻重缓急，恰到好处地点缀着鼓点。而鼓点在锣镲的配奏下，是那么惟妙惟肖、变幻无穷、出神入化，敲得人心弦颤动、热血沸腾、如痴如醉！孩子们都围上来，细细品味：这鼓点温柔时如涓涓细流，润物无声；激昂时如万马奔腾，势不可当。

随着铿锵的锣鼓声，队员们陆续聚拢来。新年没见过面的，都拱手打揖，相互问候。打旗的，打扇的，擎灯的，披红的，挂彩的。扮老头的戴着毡帽儿，扎着腿扎着腰。扮老婆子的，戴上老婆儿帽子，扎着腿，大裤裆。耳朵上挂着的两根大红辣椒十分惹眼。每个角色都是一对一对的。灯里没有放蜡烛。导演都给每个角色化了装，小伙子小姑娘们都把新年新装展示出来。

这是出灯前的最后一次彩排，仪垂德三大爷身为导演和另一位副手王金祥，作为伞头手持小旗，口中叼着哨子。三大爷呼哨一声，锣鼓停下，按原队形排好。伞头哨声再响起，小旗指向武场，往下一摆，锣鼓齐鸣，咚嘚隆咚嚓呛……队员们踩着鼓点原地踏步。俩伞头各领一队，双双对伍，两两仗对，随着伞头的哨声，彩旗摆动翩翩起舞。

今天彩排不走街串巷，主要操练队形、队列，场地都在场院里，队形队列分为：别杖子、穿荞麦、挂葫芦、龙摆尾、卷白菜心。可惜我们村儿没有会吹喇叭的，乐队显得单调了些，但这也无伤大雅，有仪垂德三大爷的三儿子仪明山为首的武场演奏者的高超技艺，足可使场面浑然一体。

初一就这样过去了。初二的下午，又在场院集合。天刚擦黑，营子里就响起叮叮咚咚的锣鼓声。记得有一幕戏中有这样一段台词："姑娘大了不能留，留来留去结冤仇。听着打鼓往外跑，听着打锣往外溜。只爬得东墙不长草，只爬得西墙光溜溜……"莫说是姑娘，就连老头儿、老太太也按捺不住内心的兴奋，拄着棍，搀扶着往场院聚来。我和二弟撂下饭碗撒腿就跑。远远望见生产队场院里灯光闪烁，人们从各自家中奔跑过来：牵着大的，抱着小的，扶老携幼……

各种图案的花灯已经点燃，五彩缤纷，把个偌大的场院照得如同白昼。鸡灯：大母鸡啄起食物呼唤小鸡，四散的仔鸡们飞奔过来，大公鸡抻着脖子，四处张望，无疑是这个家庭的守护神。鱼灯：一个胖胖的小子在水中抱着一条大鲤鱼，水花溅在胖小子的脸上，胖小子眯着眼，看上去抱着大鱼有些吃力。五谷灯：硕大的谷穗笑弯了腰，饱满的玉米棒子半敞着怀，露出粒粒果实。西瓜灯：一大堆西瓜旁边有一个切开的大瓜，红瓤黑子，让人恨不得上前啃上一口。白菜灯：一个矩形灯的四个面分别画着不同形状的四颗大白菜，翠绿的叶子有展开的，有簇拥的，白菜帮晶莹剔透，这是"百财"的寓意。好一幅吉庆有余、阖家团圆、五谷丰登的美好画卷！！！

我们村儿里有能人，扎灯笼郭玉廷大叔，出自画匠世家；灯座非木匠赵大叔莫属；灯笼的绘画均出自村儿里第一才子邵连忠之手，人家琴棋书画样样通。

剧团里的角儿们带着装进入队列，大家一看便明白，今晚的剧目是《小赶船》和《茶瓶记》。新年的第一幕戏，一定是喜庆的。

观众席里多了一些生面孔，除了离我们村子最近的庞家梁人赶来看灯，还有回来拜年的新姑爷。我们这儿有个讲究：女婿不准看丈人家的供，看了会穷丈人家。特指财神和家堂的供。初二这天，这两个供都撤了，所以新、老女婿们才可以到岳丈家拜年。他们的到来，给这里的气氛又增添了几分浓郁，各自问候，各自握手。会做买卖的小贩儿也看到了商机，已经在一边摆上了简单的摊位，瓜子一毛钱一茶碗，黑枣两毛钱一两，酸枣一毛钱十个，栗子最贵了，五毛钱一两，一两只有三四个。小贩儿的秤如同药店里的戥子。新女婿们出手阔绰，舍得花钱给小舅子、小姨子们买他们喜欢吃的。

一声长哨乐队响起，灯会正式拉开序幕。两个队伍拉开距离，每对灯后是一对不拿灯的队员，要么是扛旗的，要么是打扇的，要么是剧中人。剧团里的家当都展示出来了，生旦净末丑的行头都有。最惹眼的是那对老头儿老太太，老头儿多了两撇八字胡，老婆儿多了一脸大麻子。关键是这两个老东西没正形，爪猫鼠腔，撕皮掠带，要么对着又亲又啃，要么腔对腔蹭个没完没了，动作都是在鼓点的节奏中进行，逗得人们撵着看。

"跑灯"是一项富有家乡特色的文化活动，它不同于秧歌，在节奏上要比秧歌紧凑，步调不像秧歌那样拘谨。因为鼓点稠密，所以脚步讲究"寸步"，像漂移。尤其擎灯的，更要"寸（cǔn）住步"，确保灯笼里蜡烛上的蜡油不流出，灯芯燃烧均匀。就像戏台上青衣小旦跑场一样，全是小碎步。仪家三大爷在训练青衣走场时有一个办法：两膝夹住笤帚疙瘩，走起来带风而笤帚疙瘩不掉，外脚掌和脚后跟先着地，这样才算过关。"跑灯"也是如此。

伞头一声哨响，队列变形：别杖子，穿荞麦……队伍已经整齐，按事先预定的路线，队长领着开始走街串巷了。今天先从南头开始，明天一定是从北头，然后东头、西头。每到一个门口都会根据场地宽窄灵活变换队形。每家都会拿出些双响鞭炮放一阵子，东家双手合十表示谢意。"灯"即"登"的谐音，送来的是"五谷丰登"，哪一家不感激？

走完一遍，回场院再打个场：挂葫芦，龙摆尾。这两种队列必须在场院这样宽阔的场地才能进行表演。挂葫芦，如果在高远处看整体，整个队列形成一个"八宝"形，而且是在运动中活灵活现。龙摆尾，擎灯的将手里的花灯上下左右翻转，活像真龙在摇摆。卷白菜心是最激烈的，两队并一，形成大圈，而后大伞头一声长哨，脚下生风，使圆圈越缩越小，大伞头被卷在当中，他原地按一个方向转身，队伍越转越紧；又一声长哨，大伞头一个反转身，向相反的方向转，越转越松，大伞头从队尾冲出，再次形成大圈；又一声长哨，两伞头各拉队伍还原，两队并行拉到一边，两伞头返身，像百米冲刺般，冲向另一边，急速，再急速，一声长哨，全场戛然而止。

灯收了，戏马上开演。观众齐呼啦跑向戏台，争抢最好的座位。

舞台设在学校的教室里。观众占两间，戏台分前台后台各占一间。幕布已经挂好。照明灯光也已经安装完毕，只是两盏吊在梁顶上的煤油灯。后来换成提灯，再后来换成烧汽油、打气的汽灯。汽灯太先进了，不但亮而且没有油烟。

武场一个"通"过后，上场门里传出老汉的喊声："丫头。"

后台一女子娇滴滴随声应道："爹爹。"

"撒锚落篷！"随着武场伴奏，老翁划船，一老一少两位女眷呈坐船姿势上场亮相。

我是个戏迷，虽说还不懂戏文，但剧中情节还是略懂一二。"撒锚落篷"是船要靠岸停泊。从老翁的表白可以知道，这一家三口靠摆渡为生，天色将晚，停船靠岸。这时一位书生上台，表明身份，道出姓名：书生姓张，名叫张燕。因寻找贤妻白玉楼到此，看天色已晚，江边停着一艘小船，不免上前借宿一宵，明天再做道理。"老伯，小生这厢有礼了！"

"还礼还礼，这一小哥施礼为何？"船家下船，上前还礼。

张公子将借宿之意细说一番。船家慨然应允："出门在外，谁也不能背着房子地不是，公子随我来。"一个圆场上了船。二人寒暄："敢问公子可曾用餐？"

"这个……"公子哽咽。

"哎，什么这个那个的，想必未曾用过。"转向后台："丫头哎！"

舱里答话："爹爹，有何吩咐？"

"灶上还有吃的吗？"

"有呢，多得是呢！"小女子欣然回应。

"这丫头倒实在，好像咱们家是开粥铺的。端上两碗来。"老翁手捻胡须满脸喜色。

小女子端饭飘然而进，偷眼打量公子，老汉遮挡，父女俩你躲我拦，把粥撒在姑娘的手上，小姑娘"哎呀"一声，"怎么啦丫头？"

"烫手了。"

"哎哟哎哟，这咋说的，来爸爸给你吹吹。"

"哎哟，更疼了。"

"怎么了？"

"狗屁刺了。"

老汉接过粥碗："去去，小丫头越惯越不像话了，嘴不馋眼可怪馋的。"

小女子难为情，瞥了一眼张公子，转身进去。

张公子用饭。船家询问公子家住哪里，姓甚名谁，因何流落这江边之上。

不问便罢，这一问勾起公子心事："老伯若问，听小生慢慢地道来呀……"扑簌簌双泪落下。公子把家乡居处、姓甚名谁一一奉告，并说只因误解贤妻白玉楼而离家出走："小生愚钝，醒悟过来才四下寻找我妻，故而至此。"

两人在这里说话，门外的姑娘偷听，必然被公子的痴情所打动。当晚各自歇息不提。

小姑娘春心浮动，对公子一见钟情，要爹爹前去提亲，爹爹不依，小姑娘欲投江自尽，老汉无奈，只好前去，结果碰了一鼻子灰。

深夜，张公子秉灯夜读，不断发出感慨，惊动了小姑娘，出来偷听。张先生思念贤妻，仰天长叹："白玉楼，我那贤妻，你在哪里——"

小姑娘更加仰慕这位重情重义的郎君，于是仗着胆子进来搭话："白日里我爹爹前来提亲，你可曾应允？"张公子一句话："瞒父母私配叫作不孝不贤。"引发小姑娘一番开导：

张先生不必多言一旁站，

细听我把话说根源。

唐朝里樊梨花本字姓樊，

她保着唐天子万里江山，

东里杀西里打南征北战，

杀杨凡私配夫薛氏丁山。

董斌也把牡丹戏，

吕布马后捎貂蝉。

王母娘娘她也有九条仙女，

张四姐也曾轮过凡。

神仙都有思凡意，

何况你我是人焉？

张先生收下吧收下吧不必盘算，

择良辰和吉日好拜地天。

此番说辞打动张生，二人私订终身，出得舱来，双双跪于船板之上，面对滔滔江水，向苍天发下誓言："若有三心并二意，只许老天不能宽。"幕落！

听三大爷讲，故事接下来是白玉楼画画，大概是白玉楼出走的遭遇，独自一人靠画画卖画维持生活。张燕在寻妻过程中发现了画面出自贤妻之手，于是问画寻妻，夫妻才破镜重圆。

《小赶船》只是个戏帽，正幕接下来是《彩楼记》，说的是王三姐彩楼上抛彩球招亲。《彩楼记》也是折子戏，接下来是《破瓦寒窑》《粉河湾》《算粮登殿》。

在我印象中，我们剧团上演的剧目有评剧《打狗劝妻》《杀狗劝夫》《王令安借当》《茶瓶记》《六月雪斩窦娥》《秦香莲》《铡阁老》《小姑贤》《乌盆告状》《刘翠屏哭井》《牧羊圈》《李三娘》，也是折子戏，从《小磨房》到《窦成送子》到《行围》到《井台会》。小戏帽还有《锔大缸》，二人转《走十里》。

戏剧不光是娱乐，也是文化，更是教育人的素材。我们在享受艺术熏陶的同时，也被故事情节所感染，从而陶冶我们的情操。爸爸常说："说书唱戏是劝人的方。"是的，通过这些剧情提示人们善恶到头终有报，只差来早与来迟。

我不否认剧团不那么专业，毕竟演员们都是农民，而且每年只有春节这么几天。但我实在佩服三大爷的专业水平，他没有文化，不识字，且不说剧团里人物的唱腔，没有曲谱；评剧也好，梆子也罢，又都那么有板有眼，什么导板、二黄、流水、跺板等。单说台词，每个角色都能张口就来。他说唱段台词里有辙，叫作十三趟大辙，什么"江阳"辙，"弓车辙"……这些专业术语我实在听不懂。教的没有书本，演员就更没有剧本可依了，都是口传心授。同时也佩服身为农民的演员们，尤其是剧中的主角，唱段一大帘子，又是快板，如果不是下大功夫达到娴熟，在文武场的催促下，怎能顺畅自如地在众目睽睽之下表演得淋漓尽致呢？

跑灯也罢，唱戏也罢，我敬佩人们的团队精神，更敬佩人们的敬业精神！他们演奏的正是一曲和睦相处的交响乐啊！

1966年"文化大革命"掀起，剧团里的古装戏被打成"封资修、牛鬼蛇神、帝王将相"严禁上演，现代革命样板戏占领舞台，我们的剧团又演起了现代戏。江湖人三大爷靠边站。服装道具重新置办。木匠赵金廷大叔制造的长枪、盒子枪、手榴弹，孩子们十分羡慕。还记得演《红灯记》，鸠山带领宪兵队去铁梅家搜查秘电码，一宪兵找出一本书，递给了鸠山，鸠山翻看不是，有句台词："这是皇历。"这位鸠山也是溜了口："这是他妈的皇历啊！"惹得观众哄堂大笑。

1978年"文化大革命"结束，剧团重操旧业，好歹那几件行头没有失落，有一件役衫烧了个窟窿，其他什么"蟒"了"靠"了、"青衣披""小旦披""小生巾""相纱""乌纱"有幸保存了下来，也是"火场余存"，损失了几件。红卫兵们知道我们剧团的存在，只好交出几件应付。责任制落实后，演员们没有闲情逸致，搁置了几年后，又收拾起来。然而，此时的三大爷已经是耄耋之年，只能口传台词，却登不上台面了。他的艺术生涯也是一波三折，今天已成为过客，却给我打下深深的烙印。只因儿时的熏染，才使今天的我在弄孙之余，哼上几段评腔，喊上几嗓梆子，拉拉板胡，拽拽二胡，尽管不那么专业，但颇有一种快感！

灯会和演戏从初二到初五，元宵节十四、十五、十六三个晚上要撒灯，取消了灯会。撒完灯便开始演戏。过了十六新年也就结束了。爸爸说年也过了节也过了，书归正传吧！大耙又挂在肩上，去苦苦寻觅那点"漏网之柴"，"净山王"自打初一也没放下耙杆，好像他清心寡欲，不食人间烟火似的。队长和爸爸的口气是一样的，努力地把社员们的心收拢回生产劳动中。铡草磨料，送粪。饲养处的大炕上摆上一台绳车子，一个人在纺麻绳坯子。灶火膛里扒出一堆炭火，铡草的两盘刀九个人，歇息时靠在火堆旁磨刀，时不时上前烤手烤脚。送粪的仍然两辆大车。

奶奶开始择棉花了，打了个喷嚏："好人念叨好心肠，赖人念叨长疔疮；好人念叨穿绸子，赖人念叨长瘤子。"窗外传来几声红嘴鸦的嘎嘎声，奶奶又唠叨了："我说这几天腿这么疼呢，要变天哪。"真让奶奶说着了。第二天清晨，大雪纷纷扬扬洒下来。耙杆们该歇歇了。经验告诉人们：红嘴鸦下山要变天。

孩子们还有那么一点念想：二月二的猪头。正月二十五是龙逢日，奶奶说这天龙要翻翻身，所以家家户户都要炒豆子，豌豆、蚕豆、玉米花，叫作"爆龙眼"。巧妈妈们给孩子们穿"龙龙尾儿"，用棒子花和秫秸秆搭配穿成，末端放上几条花布条，缝在后背上。用白布做成马蛇子，画上五官，同样缝在后背上，不知是什么寓意。人们在院子里趁日出前把草木灰撒成一个大圈，叫作囤，囤里撒上五谷，意谓五谷丰登。二月二龙抬头重复正月二十五这天的程序。确实这天煮了猪头，可惜的是猪头上大面积的肉已经所剩不多了。猪脑子是不允许未成年人吃的，说是吃了就不长脑子了。

出去正月队里开始忙碌备耕生产。天气转暖，木匠赵大叔开始投犁携把了，锛凿斧锯，叮叮当当：

天涯远 故土亲

叉把扫帚扬场锨，
磙框碡框串棱杆。
驴枷板，马套包，
辕马背上的木头鞍。
牛拉肚带马拉搭，
鞅子脖下小绳拉。
碾挂碾棍碾管芯，
架杆耍杆二牛杆。
辘轳架子辘轳头，
辘轳穿套着辘轳杆。
簸箕舌，簸箕梁，
簸箕捋粪垄沟扬。
扇车漏，扇车斗，
扇车风翅扇车轴。
点葫芦棍儿点葫芦头，
点葫芦腔上绑着稠。
犁把犁辕犁梭梭，
犁底犁键犁拖拖。
种地必须拉簸梭，
扶犁必须看拖拖。
刀床刀拐刀把把儿，
磨杆磨拐磨架架儿。
粪溜子，粪扒拉，
榔头专门儿砸坷垃。
窗蹬子，门掌子，
门肘门板门棱子。
凡有口的就有门儿，
灶膛有口不安门儿。
门上槛儿，门下槛儿，

门帘门吊门插官儿。
盖房用檩又用柁，
椽子叉手瞭檐橛。
扫帚橛，縻驴橛，
墙上挂物砸个橛。
松一松就加个债儿，
粗的砍砍长的截。
板凳子，被阁子，
吃饭炕上放桌子。
梳头柜儿，梳头匣儿，
不求别人只求耙儿。
炕上四副花绫被，
地下一口红躺柜。
刀把儿铲把儿笊篱把儿，
锅碗瓢盆要有架儿。
盘中有菜能上桌，
巧妇有米能下锅。
擀面杖，磕门框，
丫头小子一大帮。
炕沿要用刨子抢，
砂纸打磨才有光。
筛子底儿，筛子帮儿，
有粗有细要分档。
灶膛吹火用风匣，
火盆扒火用掏耙。
挑筐扁担草架架儿，
粪筐粪篓粪叉叉儿，
活人求他还罢了，
亡人的棺椁也找他。

……

一颗善心两只巧手，
来者不拒有求必应。
上善若水厚德载物，
巧夺天工八方传名！

这些活儿都少不了赵金廷大叔。人们记着他！永远怀念他！愿您天堂幸福！

已故的赵大叔在生产队年代承担着柴达木、庞家梁两个队及农户家的所有木工活。这两个营子没有一家他没吃过饭的。他的劳动报酬很简单，每干一天，通过生产队会计拨两个劳动日，管几顿饭。他的家与生产队只一墙之隔，他家的西墙即生产队大牛圈的东墙，有时牛圈里的牲畜被窝住，发出异样的声音，他都会翻墙过去及时进行营救。他的父亲在土改时期是新窝铺农会干部，分管财粮，也是柴达木第一任村干部。

赵大叔还有另一个身份：小灶子——红白喜事、大事小情的主厨。做饭的为大灶子。真是难为他老人家了，"能者多劳拙者闲"。他除了喝儿盅酒（在别人家做客或家里来客人的情况下才喝，平时基本不喝），再没有任何嗜好。在农村，进腊月边或正月几儿闲暇时间，人们总爱聚在一起玩玩，如推牌九、打天九、掷色子、撸大点儿、打扑克。大多都斗点输赢。这些地方赵大叔从不涉足。在喝酒场上人们习惯划拳行令，他不会划拳，就用摸扑克比大小点儿的方式斗输赢。扑克牌里除了1到10认得，其他叫啥，谁大谁小不知道。

他心无旁骛，急他人之所急，亲情特别浓厚，几十年如一日，就这样忘我地、默默地奉献着。

赵大叔病逝时全村儿人无不落泪，为失去一位公仆、一位可亲可敬之人而深感惋惜！

20世纪60年代末，他看到个商机，听说黑水有个大型牲畜交易市场，牲畜市价与我们当地有一定差额，也是利益的驱使，准备放手一搏。和新开地的妹夫穆春芳在周边每人买了一头骡子准备拉到黑水卖掉，大赚一把。当走到驿马吐河南一个叫作南窝铺的小村庄，被一群臂戴红箍的红卫兵拦住而血本无归。亏得哥俩儿都是贫下中农出身，否则，恐怕会有牢狱之灾。出乎意料的是，有心的老哥俩儿却因祸得福，无意中发现了新的商机。

纺绳子的吊车子也吱吱扭扭转动起来，牛套马套碾子套，撇绳封绳簸梭绳，该更换的更换。有修房盖屋的也开始筹备。修房盖屋，邻帮相助，乡亲们都将惯例前去帮工。人们都按部就班地为了生计而奔波着。

第八章　我的姥爷

我的姥爷赵金河生于 1897 年，寿终于 1963 年农历 4 月 8 日，享年 66 岁，是那个时代最有名的江湖人。姥爷精通于阴阳两界，被人们称为阴阳仙（也叫阴阳先生）。姥爷在文艺界，可以说生、旦、净、末、丑五大功底比较出色，有很多的代表作，如影戏、梆子、落子（后来改为评剧）。落子分为莲花落子、大口落子、奉天落子、唐山落子、冀北落子、西路评剧。姥爷的影戏箱子是三天为一个台口，晚上是影戏，下午是落子，也称小戏。他们的小戏演出没有台子，都是就地，也没有前后台之说。落子的腔调是综合了以上几种落子精华，主要是以大口落子和奉天落子腔调为基础。我看过姥爷的小戏班的演出有：粉河湾、探窑、思夫、杨二舍化缘、小姑贤、西厢记、偷蔓茎、吊孝、马寡妇开店、武家坡、桑园会、杀庙、刘云打母、珍珠汗衫、马前泼水、小赶船、卖水、刘伶醉酒、绣花灯等。

我记得他们小戏班中有黄三、黄四、黄万贵、仪垂德等。他们都是各抱一摊，被称为半拉江湖人，不像姥爷，生、旦、净、末、丑都能饰演，吹、打、弹、拉样样精通，才称得上江湖人。姥爷是他们的老师，他的文化很低，全是溜口为主（那时候讲有剧本的或有手抄本的剧目称之为卷，没文化不识字的全靠大脑记的称之为溜口）。我很奇怪姥爷怎么把那么多成本大套的剧目刻在脑子里的喔。通过姥爷的记忆力，让我懂得了"脑海"一词，原来姥爷的大脑真的就像大海一样。

他们那个时候没有任何搬运工具，转台几个人背的背，抬的抬，有提着的，有挎着的，把所有演出的道具、使用品、简单行李一起运走，真可称人走家也搬呀。南北二营子还好，有时转台口要走十几里或几十里路。使我最难忘的是，姥爷在影戏中的一大段台词，是穆桂英观阵。故事情节是，宋朝时期，北国以肖天左为代表聘请道士闫荣在三关口摆下了天门大阵108座。宋朝以杨延景为代表聘请道士任道安去攻破此阵。杨延景无奈将帅位、帅印托付给了儿媳穆桂英。在破阵前穆桂英独自一人去了一制高点观察整个大阵的所有情况，台词就从这里开始，借用了阴阳八卦，五行金、木、水、火、土，东西南北为四面，乾、坤、震、巽、坎、离、艮、兑为八方，摆出了历史以来最全、最凶、最险的大阵108座。

这段台词姥爷用了一个小时的时间，把整个108阵的阵法、阵名、阵容、阵貌一一报了出来，做到了心中有数，全部情况了如指掌，一气呵成。这段台词的表演把影戏中的所有腔调全部用上，还有像现在的数来宝似的，吐字清晰，把皮影艺术发挥得淋漓尽致，把整个节目推向了高潮。一个人、一个多小时，没有剧本全在脑子里、肚子里，不喝一口水，那时候影戏棚子里用的煤油灯，那种灯烟子把人呛的，别说表演了，不说话都受不了，多么的了不起。姥爷的这段表演我观看过两个台口。因为这段经典的表演，有时候一个台口三天下来，东家或观众的要求非加一个晚上，专听姥爷的穆桂英观阵，也称得上是姥爷的专场吧，这是我5～10岁的时候。可惜的是，这段台词失传了。

20世纪50年代至60年代初，王店营子每到过年正月组织的小剧团演出的传统剧目，都是姥爷的口传之作。过了十几年后的1977年的一天，我在白音和硕白云如书记家做客，刘家营子的老艺人刘军听说我是赵金河的外孙，他特意会见了我。他说你姥爷也称是我的师父，我们在一起合作过，我专门学过他的穆桂英观阵，那段台词太好了，可是经过十年的"文化大革命"，一是我根本就没记下来，二是本来记了点也全忘掉了。后来我请教了几位老艺人，也查阅了好多资料，也没有找到这段台词的内容，人们都说只听说过有过天门阵108，具体都什么阵谁也说不上来，可惜啊！那个时候，那个年代没有人重视，也没有录音，有文化的人少之又少。可惜啊，姥爷把一肚子的文化艺术瑰宝，随着他装进了棺材带到了另一个世界。

第九章　山水画卷

　　将目光收回到柴达木范围内。平心而论，人们对这块生我养我的土地，在我儿时乃至少年时期，只是一味地索取，再索取，甚至掠夺，使它千疮百孔。当我成年走上工作岗位，逐渐产生一种责任感，觉得先祖留给我们的唯一不能再生的资源十分珍贵，既不能在我手中丢失，更不能再让它受到伤害。而今天已到暮年的我，才真正用欣赏的态度和目光亲吻这块热土。

　　它隶属赤峰市松山区，在地理位置上来说，属于华北地区，西辽河流域上游，大兴安岭西南段山脉，与燕山北麓接壤。地理坐标为北纬41.3度、东经118度。属于多季风半干旱气候地区，归岗子乡新窝铺村管辖。

　　它呈盆状地形，四面环山，南有大小鸡冠子山，东南有绿石蛋子山，东有东大山，北有车窝铺东山，西有西孤山子，西南有隐凤山，当中是沼泽地和几个涝泡子环抱着的村庄，其中有东洼子、北洼、西北洼、薛家洼子、黄土坑。相传古老的这里，每逢夏季成群的候鸟来这里栖息繁殖，如各种水鸟、大雁、水鸭子。

　　五沟环绕：干沟子、东大沟、南沟、钱洞子沟、银凤沟。

　　干沟子和东水泉子两股水流四季流淌。这些沟壑在那个年代都有茂密的天然林覆盖。多数沟壑都有时隐时现的小溪，青蛙、小鱼、小虾活跃在溪水中，山林里空气清新，百鸟争鸣，百花争艳。

　　绿石蛋子山北侧岸口叫四节梁，有一条经昭苏川通往赤峰城的交通要道从此经过。四节梁西侧是贾家沟，东侧是五十家子北沟。大小鸡冠子山北坡脚下的这条沟称作南沟，因为在柴达木村子以南而得名。这一带当时都是茂密的天然林，有各种野生动物和飞禽，常见的有狍子、黄羊、狐狸、狼、野鸡、雉鸡、沙鸡、嘎嘎鸡、鹌鹑、斑鸠，最小的小鸟叫溜溜球儿，叫不上名字的多得是。

奶奶讲过的狼患应该就是在这种环境下出现的。

1948年春末夏初的一天，大爷家的姐姐（乳名石榴）当年8岁，和邵家的表姑（邵功的妹妹，9岁）在北洼（邵连义承包地北节洼达处）挖苣荬菜，石榴姐姐大腿部的肉被狼撕了下来，臀部的肉被吃掉一块。村里的人们正在给程玉申（程占凤父亲）苫房，听到孩子的哭喊声，跑过去把狼打跑。大爷抱着孩子，有人劝说："不用往回抱了，孩子活不了了。"石榴姐撕心裂肺地哭喊："好爸爸了，抱我回去吧，我死不了，我要找娘……"回到家为了止血，只是糊了些荞麦面。那个年代医疗条件十分有限，可怜的石榴姐姐活了一天一宿，因失血过多，活活疼死了。大娘几乎疯了。唉，谁不心疼啊！

四叔吴井先，在1949年夏的一天上午，在我们老院子房后被狼咬抓，幸亏奶奶（四叔的大娘）及时相救，才幸免遭害。当时奶奶有病，拄着带有蒺藜的拐棍，连喊带吓唬，一只手抢着孩子，一只手用拐棍与狼搏斗，狼终于撒了口，大模大样地向地北头走去。奶奶顺眼望去，那边还有一只狼向这边虎视眈眈地看着。四叔得救了，脖子上留下了疤痕，从此落下个外号"狨歹剩"。

听妈妈讲过一段亲身经历：在我们老院子（现在吴品杰住的）墙东，好像是刚从西小院搬过来，还没有院墙，还是地，种的香瓜子。妈妈和爸爸在耪地，毛驴縻在地南头，垄头也不长。当他们耪到地北头时，就听见地南头的毛驴在吭哧，转身看到一只狼正叼着驴尾巴用力往后拉，而驴拼命往前挣，发出挣扎的声音。另一只狼在一旁等待着。两个人手持锄头冲过去，连喊带吓唬，两狼逃之夭夭。爸爸说这是狼叼驴惯用的手法，狼拉驴挣，狼突然撒口，驴必然一个前趴子，守候在一边的另一只迅疾上前咬住驴的咽喉，驴绝无反抗机会。怪不得说"黔驴技穷"呢。

那个时候大白天狼袭击牛羊群、单行人的事件时有发生，夜间蹿进院子，叼走家禽家畜，吓得人心惶惶，多以群的形式出现，十几只或几只，从不单独行动。往西北百十里以外的村庄，为了防止狼患，人们放火烧山，不让它有藏身之处。

每条沟都有它的故事。就拿钱洞子沟来说吧，传说在很久以前有一个打柴的樵夫，家里很穷，靠打柴奉养老母勉强糊口。有一天来这里打柴，看见沟帮子上有一个拳头大小的小洞，正在吧嗒吧嗒地往外掉铜钱，他想，要是能接到点钱就好了。他跳下沟去，脱下褂衫，用草根扎住袖口，接了两袖口的铜钱，准备离开。这时听上面有人说话："你为什么不接了？你可以脱下裤子，不是还能接满两个裤腿吗？你如果害羞，我可以给你提供装钱的袋子。"樵夫答道："谢谢您，这些就很满足了，这些钱足够给我老母制作一身新衣服，还能添置一些给我做饭用的工具，我不能不劳而获呀，还要靠我的双手挣钱奉养家母。"樵夫回家后真的给老娘制作了新衣服，添置了厨具，生活大有改变。此事被本村的财主知道了。一天财主找到樵夫说："你哪来的钱？分明是偷来的，你给我说个明白，不然拉你去报官，叫你坐牢。"打柴人无奈，只好把事情经过一五一十地告诉了财主。财主半信半疑：有这等好事？这可得弄个明白。财主按打柴人说的去了钱洞子沟。到了指定地点，还真有掉钱的小洞，此时的财主别提多高兴了，心想这事可不能让别人知道，等我把钱堆成山，再把那小儿弄死，这出钱的洞就永远归我所有了。第二天财主带上许多装钱的口袋来到洞下，接了好多袋子铜钱。他准备把铜钱扛回家，就把装钱的袋子往沟坎上搬，结果被搬上去的袋子掉下来砸死了。当打柴人再来到这里时，发现这个场景，十分感叹：都是贪婪之心害死了你啊！于是将财主掩埋掉，顺手拔了一棵蒿子把这个小洞堵上了，据说这棵蒿子叫年蒿。从此钱洞子不再掉钱了，钱洞子沟由此得名。

夜里来这里放牧的人，常常听到凄惨的呻吟声和欢乐的锣鼓声，还时常发现沟里有火光闪动，人们说那是鬼火。无形中给钱洞子沟增添了许多神秘感。

　　很久以前，为了确保风调雨顺、国泰民安，每逢灯节，现在叫元宵节，在我们古老的家乡特别注重这个节日的撒灯，也就是用各种燃油浸泡在旧棉花团上或者是玉米芯上，每逢正月十四、十五、十六这三天都要把这些点燃的灯团儿往各山上撒，每十来步放一个灯团儿，远远望去，如同一条火龙。它预示着今年风调雨顺、五谷丰登，钱洞子沟就更不例外了。这三天也有说道：十四晚上的灯叫"人灯"，祈祷村里大人孩子旺旺香香的；十五晚上叫"神灯"，祈求神灵保佑国泰民安；十六晚上叫"鬼灯"，让那些孤魂野鬼、屈死的各种幽灵抱着灯去阴曹地府找阎王爷转世投胎，同时祈求保佑生活在这里的人们、靠山生存的牲畜，一年四季不遭罹难，平平安安。

　　南沟也有故事。因为这条沟隐藏在大小鸡冠子山阴坡脚下，如果不踏进沟里，是看不到它的全貌的，其实登上山来，也只是见到它的沟脑儿。大鸡冠子山的阳坡有一条沟叫沈二大爷沟，与南沟形成两股流域。阳坡的水直接流入昭苏河，阴坡的水经南沟绕燕家沟也流入昭苏河。南沟的地貌非常特殊，只能站在大鸡冠子山的山头才能一览它的全貌。

　　南沟的走势相当复杂，从外面沟心向东北的一条分支显示：先向北约 300 米，突然转向东北延伸到 200 米处，又巧夺天工地转向西北，那个大湾至少也有 150 度，一直向西北延伸到隐凤山北端。在与沟心直对角的一条分支，方向偏东南，直达小鸡冠子山的西坡脚下。沿沟心再往里走，大约 800 米，突然形成"人"字形的两条沟，一条向东北延伸，一条向东南延伸，向东南延伸的这条沟的沟头和钱洞子沟只有一条分水岭相隔。此沟脊梁式小山丘叫夹心子，与东北去的那条沟相连。通往西南面的这条沟的西南面叫鸡爪子沟，形似鸡群踩踏。去往东北方向的这条沟向上约 100 米，又分成两条沟，一条向东北，一条向西北，形成了三角地带，叫作涝塔子。涝塔子的形成也有传说：100 多年前，这里突然整体下沉，相当于山体滑坡，用现在的尺度说有十多米，现在还有类似褶皱纹理，后来再未见有下沉迹象。涝塔子也因此得名。

　　南沟是这一带形成沟壑最早的一条沟，相传很久以前，这里树木繁茂，一个人走进沟里，总有一种毛骨悚然、心惊肉跳的感觉。即使是大白天也会听到男女打情骂俏的嬉笑声。有时在肩头，有时又像在背后，循声望去又不见踪影，可是眨眼间又出现一晃而过的男女戏耍身影、谈情说爱的声音。据说，有夜行者在鸡冠子山上看到阴坡对面的阳坡及辘轳把子沟，涝塔子有火球蹿动，上下飞舞。人们说那是狐仙在炼丹。偶尔还能听到刀板的撞击声、锅碗瓢盆的敲打声。有时过往行人还会被拉去"做客"，有吃有喝的。等醒来时，身边竟是一堆驴马粪蛋和小石头块土坷垃，掺杂着难闻的动物尿液。有时还会听到女人的哭泣声，时远时近，凄凄凉凉，使人不寒而栗。这条沟有数不清的串水洞，如同人为修筑的工事一般。据老人们说，早年间人们夏季工作时使用的牛，在夜间各户轮流到山上放牧，轻易不敢去南沟的。曾经去过的人，遇到过不相识的女人，向他问长问短，还有的不知不觉被人捆绑，又不知不觉从梦中醒来，全身湿漉漉的。这个时候，东方放亮，隐约听到营子里的鸡叫声。

　　顺着沟心向外2000米以外，沟坡渐缓，有早年被人耕种的痕迹。传说在这里耕种的人，总是时不时遇到匪夷所思的怪现象：种西瓜在成熟时被摘走，转移到另一个地方，成堆成堆地码放起来；割倒的庄稼，也会被转移却不见少，沟上也有，沟下也有；地里有时出现石头块，种地用的工具又突然失踪。无可奈何，只好弃荒了。

　　在100多年以前，居住在燕家沟的一家刘姓父子，冬季里专门从事猎杀狐狸行当，因为冬季狐狸的皮毛质量最佳，尤其是数九后的三九、四九，狐狸为了防寒，绒毛特别丰满，而且光泽鲜艳，它的皮毛自然价值不菲。富豪人家的阔小姐太太们做围巾饰品，公子做帽子（《智取威虎山》里，杨子荣戴的就是狐狸皮帽子）。刘家父子猎杀狐狸取其皮，卖给这些人。他们自制"炸子儿"做武器。"炸子儿"很厉害，最里层装有烈性炸药，用碗的碎片包裹，用线绳扎捆成形，最外层用炒熟的麻籽碾成糊状包裹，揉成团儿做诱饵。因为炒熟的麻籽释放出很浓的香味，而狐狸贪吃，嗅觉特别灵敏，必定咬食。"炸子儿"里的小碗碴在咬错过程中必然产生火花，从而引爆炸药，瞬间爆炸，狐狸当场毙命。

刘家父子每天傍晚将这些"炸子儿"投放在狐狸出没的地方，第二天早上再去"遛盘子"，收集"战利品"。这一天早上如往常一样，前去"遛盘子"，奇怪的事情发生了，所有的"炸子儿"都不见了，经过寻找，才发现这些"炸子儿"全部被整齐地摆放在一块大石头上。此前父子俩放完"炸子儿"往回走，已近深夜，突然有两只明亮的眼睛，直勾勾地盯着他们，有时候还会发出奇怪的叫声和狂笑声。尽管父子俩因利益的驱使胆子较大，但也会头皮发麻，神经紧缩。这些现象的出现，使这对父子不得不大大收敛猎狐行为。

在19世纪中叶发生过一件怪事。新窝铺大队成立了治山队，就设在南沟。有一年的八月十五，治山队放假，只留下更夫王璇老头值班。当天晚上天降大雨，电闪雷鸣。王老头住在三间房子的东屋，中间是伙房，西间是宿舍。宿舍里没关窗，随着一道闪电，一个火球从窗子飞进西屋，老头儿有点紧张，没敢理睬。第二天一早到西屋一看，炕上躺着一只死狐狸，被火烧得面目全非。老头吓得几乎昏厥，冷静后战战兢兢地把狐狸拖出去掩埋掉。三天后，老头辞去工作，卷行李回家，不久便去世了。

人们说早年间柴达木、庞家梁一些惨死的、横死的、早亡的都被埋在这里，都是孤魂野鬼。在盗墓盛行的20世纪80年代末90年代初，在这里被盗挖出许多古墓，怎样个古法不得而知，却给南沟披上了神秘的面纱，同时也增添了许多恐怖氛围。

沟脑处一个较隐蔽的角落里，有一个窑洞，旁边有一棵大杏树，结的杏特别好吃，就连核里的仁儿也是甜的。这就是前文说到的，儿时到此光顾的缘故，只为一饱口福，同时也招致"残酷"的责罚。这个窑洞是我们村王氏族人居住过的。大约在晚清年间，社会腐败，官匪勾结，而且匪的程度非常猖獗，当时叫作"砸明火"，即白天抢劫。报官吧，非但得不到保护，反而招来诸多刁难。老百姓常说一句话："惹不起，还躲不起？"于是在这里掏了窑子勉强居住。王家当时的日子过得很富裕，自然成了"明匪"们的口中食。几年后，窑洞里诸多不便，潮湿狭窄、黑暗，出行都很苦恼，便搬到钱洞子沟的山丘前怀，盖了几间简陋的房子，勉强居住。因饮水不便，又搬到东水泉子。新中国成立后才搬到营子里安居下来。现在生活在柴达木的王氏家族就是他们的后裔，人脉较发达，继承了祖宗勤劳苦干的优良传统。

大小鸡冠子山的故事就更传奇了。

这是奶奶讲给我听的：传说很久很久以前，南蛮子会辨宝，他们游走四方，能勘查宝藏的位置。这一年的年三十，南蛮子来到南沟，正当子时，念动咒语，使用法力，结果腾空飞起一只大大的母鸡，跟着跑出一群小鸡。大母鸡爪子点了一下地，腾飞远去，不见踪影。大母鸡飞起的地方出现了一座高山，形似大鸡冠子，就是今天的大鸡冠子山。大母鸡爪子点地的地方出现深深的抓痕，就是今天的鸡爪子沟。小鸡起跑的地方出现一座小山，形如小鸡冠子，因此得名小鸡冠子山。至于南蛮子找到了什么宝，奶奶说，"这就不知道了"。

当时天真幼稚的我，对南蛮子产生了疙疙瘩瘩的感觉。家乡的蜕变，自然灾害的发生，就连村子里的不幸事件，乃至大母羊难产，都感到与这些南蛮子有直接关系，因为风水遭到了破坏。

沈二大爷沟也有神奇的故事。

很久很久以前，这条沟特别美丽，沟下有四季流淌的山泉，常年不冻。泉子头就在一座石簸箕下面。这里有着独特的小气候，冬暖夏凉。沟的三面山坡生长着多种野果和草本植物。夏季周边村庄的孩子们总要来这里观光，采摘野果和地瓜。这时候总会有一位白发苍苍的白胡子老头出现，拄着拐杖，热心地告诉孩子们，哪种野果可吃，哪种野果有毒不可吃，有时还亲手采摘瓜果给孩子们。孩子们感到很亲切，很感动，问爷爷家住哪里，这么大年纪了为什么还要来到这大山里。他说就住在这北沟，他姓沈，排行老二，以前来过的孩子们都叫他沈二大爷。孩子们如梦方醒："您就是我爷爷给我们说过的沈二大爷呀！"老爷爷慈祥地笑了。

我和爸爸在这里放过牧，爸爸说牲口不会去沟外的庄稼地的，因为那里有沈二大爷帮我们截着。儿时的我信以为真，希望有幸能见到这位神秘的沈二大爷，却没能如愿。牲口们倒是真的不去沟外的庄稼地里。

柴达木的另一个古典——巴林道。此道建于清朝，专供巴林王爷给朝廷纳贡、领饷、供应物资、传递官文的差役之用，被称为官道。"官"区别于民，只允许官用，不允许民用。路宽三丈六（约12米），北起锡林郭勒盟，经过原昭乌达盟的各旗，南经承德至清政府所在地北京。巴林道基本是笔直的，是名副其实的"逢山开道，遇水搭桥"，可以并排走开中队为"八抬大轿"，两边各两排队子马。队子马的两边还可以行走往返通报的差役，轿里坐的是有品级的官员，骑马的是护卫。从我们家乡向南14里有一处驿站，就是今天岗子东边的上站和下站两个村庄。驿站相当于现在高速路上的服务区，不同的是，驿站是不允许平民百姓进入的。官道上只有来往官员、官差、官商。官商经营的一切商品都带有"官"字，比如盐，官道上过往的盐商的盐叫"官盐"，官盐是专门供给王爷的，官盐不能当私盐卖，否则是犯法的。官商往返在官道上是比较安全的，无论是土匪还是强盗都不会轻易触碰的，因为官道上的驿站都负责各辖区的安全。现在的巴林道只有断断续续的迹象了。

如有往来于朝廷和王府的加急公文，官差骑马快送，每到一个驿站都会更换马匹。这种公文名为"四百里加急"或"八百里加急"，一刻都耽误不得。

官道以外的商人叫私商，贩的盐叫私盐。私商就没有那么幸运了，遇到强盗劫道是平常事。四节梁就是当时北部各旗通往哈达街（赤峰）的民用交通要道，这里时常有劫匪出没。劫匪有个行规叫作"能舍老子娘不舍四节梁"，足以说明在这里下手的成功率极高。四节梁南坡是比较开阔的贾家沟，既能隐蔽又方便逃遁。站在四节梁的顶峰（海拔1070米）可以探得四五公里以外的来往行人、车辆马驮。这个站在山顶上的人叫"压风的"，通报同伙及时做出行动方案。

这一带商人深受其害。

如今的四节梁今非昔比，莫说劫匪了，可以说是"路不拾遗"。路面加宽硬化，路两侧基本是商业区，养牛养羊、养鸡养猪、蔬菜大棚、大田农业，可谓兴旺发达。进入柴达木边界的路两侧山坡上早已披上了翠绿的盛装，茂密的落叶松郁郁葱葱。这要得益于国家"退耕还林、封山禁牧"的好政策，得益于基层党支部、村委会的工作扎实努力。这条混凝土乡间公路，更是当年巴林道所不能比的，无论是宽度、平坦程度还是涵洞桥梁都是官道所不能及的。更重要的一点，这是一条官民通用的幸福道，它叫作"亿官线"，即翁牛特旗的亿合公乡至松山区的官地镇，全长40公里，全部由国家投资建造，没向百姓征收一分钱。

柴达木另一处独特的风水，则是坐落在村东的九神庙。它与柴达木的立村有着极深的渊源。

柴达木第一户落居的是董氏家族，他们来自哪州哪郡、哪府哪县已经不得而知，只记得"大河东"，大河东在哪里，不知道。大一点的地名叫大河东，小地名叫柴达木。就如同现在，假如柴达木人到了北京，人家问你哪里的，你必定回答"内蒙古赤峰"的，人家便知道大概了。如果回答"新窝铺柴达木"的，人家哪知道新窝铺在哪儿，柴达木又在哪儿？

柴达木人也试图从中国的历史地名中找到原始的柴达木。可是柴达木倒是不乏其名，而大河东的柴达木便无从考证了。

那么董氏先人是怎么来到这里的呢？有的说是逃荒，有的说是战乱，有的说是避难躲灾，没有明确的文字记载，但有一点是很有可能的，无论什么原因，一定不是提前设定的归途，而是信马由缰走到这里，通过比对，各种条件都很满意，才定居下来。是的，这里既可以躲避战乱，又有富饶肥沃的土地赖以生存。当时这里没有人烟，就像孤人来到荒岛上，自由耕种，自种自吃。他们经历了什么？繁衍多少个春秋？没有记载。久而久之，又有多个姓氏来了走了，走了来了。董氏在这里居住了多少辈子？只能从坟茔中看出个大概。

董氏家族定居下来不久，第二户是仪氏家族。这仪姓是因何而来，又是从哪里来的，既没有记载，也没人关注。接下来，又来了郭姓、吴姓、程姓、王姓、薛姓、宗姓、杨姓相继入住。其间又有搬走的，如薛姓、宗姓、杨姓。现在还有他们曾经的地和荒，如老宗家荒、薛家洼子、老杨家坟地等。也有搬走又回来的，如老仪家。

按古代的常规说，董家和仪家为"占山户"，其他姓氏都叫"靠山户"。靠山户建房、开荒必须征得占山户的允许。两家占山户也有界定，以两户之间的庙为界，庙南为仪姓，庙北为董姓。界南的，无论是开荒种地，还是伐木建房，都不能到庙北来动。庙北的也不能到庙南来动，哪怕是一块石头、一根树枝。难怪近几年拆迁的老房舍院落，营子南用的石头都是来自鸡冠子山的红石头，檩子以桦木为多。而庙北拆下来的石头全是来自干沟子的青石头，木料都是杨榆木，来自银凤沟，当然所有木材都产自天然林。

董家居住不久就立了庙，原址在现在的活动中心偏南位置。当居住的人多了，庙设在村子中心，用风水的理念评判不太适宜，找了风水先生另行选址，移驾到现在的村东头。庙内供奉9座神像，故而称作九神庙，分别是：龙王、马王、牛王、药王、苗王、山神、土地、五道、财神，即五王四神。门两侧各站立着小鬼、判官。从名字上不难理解其各自分工。"文化大革命"前是有塑像的，有文有武各具情态。马王爷三只眼，苗王手里捧着插有青苗的静水瓶……小鬼瘦小枯干，躲在右侧门后，双眼向外张望。从表情可以断定，这是一位贪得无厌的守门军。难怪民间流传一句俗语："阎王好见，小鬼难缠。"判官则不然，眼睛上瞟，一副无所谓的表情。走进庙来人人发怵，毛骨悚然。庙堂建筑很有特点，尤其是门窗，雕刻成各种古形。庙门坐着个大香炉，上口翘展着呈矩形，约80厘米高，直径约30厘米。青石人工打磨而成。

据老人们说，最早这些塑像出自昭苏川一位很有名气的画匠师张十麻子之手。20世纪60年代，又请在下泉子看林子的五画匠郭老头儿做了一次"披袍"，就是重新上色，更是活灵活现。"文化大革命"开始后，这些"金尊"自然是被打倒的对象。为了保护这些文物，好心的郭队长带领几个人将它们移驾藏在东大沟一个十分隐蔽的窑洞里。小鬼儿和判官体形较小，而且是铜铸的，早已被不知是好心人还是贪心人"收藏"了。庙被扒了，香炉就近深埋了起来。

神像们在窑洞里寂寞了两个春秋，竟被淘小子郭玉生、小名"贵增子"的发现了洞口，扒开个缝隙，探眼见里面花红柳绿，扒开钻进去见都是塑像，特别好奇，便抱出来玩儿。无意中塑像被摔碎，里面露出铜钱。这个顽童，知道铜钱可以卖钱，索性一鼓作气，9座神像无一幸免，全给掏了心。据后来这个郭崽子自己说，一共卖了13元，被挥霍一空，被大哥知道后一顿胖揍。

为什么神像里放铜钱呢？这是塑像师的绝技，塑像心脏装上钱币，才有灵性。

用科学的角度来评判九神是不存在的，所以这个小子也没有被哪一位神仙所惩罚，后来去了桃源县，娶了妻生了子，平平安安地生活着。神只是人们的一种信仰而已，是人心向善的象征。村里老人死后，灵魂要去往西方极乐世界，都必须从庙里出发，后代子孙都要为他们置备足够的盘缠，在这里为他们送行，祈祷西行路上平安，到另一个世界也幸福。这就是一种精神寄托罢了。

每逢年节，人们都会自发地来到庙里，摆上供品，烧香发表祭拜，祈祷风调雨顺、国泰民安。特别是过大年，家家户户都来庙上贴对联，挂挂钱儿，把庙门脸贴得花花绿绿。人们虔诚地跪在神像面前，点燃成把的长香，双手举过头顶，三拜后插在石料雕刻的香炉里，然后发表，再三叩起身。燃放鞭炮："烧香不放炮，神仙不知道。"年午夜必须在庙里掌灯，燃料必须是植物油、麻油或豆油，彻夜不熄，一直持续到初五，年三十至初五每早、午、晚饭前都必须先来庙上祭拜上供，供品都是白面馒头。每年的灯节，村里都会撒灯，无论几路灯，起灯时都必须在庙上点燃，乐队也必须在庙上起奏。生活在这里的人们，虽不吃一锅饭，但供奉一尊神，信奉的是团结友善、安居乐业！

"文化大革命"结束后，人们又重修了庙宇。可惜的是塑像无法再恢复了，民间塑像的艺人都不在了，艺术也失传了，只有牌位立着，人们已经淡化了这里的香火。只有逝者仍然在这里启程，去往西方极乐世界。但是，起源于这里的后世子孙，仍然传承着团结友善、安居乐业的优良传统。

祖居在这里的人们，靠天吃饭，任凭大自然的安排。柴达木营子四周有几个涝泡子，这些泡子是不能耕种的。雨季积水成泡，天旱时地面暴裂出缝隙。大部分良田都分布在上岗或偏坡处。脚下的东大坡曾经也是耕地，如今还能看出梯田的轮廓。在我记事时，这些洼地就已经试种些莜麦、玉米等抗涝作物，但收效甚微，偶尔遇到合适的降水，还是会有很好的收成。

村南是下湿地，随便挖上个三四米深就是一口井。手提水桶伸手便能提上一桶水来。每逢春天，这里都会"返浆"，地面像刚刚下过雨似的，车轮轧下去时常陷下很深。村子以西、西南、正南的土地春天都会"翻浆"，即便是上岗地也是如此。人们称这类地为"二阴地"，二阴地墒情较好，春季无论下不下雨，都能抓住春苗。在周边的几个村子，只有柴达木有这种得天独厚的天然资源。同等程度的旱情，这些地的抗旱性能相当突出。而村东、北、东南却没有这类现象。到20世纪80年代实行土地联产承包责任制时，这些带有"皇冠"的土地，在分类时都是靠前的。随着水位的下降，涝泡子已经不涝了，反而身价提高了，这些洼地的庄稼长势都好于平岗地。坡地基本退耕还林了。

站在石砬子线上，移眼观看，亿官公路上车辆川流不息，网格状的灌溉设施，有序排列在田间地头的井房，如同铁甲卫士，挺立在随时待命的岗位上。砖瓦结构的民房院落整齐地排列着。农田里作业的人们欢声笑语，机械的马达声不绝于耳，好一幅新农村欣欣向荣的美好景象！

今天在柴达木这片土地上耕种的农民，只有生产队时代劳动力人数的1/4，彼时的农民平均年龄约35岁（18～60岁），此时的农民劳力平均年龄在 50 岁以上，而年产值彼此悬殊惊人。且不说互助组，也不说小社，单说生产队，用下面数字来做个比较。这里以成立生产队到责任制落实之前的 1979 年为例：柴达木生产队留粮人口 296 口，耕地面积 2100 亩，平均亩产 70 斤。总产量：$2100 \times 70 = 147000$（斤）。其中扣除公粮总产量的 20%，$147000 \times 20\% = 29400$（斤）。扣除种子料粮（种子每亩平均按 5 斤，耕畜料粮每头 / 匹 700 斤，散畜每头 / 匹 250 斤）：$2100 \times 5 = 10500$（斤），料粮约 15000 斤。总 $147000 -$ 公粮 $29400 -$ 种子 $10500 -$ 料粮 $15000 = 92100$（斤），集体经济的分配原则叫作：缴够国家的，留够集体的，剩下才是自己的。所以这 92100 斤才是最后参加分配的：$92100 \times$ 平均粮价 $0.124 = 11420$ 元。

92100 斤被 296 口人分，人均分得口粮约 311 斤，人均口粮 300 斤自足稍有剩余。

全年生产队用工（支出）：男劳力及专业人员 $70 \times 260 = 18200$（个），女劳力 $50 \times 130 = 6500$（个）。其他用工有民办教师、村干部、赤脚医生、赤脚兽医、各种摊派的建工。累计用工 24000 个。收入 $11420 \div 24000 \approx 0.48$ 元。这就是这个生产队今年种植业的劳动日值。当然，账目显示上比这还要具体，但是没啥太大出入。在这种情况下，我们看下面这个五口之家的经济情况：李四家五口人，两个孩子一个老人，夫妻俩都是壮劳力，出全勤，男出勤 300 天，女出勤 130 天，合计 430×0.48 元 $= 206$（元）。

全家应分口粮 $300 \times 5 = 1500$（斤），斤均价 0.124 元（国家定价小米 0.125 元，莜麦、麦子 0.124 元，玉米 0.091 元，谷子 0.094 元）。$1500 \times 0.124 = 186$（元）。收支两抵 $206 - 186 = 20$（元）。

这个五口之家，夫妻俩儿辛辛苦苦干一年，挣回口粮找回 20 元现金。如果自己家不出售购猪、购羊，还得给别人家出售的倍价。家庭其他开支呢，柴米油盐酱醋茶，穿的戴的，铺的盖的，啥不得花钱？日子啥样可想而知了，这在全队属中等家庭。

有人要问了，生产队没有其他收入吗？有过，我们队曾经开过

184

大车店，烘炉，大车外出拉脚。收入大部分参加分配，有几个年份劳动日值合到 0.6 元。国家征收的公粮是不计价的，就是农业税。畜牧业收入的，如菜牛、菜马、菜羊，出售羊毛收入。这么大个家，添置点生产资料不得花钱？给牛羊倌买点雨具、皮大衣，大车老板子的毡疙瘩、皮大衣、鞭头鞭鞘鞭杆子，牲畜得病请兽医；车套辕具、犁杖绳索每年都有淘汰更新，都得花钱。好比咱们农家过日子一个道理，即便收入点，也不做分配了。生产队成立时是大铁板车，逐渐地换了一辆大胶车，最后到三辆大胶车，都没向社员摊派。

那么，家庭没有其他收入吗？

基本没有，别说没有一技之长，就是有，没有大小队的允许，没有大小队出具的介绍信，用人方没人敢用。即使有了介绍信，每天也要向生产队交 1 元，生产队给你记 10 工分。没有一技之长卖苦力的，每天再交 1 元，去了房钱伙钱，谁也挣不来，不如老守田园。

回过头来和今天的农民做个比较，生产队时期的 130 个劳动力产 15 万斤粮食，按现在市值平均每斤 1.5 元，总产值 22.5 万元，被 130 个劳力分，人均创收 173 元。

今天柴达木种地的农民同样在这片土地上创造出多少价值呢？2900 亩（这个数字是很可靠的）地都按粮谷作物，每亩均产 500 斤，均价 1.5 元计算，即 $2900 \times 500 \times 1.5 = 217500$（元），扣除 50% 的投入，$2175000 - 2175000 \times 50\% = 1087500$（元）。这些收入被 30 个劳力分，人均创收近 3.6 万元。这是保守的估算，粮谷作物和经济作物平均按每亩 750 元计价。而且这些劳力又都经营着家庭第三产业——养猪的、养牛的、养羊的，经营农机具的，其收入估算相当于种植业收入的 50%。每个家庭夫妻俩年收入七八万元不是梦。人均创收是生产队时期劳动力的近 200 倍。种养既可以互促，又可以互补。当然，有的家庭会有辅助劳力，比如，学生放暑假或小长假时帮把手，孩子们在外地上班，赶到小长假，回来帮几天，这些倒是没计入投入中。

人民公社是在怎样的背景下产生的呢？还得从头理顺。

从中国共产党领导中国革命打土豪分田地，农村包围城市，武装夺取政权开始就奠定了土地革命的基础。

新中国成立前因为清政府腐败堕落，外寇入侵，连年征战，日本侵略者掠夺，国内军阀混战，加之国内革命战争消耗，我们的国家已经是千疮百孔，民不聊生。新中国成立后，百废待兴。用毛主席的话说："我们不但善于破坏一个旧世界，还将善于建设一个新世界。"1947年在中国解放区开展了轰轰烈烈的土改运动，其宗旨就是把集中在少数人手里的土地收回来，平均分给现有的农村人口。我们赤峰地区属于解放区，同样也展开了试探性的土改运动。1949年成立了互助组，1953年借鉴五三乡的经验，把互助组改为农业合作社。1958年成立了人民公社。

全国进入第二个五年计划，中共中央向全党全国人民发出号召：高举总路线、"大跃进"、人民公社三面红旗。"鼓足干劲，力争上游，多快好省地建设社会主义！"在农村土地实行公有制，由小农经济向集体经济迈进。于是社会主义性质的人民公社就在这样的背景下诞生了。

第十章　与祖国同行

柴达木与共和国共同成长，共同发展，共同进步。

1949 年中华人民共和国成立，百废待兴。在农村，从农业合作社到人民公社同样也是百废待兴。人民公社的成立，首先表现在土地改革上，由千百年来的土地私有变为集体所有。第一代人民公社社员在"社会主义是桥梁，人民公社是天堂"的憧憬感召下，积极投入社会主义建设，除了把自家的土地、生产资料全部入社外，身心也全部倾注在生产队里。他们听从党的号召，服从党的领导；国家有难时，他们扎紧裤腰带，吃糠咽菜，与共和国共渡难关；国家有建设项目时，他们出人出车出力。赤峰市的前身为昭乌达盟，成立于 1947 年，之前为热辽行政公署热北专区。昭盟隶属内蒙古自治区管辖，1969 年至 1978 年昭盟划归辽宁省，1979 年后重归内蒙古管辖。1945 年前，今天的松山区叫松州区，1945 年改为赤峰县，1946 年改为赤西县，1947 年又改回赤峰县。1983 年改为郊区，1993 年改为松山区。1962 年以前的岗子乡、官地乡、大碾子乡归翁牛特旗管辖，1962 年划归赤峰县管辖。生产队的前身是互助组，土地按人口分给个人经营，劳力、生产资料均衡搭配。到 1953 年，借鉴五三乡的经验，取消了互助组，成立了小社。1952 年，全盟在五三乡 (原大犀牛的古都河) 试点，主要是农村基层组织经营模式等方面的试验。1953 年正式在全盟推广。乡级叫高级社，现在的村级叫农业生产合作社，现在的村民组叫农业生产小社 (简称"小社")，五三社正式得名，全称为五三农业生产合作社。小社就是把 1949 年分给个人的土地全部收回，由集体经营。个人的牲畜、生产工具等作价统一到小社叫作"入社"。当时按劳动力每人95元的股份，实在没物的，以树相抵也可以。这笔钱在1983年责任制落实时，全新窝铺村兑现还给了投股人，只给了本金，没有分红。其他村子因没有了原始记载作罢，只有柴达木用树作价兑还。这个时期柴达木的总人口96人，耕地不到700亩。到1958年取消了小社改名为生产队，乡级叫人民公社，村级叫生产大队，这个时期柴达木人口128人，耕地增加到1200亩。1959年，国家高举总路线、"大跃进"、人民公社三面红旗。队里成立了食堂，即大锅饭。"浮夸风"开始在农村无限制地蔓延，生产积极性一度下降，粮食产量严重下滑。这个时期的农村经济组织为大队核算，也就是前文提到的10个生产队的收支平衡结算。1963年取消了食堂，改大队核算为小队核算。1966年"文化大革命"掀起，1976年"文化大革命"结束。1980年试行两田制——口粮田、责任田。1983年生产责任制全面实施。

如果把农村经济发展权且分为三个阶段，那么第一阶段为过渡期，从土改到1965年；第二阶段为"文化大革命"期，从1966年到1979年；第三阶段为开放期，1980年到现在。

第一阶段：过渡期。

柴达木人和全国人民一样，既处于全国解放、中华人民共和国成立的亢奋中，同时也处在新中国的建设中。中国大地如同一张白纸，要在这张白纸上画上美好的画卷，写上美好的篇章，农民老大哥应该走在前列。记得在小学课本里有这样一篇文章："栽上松，栽上杉，栽上白杨，栽上蜜柑，让荒山变成富饶的米粮川。房前屋后，种瓜种豆，种瓜得瓜，种豆得豆。"课文里还体现出：农民伯伯、工人叔叔、解放军叔叔，农民自然是老大哥了。全国人民投入建设祖国的生产热潮中。在农村没有现成的模式可以效仿，都是摸着石头过河的。

互助组、小社都是试探性的、短暂的。生产队从整体上看，总是倡导平均主义，防止新的资产阶级滋生，只能在温饱线上挣扎，苦苦地挣扎，苦苦地寻觅着更好的途径。

　　国家也是一样，民以食为天，吃饭问题同样是党和国家亟待解决的首要问题。1964年大锅饭散伙后，人们带着各种担心和揣测——路向何方？文化，农民中90%以上属于文盲，用毛主席的话说："一个没有文化的军队是愚蠢的军队，而愚蠢的军队是不能战胜敌人的。"农民识字班诞生了，每天晚上记完工分，夜校开课，教师由小学老师担任，学些生产生活中的常用字。政府一次次召开三级干部会议，讨论研究良策，向先进地区参观学习。1968年政府免费给生产队提供化肥，只限于氮肥——碳酸氢铵和硝酸铵。因为不懂得施用技术，在庄稼的根茎处挖个坑撒上化肥再培上土，结果庄稼被化肥烧死，本来就不被看好的新生事物，就这样被打进18层地狱。政府给的尽管收下，私下却被悄悄地挖坑埋掉。其实政府也没有把工作做到位，碳酸氢铵呈粉状，实用于秋季深翻于土壤中。在农村山区，恰恰没有深翻的条件，只有川区比较实用。而硝酸铵同样呈粉状，后来是颗粒的，实用于夏季追施肥，但必须在水分充沛的情况下才会生效。其弊端是板结土壤，施过这种化肥的地，第二年春季牛犁是挑不开的，只有在下透雨的情况下，才能挑开，一地大坷垃，所以农民同样不能接受。后来有了尿素，也是氮肥，颗粒状，前车之鉴，也被深埋于荒野之外。毛主席号召"水利是农业的命脉"，政府也重视到这一点，国家的大型水利工程十三陵水库，举全国之力修建而成；昭盟的红山水库从1958年动工，历时7年，动用全昭乌达盟民工约5万人，其库容是十三陵水库的24倍。在当时乃至今天，红山水库仍是华北地区最大的水利枢纽工程，直接由自治区管辖。为了支援国家建设，大兴安岭的森林采伐，我们新窝铺大队投入民工10多人，工期两年多，其中就有爸爸（吴井斌）。县里组织的第一灌区、第二灌区、跃进灌区、二道河子水库，哈拉沁旗的公路建设，王家店的八架公路大桥，柳条沟农田基本建设大会战；岗子公社组织的塌山子治河、新地儿深翻；新窝铺大队组织的治山队，"文化大革命"期间的文艺宣传队，集体赶社会主义大集，柴达木人同样出人出力，善始善终。

第二阶段："文化大革命"时期。

从1964年到1965年，刚刚消停了一点的农民，被1966年的一场革命卷入五里雾中。首先是破"四旧"立"四新"，哪些是"四旧"？一夜之间，灶王老爷、圣佛、天地爷、保家仙们藏匿得无影无踪；东小庙子的尊驾九神们，多亏郭学山老舅先知先觉及时藏匿起来，躲过了三枪，却没逃过郭家崽子的一马叉，两年后被全部掏了心。

爸爸说这是运动，弄不好会被治罪。妈妈当年的嫁妆"对美"被销毁，被阁子抽屉里的老头票子被一股脑推进了灶火膛，这些票子是"中华民国"的通用纸币，上面有袁世凯的光头像。"文化大革命"过后，有专门收购的，说是很昂贵呢，这些必然是父母用等价的血汗换来的，可惜了！

按年龄我当时正属于红卫兵范围，但因不是在校学生，没有资格加入。姑娘媳妇们都梳成刷子，无论年老年少，都要背诵毛主席语录。我认为这是"四新"的其中之一吧。奶奶也背："放下包袱开动地器。"我们纠正她是"机器"，而不是"地器"。

"不就是你姐姐用的那玩意儿吗？"指着缝纫机说。

上文提到的赵大叔发现新的商机就是在这个时期。赵大叔遭到了红卫兵的拦截，两头骡子被没收，蹲了两天小黑屋，家里人拿来大队的介绍信才把人放了。有心的老哥俩儿看到南窝铺生产队院子里停放的大胶车的木质车篷子。咱生产队正准备做一个，他们目测大概尺寸及外形特征，记在心上。回来后便着手制作。第一台成功了。大车外出使用新车篷就是最好的广告。周边邻村找上门来，在不影响本队木工活的前提下开始批量生产。从严格选材到精湛的工艺，从美观的外形到二表弟王铁匠的铁活及刹车制动，均受到用户青睐。产品远销克旗，供不应求。老天眷顾，因祸得福，不但找回骡子的损失，还名利双收。

20世纪70年代中期，岗子公社红庙子大队二八地的河滩上有一棵千年古树，土改时斗地主，归给二八地生产队。树的年轮无从查证，身围6个人手拉手抱不过来。二八地生产队早就有意卖掉它，即便是有买得起的也放不倒，一直没有买主。事情被在公社综合厂工作的邵功大叔知道了，回来与赵大叔商议，老哥俩儿又亲自到实地查看，赵大叔十分肯定地说："能放，连根出。"四股份，花了500元买下了这棵庞然大物。爸爸和大爷在树旁临时安家，发扬"蚂蚁啃骨头"的精神，半个月时间才把它按倒在地。主干按柜板截成两截，直径2米，块头太大无法装运，赵大叔采用什么办法截开的？是个谜。就地加工，同一块圆木打五条线，按五边形扒方，三盘大锯同时干活互不影响。由大方变小方，五条线到三条线，逐渐缩小。树干里往往锯出钉子或枪子，他又是怎么排除的？没人注意。光成材的拉了11马车。一棵树出了13口料子（棺材）板、11口三节柜板，小料不计。在周边一度被传为佳话，从此，人们对赵大叔的称谓由赵木匠改为赵工人，再一次名利双赢！

20世纪70年代中期，"抓革命促生产、促工作、促战备""农业学大寨，工业学大庆，全国学人民解放军"运动轰轰烈烈地开展起来。公社组织的塌山子治河大会战，大芥菜沟烧锅梁大坡的梯田治理，新窝铺通往柴达木的幸福路，这些当年的战绩直到今天也是有目共睹的。

1967年农村通上了广播，每户必须安，要让广大贫下中农及时聆听党中央的声音。从岗子公社到柴达木20里距离，每户出一根广播线杆。这个确实新，广播喇叭一线一地挂在墙上，地线用八号铅丝插在地上，每天早午晚定时播放，开播的第一个音乐旋律是《东方红》，农民倍感亲切，这个真的新。音乐过后是预报节目，接下来是"新闻和报纸摘要"节目，公社大队要做的事，在广播里就知道是上级的指令，还有"小说评书联播"。

这个阶段社员队伍里不断吐故纳新，新成员们或多或少都识几个字，基本能初小毕业。这部分人对生活质量有新的追求，人们的物质生活水平逐渐提高。单说娶媳妇要的彩礼嫁妆就够准"郎君"们喝一壶的。四大件不断翻新，由原来的"红躺柜四副被"上升到"带轮的、有响的，胳膊腕上闪光的，缝纫机必须是下箱的"。带轮的是自行车，有响的是挂钟，闪光的是夜光手表，缝纫机是带箱斗的。但档次又有区别，自行车是飞鸽、永久、凤凰的名牌，上海缝纫机也是名牌，红旗表是名牌。这些宝贝在社会上没有背景的，根本是望尘莫及，就是普通的对于"顺垄沟找豆包吃"的家庭也是一大难题。这个时期的人口增速特别快，一家子哥四个、哥五个的不少见。哥们儿少的明显占优势。老哥儿一个是抢手货，没分的没劈的，尽管人不咋出众，人家就是有优势，媳妇儿进门就当家。

　　国家也发现了人口增长与国民经济发展不协调，为了提高全民人口素质，少生优生，优生优育。20世纪70年代初，农村提倡计划生育，柴达木的适龄夫妇相对比较积极响应，尤其是四五个孩子，离"四十六"还有几年生育能力的，"够不够四十六"，他们真的不认为儿女多福多。

　　记得我们村儿曾经发生一个真实的故事：这一年的大年初一，身为老娘婆的奶奶就被一家请去了，初二下午才回来。

　　妈妈问："生个啥？"

　　"小子。"奶奶不屑地回答。

　　"不算送人的，这是第五个吧？"妈妈说。

　　奶奶说："两个人不想要，生下来女的抱起来扔给男的，'给你养活吧，说不行不行，你非得那啥……'男的一脚踹过去，'怨我吗？……'两个人都不要，说是要么弄死吧，要么就送人，不知道咋着了。"

　　这个孩子福大命大造化大，还真长大了，今天竟成了老板。

　　政府给予优惠政策，主动做节育的妇女生产队给计工分，派专人陪护，还有营养补助，医院不收取任何费用。1970年到1980年，计划生育在全国非少数民族地区推广，提倡少生优生，优生优育，提高人口素质，一对夫妇只要一对孩儿。1981年至2002年提倡"一孩化"，一个孩子政府给予一定的奖励。农村申报"一孩化"的一切费用减免。分田时，"一孩化"多分一倍的土地。2002年9月1日，《中华人民共和国计划生育法》实施。

1980 年后计划生育工作逐渐严格推进，从一对夫妇只生一对孩儿，到"一孩化"只用了两年时间。先是党团员干部、公办教师以身作则，后到普通民众。各级党政机关一把手主抓，实行"一票否决"制，无论哪项工作做得多好，计划生育指标不达标，相当于工作不到位，会被问责。村干部的工资报酬也与计划生育指标挂钩。

受传宗接代意识的影响，第一胎生儿子的工作相对好做。第一胎生女儿的坚决要生第二胎。独生子女户基本是男孩儿。双女户、三女户、四女户不断产生。这类夫妇想通的不多，而是被惩罚得没办法了，才放弃。非得生儿子的开始了"游击生活"，"不到长城非好汉"。走后门的有，把小二、小三或小四送人的也有。哪个村子都有。

30 年河东 30 年河西，当年计划生育时期出生的"神兽"们，今天政策放开了，让他们生却不生了，鼓励他们生也不生了。

1972 年以后的农民，生产积极性受到严重挫伤，人心涣散。农业广种薄收："弯弯犁杖尺二垄，赶着老牛满地拱，种一坡拉一车，打吧打吧闹一锅。"农民的生活水平是"多半糠菜少半粮，眼珠子绿来面焦黄。肚子前腔贴后腔，吊儿郎当混大帮"。

举一个简单例子，使犁杖的老头，每天上山都背着粪篓子，他犁上两头牛的粪便属于他，已经形成了潜规则。中午收工一篓子，晚上收工一篓子。有这么一次，老七头和老李头因为侵权整得急赤白脸。歇工时牛们都趴下"倒嚼"，起来时走几步就会拉粪。老七头的牛撅起尾巴要拉粪。老李头儿停下犁杖，摘下挂在犁键上的牛箍嘴，趁老七头儿还没有反应过来，赶紧把牛箍嘴伸到牛屁股下接住。老七头发现，扔下犁把去抢老李头的牛箍嘴，撇下牛拉着倒地的犁而不顾，只管抢牛粪，且不说谁对谁错，只论这两位人民公社社员的责任心，是一心扑在集体上吗？使犁的眼睛不断盯在牛屁股上，只要牛一撅尾巴就急忙停下犁杖，第一时间接住新鲜的粪蛋蛋，全然不顾犁后面点籽的、捋粪的，理所当然地站在那里等着牛把粪拉完。不错，老头们收集的牛粪能供上一个灶火膛，可集体的利益放在什么位置了？这样的事，人们都见怪不怪了。

耪地的出勤不出力，离地头还有几丈远，领人的伸伸腰就能到头，就可以收工了。可是没人往前跟，还有人甩簧："老三家的嘞，忙着赶冬至去吗？到夜了个那前儿啦？"人群里总有那么几个做蜜做不甜、做醋能做酸的主。队长一看不行了："住工。"立刻把已经耪在地里的锄板拔出来，扛在肩上，掉头就往回跑。只要稍稍一拉，就可以把锄板拉到脚跟下，却坚决不拉。割地也是，左手抓了一把庄稼，右手的镰刀已经搭上了，只要队长说"住工"，撤回左手，收回镰刀，抬腿就走，也不管横垄还是顺垄，不管不顾，庄稼与他没有任何关系。然而，劳动日合不上钱，他们第一个站出来骂娘，指桑骂槐："没那个弯弯肚子就别吃那弯弯镰刀头。小孩子拉粑粑挪挪窝儿，给好人腾地儿……"明显是指队长呗。换队长，第二年老泥家的孩子——一个样。又有人甩簧："去了个柳木换了个朽木，没那个金刚钻儿，别揽这瓷器活儿……"同样是指队长。再换还是一个德行，还是骂："没那个荷叶别揽那粽子啊，扒几碗干饭不知道？……"

土豆地里被扒得半拉胡片，割倒的荞麦铺子被打了野场，谷子在地里长着呢，穗子没了，沤麻池里的麻秆被偷背到大山里扒了麻……队长摁倒葫芦起来瓢，昨天破了库房被盗，今天护林员报告，东大沟头丢了两棵树，都是檩材以上的。一弄就领着人挨家挨户地翻，抓贼容易放贼难啊。咋整？不图仨大俩小的，干个三天两早晨的，当营子实户住着，扯着耳朵腮动弹，犯不上得罪人，谁也没把谁的孩子扔到油锅里，睁一只眼闭一只眼地怂吧。

人心向背，人心向背啊！

1976年新窝铺大队所在地通了电。1977年柴达木筹备拉电。9里高压输电线路，1.5里低压输电线路，近4里的两线照明线路。柴达木当时260口人，56户。只自筹了5000元左右就完成了上述工程，包括每户进户的所有设施，农民一拉闸盒就着灯。老百姓祖祖辈辈灯头朝下的愿望得以实现，他们打心眼里感激党，感激社会，感激为此事奔波的王队长。

不幸的是，1978年农历九月十七日，一场百年不遇的冰雪降临，加之新窝铺到柴达木的高压线路是横风线路，结冰严重，遭到毁灭性垮塌。我当时任新窝铺大队主任，李玉峰任书记。我记得很清楚，农历九月十九日这天，我和李书记正在办公室研究整个大队的受灾情况及解决办法，时任柴达木队长王金祥穿一双毡疙瘩走了进来，进屋就说："完了，完了，全完了。"说着眼泪就下来了，一个一米八几的大男人，为了乡亲们的利益，哭成个泪人，鼻涕一把泪一把。我和李书记深受感动，赶紧开导他："不要着急，我们大家共同想办法。"

最后经研究决定，王队长继续回去筹钱。两天过去了，他又来到大队和我说他只筹到了1400元，实在没办法了。1400元办这么大的事，简直是开玩笑啊。大队已经把灾情逐级上报，尤其是供电局，几年间的电力施工与供电部门没少打交道，人熟为宝嘛。赤峰水泥厂下设的电杆厂有一位很好的朋友——姚振民主任。当时政策是新拉电的资金投入为七比三，即自筹七，国家补三，我们这属于修复，不咋符合标准。通过各种渠道、各种办法，不到一个月的时间，恢复了大队到柴达木、耿窝铺的高低压线路。

事后我每次到供电局办事，有几位老朋友都调侃："你们那个王队长那脸皮咋那么厚，连抢带夺，见着啥划拉啥，我们一说人家就一个字儿——'穷'。你们这位队长就是咬不动豆腐也得用他啊。"可见王队长有怎样的事业心！在组织材料时，小件从来不雇车，全是自己往旅社里扛。去赤峰办事，进回来的小件，也是从官地下车扛回家。

当时水利局办公室主任叫甄义，和王队长年龄相仿，他们称兄道弟。副主任王向荣是我的表兄弟，给我们接下来的人畜饮水工程奠定了有利基础。

柴达木属高氟区，也是贫水区。从1970年往后，水位下降，井水逐渐不够用。生产队"井里没水四下掏"，均掏成空筒，只好去东水泉子，或者去庞家梁挑水或用小车拉。这时大队多次向水利部门申请立项，要求打深水井，解决人畜饮水问题。1978年，由水利局打井队在柴达木钻了第一眼深水井，井深56米。盖了石方、预制件结构的井房，架设四线低压线路，配置离心水泵，经过压力罐，再用三联泵二次加压送往村里各家各户。柴达木人吃上了自来水，这也是我们幸福满满、引以为自豪的事情。人畜饮水工程，时任柴达木队长王金祥、程忠功不可没。在岗子公社没有第二家，整个赤峰郊区也是屈指可数的。王金祥大哥为家乡事业留下了浓墨重彩的一笔。

当然，不是国家做后盾，恐怕也是望尘莫及。在这个意义上，充分体现了有国才有家，如果抱着这样的心态，我们的付出也就值得了。一切事物都是相辅相成的，用老百姓的话说，不刮春风难下秋雨。

1976年在中国历史上注定是一个不平凡的年份——"文化大革命"宣告结束。

被归社的自留畜，因为当时已经作价所以维持原判。自留树归还原主人。郭二舅又试探性地养起了羊。坟地迁的就迁了，不迁的也就不追究了。

这一年，在中国大地上发生了一连串使国人喜怒哀乐的大事：三位伟人相继去世，唐山大地震，全国人民处于悲痛之中。让人欣慰的是横行数年的"林彪、江青集团"被打倒，中国人民在经历了十年磨难和挫折之后，终于迎来了社会主义现代化事业发展的契机。

第三阶段：开放期。

"该分不分粮米遭瘟"，1980年生产队分成了三个小组。1981年，把土地按七比三分成两类，一类叫责任田，一类叫口粮田。其中的七为责任田，完成一切上缴。口粮田顾名思义是解决人的口粮问题。责任田由小组集体经营。口粮田由个人经营，产多多吃，产少少吃。从此，没有了吃国家供应这一说。1982年把口粮田和责任田统称为责任田，全部由个人经营。生产队所有的东西全部作价分掉。1983

年包括树木、房屋全部一竿子插到底。近30年的生产队饲养处几天的工夫被夷为平地，学校放在了场院屋里。

全国处于改革开放的热潮中。

种地的农民可以甩开膀子大干了吧？事情却不像他们想象的那么尽如人意。

继农业税之后又增加了牧业税、特产税、车船使用税、屠宰税、个人所得税、工商税。国税收完了地税收。光税不够，费又紧跟其后，如登山费、养路费、教育附加费、防疫费。继"忠"字蛋之后，又来了个"三提五统"，这还不行，又来了个教育集资、合作医疗集资。

农业税是最早征收的税种，从1958年开始，以前的不详。皇粮大差，毋庸置疑。生产队时期，农业税以公粮的方式提交，产得多缴得多，产得少缴得少。1980年按土地面积计税，取消了每年的评产估产。公社大队派工作队按地块丈量。带上各队的队长撒网式丈量，你说这块地不是你的，必然就是他的，谁也不敢多揽，只有与外旗县的差花地会出现漏洞，比如，杨树沟生产队与翁牛特旗新开地搭边，不如实申报，有300多亩的漏洞。到1980年后的航拍精确出来，丈量得十分精准。随着人口的逐年增加，土地每年也略有浮动。政府每隔一两年搞一次丈量。我在大队工作时，全村的土地计税面积为9484亩。柴达木的计税面积为1690亩。1998年全村又加了1200亩，柴达木追加200亩，增加到1890亩。

牧业税，主要是针对牧区，但我们这里属于半农半牧区，非使役的牲畜和羊还是有税的。特产税，包括种植的葵花、大豆、西瓜、蔬菜。屠宰税，以6月末普查存栏数与年末普查存栏数的差额为依据纳税。车船使用税，包括拖拉机、大胶车、小驴车、自行车。个人所得税指养殖的母猪、母马、母驴。意外所得税，指捡到了东西失主没找回，抓奖时中奖。工商税，小卖店、加工厂、铁木工零活等。

登山费，羊得上山放牧吧！养路费，各种运输工具得上路吧？教育附加费，指完成教育统筹额外的费用。防疫费包括一切畜禽。

购牛购羊每十头（只）每年交一头（只）。肉按每斤0.35元计价，比如，你交的羊估肉 20 斤，折价 7 元，皮子不计价。出 200 斤肉的牛折 70 元，羊摊派时按四舍五入，14 只交一只，15 只交两只。牛以全大队摊派。因计价很低，摊到哪个生产队都不情愿。没关系，其他队给倍价。购猪购鸡蛋同样如此，没交的给交的倍价。

　　教育集资，比如，乡、村两级学校修建校舍、宿舍等临时集资。合作医疗集资，它与赤脚医生同时产生。一个大队一所医疗点，点里的药品、医疗器械，都从集资里完善。还有不确定性的临时摊派、指令性摊派。

　　三提五统，即三提留五统筹。三提留：公积金、公益金、管理费。五统筹：教育统筹、计划生育统筹、民兵训练统筹、公路养护统筹、优扶敬老院统筹。都按人口提交。

　　焦大线公路养护，亿官线公路养护，每年都要摊建勤工修护、垫沙子。

　　新时期的农民八仙过海，各显其能，几乎是白手起家。生产队那点家底儿七股子八份子一分，犁套不成犁，车套不成车。他们自然结伙，"鱼找鱼虾找虾，一个眼找个瞪眼扒"。大胶车闲置起来。

　　他们日出而作，日落而息。他们大胆地尝试化肥的作用，由少到多，每亩 3 斤、5 斤、10 斤、50 斤，今天恐怕已经达到百斤了吧。由追施肥到加施底肥，由尿素到二铵，由国产的到进口的。农村信用社成了他们的依托，春天生产资料、种子化肥，都要到信用社借贷才能购置。

　　种地没有充足的畜力，一面是畜一面是人。模式化的牛犁变成牛马搭配，专门拉车的马也得拉犁，专门拉犁的牛也得拉磟子，和人一样多面手。一个人多种角色，既能扶犁又能点籽，扬粪打磟子都能干，又把扫帚扬场锨都拿过来照样使唤。女人们照样进场也没发现有何异常。

　　他们有牛使牛，没牛使"犊"，上自白发苍苍下至活裤裆都成了劳动力，正是"昼出耘田夜绩麻，村庄儿女各当家。童孙未解供耕织，也傍桑阴学种瓜"。"草"多壮也不要，"能生财的苗"像个宝贝。

几年过去了，他们对家的第一个建设施工项目是加宽加固大门口，为的是方便车马牛出入，可以上锁防盗；第二个建筑项目是盖圆仓。生产队的圆仓不见了，家家户户西山花都盖起一对圆仓。购置装粮食的麻袋。囤里有粮心中不慌。

广播里听不到割资本主义尾巴的呼声了，而是树立"万斤粮、万元户"的榜样。几年的光景，他们钵满盆满。

剩余的劳动力外出打工，年底背回收音机、录音机、黑白电视机。农民从吃饱吃好到"余粮万石"，从存粮到卖粮，富了自己强了国家。同样可以买回电视机、录音机，而且由黑白的换成彩色的。

有经商头脑的赵晓峰开回了第一台小四轮拖拉机，几年的工夫，他在不影响种地的同时，又跑起了旅客运输，富裕了自己方便了乡亲。在他的带动下，小四轮数量逐年增加，体积由小到大，车厢由开厢到翻斗。由 12 马力到 15 马力再到 22 马力，由手摇启动到电启动。弯弯犁杖尺二垄不复存在了，牲畜们从服役中解脱出来。机播机收、地膜覆盖、设施农业、滴水灌溉。新生事物如雨后春笋般层出不穷……

2003 年，国家免征农业税政策在内蒙古试点，2004 年在内蒙古地区全面铺开。2007 年又发给农民"粮补"，即粮食补贴。柴达木按计税面积追加的那 200 亩后来退耕还林，国家给予补偿至 2019 年。延续了几千年的皇粮大差不但取消了，还破天荒地给农民返补，不得不说这在中国大地上是一个伟大的创举、伟大的飞跃。

柴达木人尊重文化，崇尚科学，情愿向教育投资。1984 年，乡亲们主动投资投劳，在村中心盖起了一所像样的学校，为祖国输送了大量有用人才。改革开放以后，从我们家乡走出的人才有：

已故的表哥邵连忠。邵功之长子，毕业于昭盟畜牧学校，属初中中专（初中时就读于广德公中学，当时岗子划归翁旗管辖）。毕业后被分配到赤峰良种场，后被调回岗子公社分管畜牧工作。最早的畜牧兽医师，是岗子公社（乡）级别最高的职称。

在他的带动下，加之国家教育教学水平逐年提高，我的家乡人才辈出。在20世纪八九十年代，柴达木的大学、大专、中专的升学率在全村乃至全乡始终名列前茅。20多年来，位居岗子乡第一。如王学武、董占军、程延军、邵丽敏、程延锋、郝延龙、龙海全、吴永华……就不一一列举了。他们都是最优秀的，有的晋升为正处级、县团级、教授、博士生导师、大学校长、院长，有的成为企业家等，遍布各行各业，为家乡做着应有的贡献，可谓后浪推前浪，一代更比一代强。由解放初期全文盲到20世纪60年代的半文盲，到现在柴达木人的平均文化水平达到专科以上，有的达到学士、硕士、博士学位。不能不说这是一个伟大的飞跃。学子们为祖国、为社会、为家乡做着自己应做的贡献。特别是曾分管本乡的领导，对家乡的贡献特别突出：节水灌溉全覆盖，没向农民收取一分钱；亿官线公路及乡村公路的硬化，给家乡人带来方便。

柴达木新中国成立前保卫祖国、保卫人民服兵役的有：

仪垂友，1947年入伍，服役于热河省军区，热东军分区117师。从事警备工作，职位为战士，1950年退役。听父亲说他回来时带回来一盏提灯，当时的柴达木人，第一次见到如此稀罕的东西。

董万生，前文提到的八路军护林员，1949年参军在38军。后38军1951年入朝，他没去，被编入暂编师。参军后正训了很短时间就开往江西参加剿匪。1955年转业。我看过他的档案，也听他本人讲授过，他在部队就是战士，但他担任过区长。事情是这样的，在江西剿匪时，条件很艰苦，也很危险，经常会出现今天打下个地方，把敌人打跑了，这个地方就算解放了。但是部队一走没过几天敌人又回来了。有一个地区反复几次。有一次打下一个地方，成立了一个区，没有现在的旗县区那么大，相当于三四个乡那么大吧，临时成立一个区小队，只有十几个人。都配备长枪，只留下一名战士任区长。"别人都不愿意留下，只把我留下了，还给我配了一把手枪。部队走了没几天，土匪真的回来了，好几十人。给我安排的那几个队员都吓跑了。土匪把我给抓住了，问我是干什么的，我说我是区长。

一个当头的说，'去你的吧，就你这个熊样儿还能当区长？八路军搞的什么鬼？'叫来几个家伙，拳打脚踢地把我给揍了一顿放了。那把手枪从给我那天起我就埋起来。我们的部队没有走多远，就在这一带活动，没过多久，我就找到了部队。"他这样描述。从部队回来时带了两件宝贝，一件是手电筒，大家第一次见到，好生奇怪，不怕风，不用油。好多人都想试试。第二件是一套牙具：一个搪瓷牙缸、牙刷、牙膏。人们也是第一次见到，不知是干什么用的，于是他做了一次演示。被滑稽的郭二舅编成了谜语：一头有毛一头光，插进眼儿里冒白汤。

程海，参军转业情况不详。

新中国成立后又陆续有多名血性男儿报名参军。如程和、仪明海、仪明江、吴井方、吴品良、吴品杰、吴永民、王召然、王鑫然。在我们的家乡有句俗语，好铁要碾钉，好男要当兵。他们有的人晋升为连长、营长、团长、副师长，有的充实到公安口任局政委。

我们新窝铺村从 1942 年以来的村级组织，名单为：

1941—1942年：农会主任宋子春；副主任李华瑞、赵玉发。

1942—1949年：农会主任马文斌；副主任宋子春、李华瑞、赵玉发。

1950年，成立党支部：支部书记耿风廷；主任宋子春、邵功。

1955年，支部书记邵功；主任胡华斩、赵连科。

（1959—1964年：四大家大队合为新窝铺，1964年分开）

1970—1978年：支部书记赵连科；主任徐井春。

（1979年分大队，分为西5队，为上芥菜沟大队；东5队为新窝铺大队）

1979—1983年：支部书记李玉峰；主任吴品和、耿风廷。

1984—1989年：支部书记李井春；主任吴品和。

1990—1992年：支部书记韩金廷；主任吴品和。

1993—2003年：支部书记吴品和；主任庞国刚（燕福广一届3年）。

2004—2008年：支部书记庞国刚；主任王学峰。

2008—2020年：支部书记王学峰；主任庞店坤。

2020年开始：支部书记主任一肩挑王显军；副书记庞店坤。

柴达木有作业区、互助组、初级社、生产队、村民组，任过组长、生产队长、村民组长的有：

1946年：成立作业区，负责人赵玉发（赵晓峰的爷爷）、财粮（会计）李少州（李桂民的爷爷）。

1948年：改为互助组：组长赵玉发、吴井春；会计李少州。

1953年：改为小社、初级社：负责人吴井春；会计李少州。

1958年：改为生产队：队长吴井春；会计仪明文。

1959—1963年：柴达木、庞家梁、燕家沟合为一个生产队，队长吴井春；副队长燕玉成；会计董玉元。

1964年：庞家梁、燕家沟为一个生产队（1961年—1964年以大队为核标单位）。

1966年：队长程才；副队长吴井春；会计董玉元。

1973—1983年：先后有郭学山、程才、王金祥、程忠任过队长；任过会计的有王金廷、董玉元、郝长春。

1984—2000年：改为村民组：组长仪明文。

2001—2004年：组长郭云峰。

2005年以后：组长程和。

以上各位都是柴达木的公仆，都为柴达木做过贡献，谢谢你们。

天之骄子，无论是工作在祖国各条战线上的学子们，还是保卫祖国的战士们，都是柴达木人的自豪和骄傲。

我的成长贯穿于这三个阶段。

1964年，我13岁。

年前爸爸和我倒腾了几趟瓷盆，觉得利润很丰厚，过了年本该再走，可是生产队已经盯上了爸爸。在群众会上被点名批评，而且被罚了钱，找人说情担保不要有下次。老爷爷倒是不在劳动力范围之内，入冬和我一起卖过两次。但是耳聋眼花，走路还得拄拐棍。车上已经满载，再坐人就得少拉几套盆，"车不增斤担不加两"嘛，所以让老爷爷去哈达街进货爸爸实在不放心。又不甘心放弃，本该过了十五就走，一拖再拖还是脱不了身，所以只好让姐姐和我走这趟，去哈达街进货。

正月二十几的一天，天刚蒙蒙亮，妈妈早早地做好饭。爸爸把驴车套好，一切都备办整齐，叮嘱一遍又一遍。我姐俩儿吃过早饭便出发了。无论做什么事情"赶早别赶晚"，是爸爸的口头禅，也是他一贯的做派，起早贪黑对他来说不在话下。车上只装着毛驴的草料，一溜下坡，轻车熟路。我们姐俩儿是一路欢歌。

按着爸爸走熟的也是最便捷的路线，下四节梁奔大川，到大五十家子一路向东，到碱场，驿马吐过河，奔郭家梁，过东梁直奔大姑家——哈什吐。一路上我给姐姐讲我认为很新鲜的故事，向姐姐介绍每个村庄的名字：五十家子、鸿雁湾、上官地、下官地、牛家地、山嘴、碱场、驿马吐，驿马吐有个老张大姑，是董家大舅爷的大姑娘，奶奶的娘家侄女，爸爸的表妹，也是爸爸时常打尖的驿站。驿马吐河南叫南窝铺。邵功大表叔这有一门亲戚。郭家梁老丛家是爸爸的爸爸的姥姥家，也就是我爷爷的姥姥家。爸爸说老丛家人很有亲情味儿，咱家祖坟里埋着人家的人。"坟中有骨辈辈有亲，和咱们营子的董家一样的老表亲。"爸爸还数叨过他的几位表叔的名字。

老坐在车上也冻脚，时不时下来走一走。上梁爬坡是不会坐在车上的。过了郭家梁离大姑家还有十五六里地，已经遥遥可望。小毛驴也感觉到就要到站了，不用吆喝也"嘚嘚嘚"地加速前行。爸爸每次进街都是先住在大姑家，第二天一大早赶到哈达街北市场，进好货再返到大姑家住下。我们也是这样的行程。单程到大姑家有七八十里路，从大姑家到哈达街也有 40 里路。

哈什吐营子南有条小河，河面上已经结了很宽的冰，确信冰层一定很厚，不至于陷下去。可是没想到毛驴不会走冰，走几步一屁股趴下，再也不起了。掐也不起，拉也不起，鞭子抽也不起。太阳已经半没。咋整？从来没经历过，每次过这条河，我都是滑着冰过去的，没见着毛驴趴下不起的现象，也不知道爸爸用什么办法使毛驴不倒而拉着车过的冰。我们商量在毛驴前面用土垫出一条路，或许毛驴就能起来，嘿，天寒地冻，又没带镐镐，哪里有土可捧哎！束手无策，天越来越黑，又没有行人，还是拖吧。可是冰面上搭不住脚啊，稍一用力人就滑个腚瓜子。

姐姐让我去大姑家找人，可是马上又把我叫回来，怕我走丢了。姐姐想去吧又怕我被坏人给抱走了，十二三岁的孩子懂个啥？急得团团转。多么希望有个路人相帮，希望大姑家的哪个表哥突然出现！没有，一切都没有。姐姐哭，我也哭。姐姐看我哭，又过来哄我。还得想办法往前整车，我们一边一个抬着车辕子——一二——一二——一二，每次合力都能往前动一点点，小毛驴不知道是害怕呀，还是冻的，直打哆嗦。夜深了，我们没有任何期盼，只有通力合作才能挪出冰面。继续挪，害怕、着急、用力并存，浑身是汗，就这样一寸一寸地挪，从南岸到河心，再从河心到北岸。终于有了希望，浑身有力量，挪的幅度加大了，离岸边还有几步了，小毛驴看见了希望，吭哧着往起站，我俩急忙用力抬车辕子往前拉，人借驴力，驴借人威，趔趄着站了起来，一步跨上了岸。

一切都不是事儿了，折腾了半宿，到大姑家已是深夜。大姑还没睡，听我们说在过冰时遭了难，特别后悔没去接应，转过脸偷着擦眼泪。

回来和爸爸说，爸爸很惋惜，当初没有交代清楚。尽量使车辕子轻，抓着笼头花子用力往上提，按着有车辙的地方走，说我俩有一个坐在车后尾就好了。其实毛驴是挂着掌的，掌钉可以防滑。爸爸车上常备有一个"车跑儿"，也就是二三十斤重的料粮口袋，用来调节车辕轻重。过冰时把"车跑儿"放在车后尾，爸爸提紧笼头花子，驴借助人力就小心地慢走，不至于滑倒，很轻松地循路而过。

那天，大姑连夜给我们做的饭。第二天早晨给我们炖了鸡。吃完了才知道是夜里做饭时灶膛冒烟把鸡熏死了。心疼大姑，不免有些责怪大姑父和表哥，为什么不弄好这炕和灶呢？大姑一定备受烟熏火燎的摧残。

通过这次的遭遇，我和姐姐都得到一定的磨炼，在以后的生活中，总是自觉不自觉地注意帮父母克服困难，遇事积极思考解决问题的办法。姐姐更体会到爸爸做买卖的艰辛，在给我们做鞋的时候，就会把耐磨、舒服等因素注入鞋的全身。她似乎从那次起成熟了许多，我觉得姐姐有了扛起这个家的激情和责任感。

爸爸不在家时，生产队分粮食大都是邵家两位表叔和董家的两个表叔给我们扛回来。就在这一年的秋天，姐姐到生产队场院里分粮食，装了大半口袋莜麦，七八十斤吧，有几个叔叔辈的跟姐姐打赌："品荣，你能把它扛回去就送给你了。"姐姐随口说道："你能诌给我，我就能扛回去！"一个叔叔满口答应："行，诌给你。"姐姐强调："说话算数啊。"对方很自信："算数！"真的诌给了姐姐。姐姐扛起来一溜小跑，几个叔叔还有几个看热闹的，在后面紧跟。叔叔们却害怕了：这丫头真倔强，女孩子家家的别扭了腰，真要是扛到家能不给人家吗？麻溜追上去。已经跑了大半儿了，从肩上接过口袋扛到我们家。姐姐并非看中了这半口袋莜麦，而是争的一口气，证明自己的力气不比男孩儿差。她真的不比男孩儿差，一山一坡，一针一线，操持家务，正是人们口里的"眼一分手一分"。因为有姐姐，爸爸远行对家不那么挂念了；因为有姐姐，妈妈不那么辛苦了；因为有姐姐，奶奶的生活质量大幅提高，冬棉夏单，头上脚下，铺的盖的，凉的热的，软的硬的，都装在姐姐的心里；因为有姐姐，我们兄弟有了依靠；因为有姐姐，我们家的日子有了起色，姐姐撑起了半个家！

从大姑家回来，姑父把我们送过河。大姑再三嘱咐："你俩可不要再这样单独出这么远的门了。"站在门口久久地目送我们远去的身影。唉，我亲爱的大姑，13岁就出嫁了，顶门子过日子，是咋熬过来的？大姑后来再见到爸爸时少不了一顿埋怨。

回来就不那么幸运了，车重了，而且是上坡多，几乎是步步顶坡。每套盆小20斤，车厢里装上六套，盆口朝上，上面扣装一层，第三层再坐装一层三套。一车装15套，基本满载。瓷盆属于摇货，捆绑时要特别注意，而且要随时检查是否有松动，要万无一失。如有损伤，利润也就没了，小本买卖就这样，经不起风险。非但不能坐车，上梁还得帮毛驴拉一把。同样起大早，赶在没太阳前到家，来回都是姐姐赶车。

进回盆来，我和老爷爷串乡卖。这种瓷盆是唐山产的，在瓦鱼的基础上，又加了一层带有各种颜色的釉烧制而成。里外都有图案，大荷花、水纹、金鱼。用手一敲，发出清脆的当当声。每套五个，最大的像二盆一样大，最小的像大碗，人们叫作小盔儿，适用于各种家庭，既雅观又结实。老爷爷在叫卖时，有时喊"卖瓦盆儿"，有时喊"卖花盆儿"。人们问："到底是瓦盆儿还是花盆儿？"老爷爷说："既是瓦盆儿也是花盆儿。"

我们爷俩走得不会太远，最远到亿合公周边的山沟漫甸，马群川的龚葛营子、四方地、大东沟……这里村庄很密集，七八里路就是一个村庄。还有头段地往西的二三段地、五六段地、台家梁。再往西新开地、柳条沟、上府。往北、东北方圆七八十里的山沟旮旯儿，所有村庄都要光顾。基本不下南大川，这里的粮食只局限于谷子、玉米。大川地少，粮食更紧张，所以买卖不好做。走到哪儿卖到哪儿，用爸爸的话说"没有不开张的油盐店，走庄不如糇庄"，这是他多年来小贩儿生涯得出的经典结论。

没有现金，都换粮食，以莜麦、小麦为主，莜麦为最多。一方面庄稼人更看重麦子，而我们更看重莜麦，相对小麦，莜麦更好加工成面。那个年代没有机械，都是用碾子推。麦子面即白面，要用细罗筛出细面。虽然莜麦要经过淘洗、烀、炒等工序，但在上碾子推压时，用的罗筛较粗些。比如说白面要用80目的罗筛，而炒面用40目的罗筛最爽口。这对于我们将粮食碾压成面来说，当然选择莜麦。莜麦炒面"一套"碾子能推50斤，而白面"一套"只碾压七八斤麦子。莜麦的出面率在98%，生长期长的小麦最多只有81%的出面率。"一套"是指一个驴拉碾子的最大效率。

每套盆进价三块八九，可以100%加价，最大的一个盆，可以换十五六斤莜麦，当时粮食没有私市，是因为计划经济时期，粮食属统购统销商品，所以我们在交易时，粮食定价在国家的价格基础上略有上浮，国家莜麦、麦子，每斤 0.124 元，我们定在 0.15 元 /斤左右，客户既能接受，而我们把粮食深加工转化成面也有升值空间，双方各有所得。最小的盔进价每个 0.2 元不到，平均每个换 3.5 斤莜麦，出面率 98%，每斤炒面到哈达街桥北大车店能卖到 0.35 元。$3.5 \times 98\% \times 0.35 = 1.2$（元），是成本的 6 倍多。难怪爸爸冒着风险也要做这个买卖。这一趟下来爸爸荒糙搂计着，出去创费也能挣 30 元出头。30 元意味着什么？相当于一个成年劳动力百八十天的劳动日值。

我们的吃住走到哪儿吃到哪儿，赶到哪个村庄住到哪儿。随身带着炒面，只要有开水就行，就着咸菜疙瘩。中午赶到哪个家给点优惠，讨点开水，好心人家会把我们让到家里吃得更实惠些。用小盔儿对换一顿饭。基本住在饲养处，有锅灶，能烧水，能取暖。行李很简单，一床牛毛毡子，一个羊皮褥子，一个破皮袄，没有枕头，随便把衣服、草料口袋卷吧卷吧，这些是爸爸惯用的出门家当。整个行程不会大脱大睡，因为有货，说是睁一只眼闭一只眼那是瞎说，反正警惕性还是很高的。毛驴可以放在饲养处的牲口圈里或是拴在车上，草料一定要充足，因为它也是主力。老爷爷说："是饭就充饥，是衣就遮寒。"

我和老爷爷卖了四趟。爸爸自己卖了六七趟，他只是一个人去，直接到杨树沟门找乔大爷，在亿合公周边的山村漫甸，克旗的头地、新开地周边转，反正不放过任何一个营子。

老爷爷家的粮食总是不够吃的，所以赚回来的粮食得给他家贴补些，买些布匹换换衣服，这也是他们家的一份经济来源。

那个年代靠劳动日找回钱的家庭有两种：一是家庭成员劳动力占 2/3 的；二是刚刚结了婚而分居另过的，还没有孩子，但这只是短暂的一两年，一旦有了孩子就不会往回找钱了。以郝长春家为例，哥五个和父母亲，只有小五吃闲饭，七口人中，五个成年劳动力，一个半劳力。每年挣到 1400 个劳动日，劳动日值 0.4 元，全家口粮

2100 斤，年终结算时，这个家庭可以找回余钱 350 元。1965 年，我家七口人，只有父母两个成年劳力和姐姐半个劳力，要领回全额口粮指标，必须往外拿钱。好在爸爸勤奋，攒点土粪，打点羊草，这凑点那凑点，也就欠不了多少了。1966 年老弟品杰出生，又多了一口人，无疑又多亏欠一份。像我们这样的家庭，在柴达木占一半以上。老爷爷家更亏欠了。这一年的生活开销，上有老下有小，称咸盐打灯油，一家人的穿戴，都来源于爸爸的买卖中。

越是紧张，爸爸就得更加努力，他说："猪往前拱鸡往后刨，各有各的招，饿不死一个眼的瞎家雀儿。"在贩运上不断拓宽经营范围，炕席（分高粱秆席和苇子席）、火烟（分碎烟和把烟）、旧鞋旧衣。他很会把握商机，经常在西沟脑、黑石滩这些地方转悠，再加上他的好朋友乔德福大爷的经营头脑，看到哪里缺什么，最需要什么，老哥俩就倒腾什么。进货渠道也不局限于北市场，大营子的西荒产烟，赤峰东米丽河产炕席。但是卖粮都要到哈达街北市场，都是趁着一早一晚。市场里是不准卖私粮的。遇到管理的也得打点，给他两碗炒面，他会给提供许多方便。下乡卖货，也遇到那些嘎杂子，把货翻个底朝上，最后还不买，故意刁难。养家糊口啊！唉，在家千日好，出门事事难。

如果说 13 岁这年去拉盆，遇到的是意外，那么 14 岁这年下黑石滩则是一次生与死的较量。

没进腊月，爸爸从米丽河进回炕席，有苇子席也有高粱秆席。我和爸爸出去卖。从家一走，直奔老乔大爷家。从乔大爷家出发，往上到大石门，从那个篓上后梁，到房身、大汉敖包。当转到大汉敖包，炕席已经卖完了，换的是莜麦约 300 斤。第二天是腊月十七，往回返，这里有一家姓于的，从奶奶娘家赁，还有点偏亲，人家给拿了几个馒头。

从大汉敖包出来那天那个冷啊，一溜漫甸子，一点遮挡没有，有 -40℃ 左右吧。刮着白毛风，夹杂着青雪，如同沙子般的小雪粒儿，旋转着呼啸着的雪粒，打在脸上，如同刀割一样疼痛。刺骨的寒风几乎使全身失去知觉。小毛驴的后腿高抬，可以打到肚皮，却迈不出几指远，干跺脚却迈不出去。从爸爸的神情上看，已经有些紧张。我实在不想再往前走，总想找一个背风的地方，暂避一时。脑海中偶尔浮现出一个火盆，奶奶在把着火盆儿吸烟的场景……

爸爸将行李中的一个羊皮褥子，上头用改锥捅两个眼儿，拴上绳子套在我的头顶上，整个皮褥子正好包裹住我的后身，一股暖流立刻涌入我的全身，比火盆暖和得多。把被子盖在驴的屁股上，前两个被角分别拴在搭腰的两侧，后两个被角分别系在车辕子的两侧，整个被子包裹住驴的屁股和后裆。爸爸披上一件小大衣，急促地催赶着毛驴。不一会儿毛驴的腿不怎么打肚皮了，步子也渐渐地迈开了。好歹是顺风，又有些顺坡。一路上没有一个村庄，远处有村庄的影子，路并不明显，影影绰绰。

也不知走了多长时间，到了亿合公的后梁，叫姜七梁，极陡的路。看上去很少有车经过。下来梁是亿合公大车店，没住。到下边的毕家营子的饲养处，说尽了好话才住下的，为的是省两块钱。第二天腊月十八早上出发，上来亿合公前梁便是兴隆洼漫甸子。进了兴隆洼找了个阳坡墙根，歇了一会儿，啃了几口凉馒头继续走。尽管天气仍然很冷，但毕竟有些村庄、树木的遮挡，风不那么硬了，赶在落日前到家了。

好悬啊，命悬一线，差一点把小命丢在这荒郊野外。爸爸说："多亏咱家的毛驴是骟驴，如果是叫驴，冻坏驴蛋，驴一步也走不了，非卧道不可。"也多亏了爸爸急中生智，及时排除了险情。

这一趟我们拉了30领炕席，纯利润能有一百七八十元。年前再没动弹，过了年爸爸也没动身。可是正月十五的夜里，在下泉子当年兔崽子一的窑子里，爸爸竟然输掉了150元。他是从来不放纵自己的，为什么？我不理解。妈妈心疼得痛哭："你这是输了我儿子的半条命啊！"爸爸并不狡辩，也不解释。他心里更疼，150元是什么概念？一个棒劳力一年也挣不来的！

当我长大后，一次又一次地回忆这段经历，都会神经质地全身紧缩。对于爸爸输钱的行为，也得到了一个合理的解释：人到一定程度总会产生侥幸心理，爸爸就是抱着侥幸心理，身揣足够的本钱，不用冒着生命危险就可以套回成倍的利润。

后来听一个远方的表哥赵相林说："我三姑父不会耍钱，人家使鬼，他看不出来，要不是我帮他捞回一些来，输得更多。"我信以为真。

爸爸从此得到了教训，再也不去那种地方。正月初几儿，和几个好哥们儿、好爷们儿，打打一角钱的"三拱牛"扑克，输赢也不过二三十元。从年少到现在的几十年间，我们兄弟四个从不涉足这种场合，后代儿孙，读书创业，工作养家，只靠兢兢业业和勤劳朴实立身处世，没有一个寄希望于不劳而获的。

大家可能不解，为什么爸爸出去做买卖总带上我呢？其实我的作用很大，只是看堆爸爸就足以放心了。尤其谁家买了货，说是回家拿粮，爸爸都提着口袋和秤跟着去的。原因是直接到顾客家的粮仓里秤粮，都是大仓子里的正宗货，不会掺假的。因为他吃过这样的亏，要么久等不来，要么是里面掺上其他东西或秕子。我在看堆时，有时还会谈成生意。我是爸爸得力的助手，这是爸爸引以为自豪的。我也自然而然地得到了历练。正因为有过这些经历，16岁这年才把我打发出去带着驴车给一个耍戏法的艺人拉脚。这段经历又是不一样的感受。

1969年我虚岁满18岁，光荣地成为一名人民公社社员，光荣地加入了中国共产主义青年团。被大队党支部、"文化大革命"委员会任命为新窝铺民兵连柴达木排排长、大队委员会委员。名义上为大队误工补工干部。本是个初出茅庐的愣小子，对于什么民兵排长、共青团员、委员等名分并不感到有任何优越，因为和其他人一样，干一天活挣一天钱。

1970年，刚过完18周岁生日42天的我，以柴达木生产队派出民工的身份，参加赤峰县政府组织的二道河子水库的建设工程。我记得十分清晰，1970年正月二十，我们所有民工在岗子公社开完誓师大会后，浩浩荡荡地出发了。全公社组织 12 辆马车，拉上行李吃粮，四口大锅。我在新窝铺排的队伍里。全公社六个排，按各大队人口摊派。新窝铺排民工有 70 多人，属于最大的排了。

当我们路过大五十家子时，正好是中午 12 点。看到停在老供销社东院门口的两辆大车，那是给姐姐开箱的大车，姐姐这天出嫁，我……队伍继续向前进发，我的心像一只无形的手，肆虐地揪抓着……没能送姐姐，我终生遗憾，希望姐姐能够理解。

当天晚上队伍分别住在碱场、驿马吐的大车店里，第七天到达目的地——阴河川的二道河子水库工地。公社带队的是吕海廷，大队带队的是杨景林。李玉锋当时是新窝铺小队会计，不知什么原因被派到连部驻赤峰办事处（负责采购物资）担任会计，后调到连部任食堂管理员。民工的工棚是一顺水的偏厦子，用油毡纸做顶，围墙都是炕席围成，大条山炕。厕所设在公棚一端，露天的，也是炕席围成，设几个蹲位。整个工地没有女工，连部偶有家属来探亲。只有大便时才进厕所里边。小便随便撒，就是工地里也同样，无论大便小便，随便找个角落就解决问题。臭气熏天，苍蝇蚊子肆虐成灾。春寒料峭，乍暖还寒，宿舍里的炕席围墙是挡不住寒风的，好在炕是火炕，稍微增添些温暖，加上人多，又都是些火力旺盛的小伙子，还是能承受的。没有几天，火炕被那些诈尸的家伙整塌了。在炕上撅大秤，两人一用力都掉进炕洞里。这些家伙就去工地偷铁板搭在炕上。后来被连部发现，取消火炕，用土填满炕箱，全变成死心炕。杨景林带队干了十来天，不行，管理不了，民工们不听他的吆喝，又换成小胡家梁的张秀明。没几天也不行，管理不了。又换成庞家梁的燕国明，同样摆弄不了。新窝铺排 70 多人，相当于四大家排和红庙子排两个排的人数之和。民工们尽干些下眼子活儿，情绪非常低落。当时连部成员除了吕海廷，还有连长宋鹏飞、邵振庭、毕树礼。新窝铺排和连部关系不咋融洽，队伍一盘散沙。连部把事情反映到公社，公社找大队要求派得力人员前来管理。时任大队书记的大表叔邵功亲自来到工地。新窝铺十个生产队，再找不出合适的人选，只能在民工中选出。邵书记把所有民工召集来开会，这天全部停工。经过大会讨论，举手表决，由我来担任带队。当时我是一点思想准备都没有，脑子里一片空白。胎毛未退、乳臭未干的毛头小子带这么多人，而且这些人大部分都大于我的年龄，或与我同龄。经过连部领导和邵书记的鼓励，心血来潮，也就走马上任了。

以上三位合起来干了33天，我的命运又如何呢？这些民工来自十个生产队，大都是生面孔。那个时候的政策是"一平二调"。一平，即按人口平摊民工。二调，哪个生产队劳力不足，可以从其他生产队互相调剂。新窝铺十个生产队中，当数杨树沟生产队最富有，地多人也勤劳。次之是大胡家梁、耿窝铺，柴达木占第四。最差的是大芥菜沟、中芥菜沟、小胡家梁、庞家梁。这几个队地少人多。地多的生产队自然劳动力就紧张，不愿意往外派民工，就由大芥菜沟之类生产队多出。这类民工的报酬，由不出工生产队按本队劳动日值，通过现金的方式，在年终结算时兑现。像杨树沟队，劳动日值都在0.6元以上，而小胡家梁、大芥菜沟也只有几分钱。所以多出工倒挣回钱了。大芥菜沟的光棍最多，故有"十八罗汉斗悟空"之说。这些罗汉粗野得很，如同野人，生产中不注意安全，生活中打架斗殴，用饭票赌博，到周边的村庄偷摘水果、偷掰玉米、扒土豆，经常被连部点名通报。哪个队派来的民工，要么是不听使唤的，要么是像我一样，刚刚入社的"雏子"，庄稼活不全的。"战争"随时爆发，就连夜里睡觉也会发生"战争"，哪个咬牙了，哪个放屁了，哪个吧唧嘴了，哪个蹿稀跑肚了。在家是娇子，来这儿适应不了艰苦生活，夜里哭，白天不上班的。用句不好听的话说：东山一只兔子，西山一只野鸡，硬把这些神兽捏到一起，能合群吗？我上任后，身先士卒，你干不了，我来给你做示范，俗话说"两岁的牛犊儿十八的汉"，大家都处在同等条件下，只有那些偷奸耍滑的家伙拈轻怕重。对这些人恩威并用。完成任务，奖励；完不成任务，对不起，罚工，而且说到做到，一视同仁。

在与连部关系上，一方面多请教，另一方面瞅准机会挑战难点。

其实连部的组成并非专业人员，在攻坚克难上，他们的眼力并不比我强多少。为了在雨季中提前争抢工期，难免有突击性任务。我经过眼测，觉得可行时大胆向连部请缨。经过一两次挑战成功，连部表扬新窝铺排，重点表扬了其中的突出者，给民工们鼓舞了士气，给没有信心的增强了自信心。后来连部把新窝铺排命名为突击排，只要有突击性任务，非我排莫属。而我也有了讨价还价的资本，明明三天可以完成的任务，我说四天完成，连部便依我四天完成，既给民工减少负担，又争得荣誉。后来连部任命我为连部副连长，可以参加连部的一些会议。

水库工程实际在 1968 年就已经开始启动，是一项利用得天独厚的地理位置和阴河川流域丰富的水资源引洪灌溉的大型水利枢纽工程，是在当时赤峰县乃至昭乌达盟也数得上的大型水利工程。在南北两座大山中间拦住一条大坝，使水流按人的意志分发东部八个公社（当然不包括岗子）灌溉农田。大坝上游 40 里为水库库区，均在赤峰县境内，再往上则是河北省边界了，水是不能淹过人家边界的。北岸是土山。南岸是石头山，而且都是豆渣石，山体向北倾斜，所以施工之前首先必须削掉倾斜部分而成斜坡，才不至于因泥石滑落而给施工造成危险。然后大坝基础清基，库区内清基。在大坝上游一定的位置，设一副坝，拦住水流。从副坝上边的御洪洞里绕过主坝输出到下游。当我们这些民工进入工地时，前期工程已经完善，我们只负责大坝筑土。土是从北山区，在设计大坝高度位置上平行取土从坝底筑起。大坝有多少方量的土，也就要从北山上取来多少方量的土，相当于把北山与大坝同高度以上的半个山搬到山下置于在南北山之间。

在整个土方施工过程中，分放土、运土、镇压三部分。放土，是指把山体形成掌子面，开始只用人工铣镐，到掌子面逐渐增高时，必须放土炮。在山顶上下桩，拴上缆绳，另一端拴在民工腰间，垂下半山腰。这个人在这里用铁锨掏炮眼，里面放炸药雷管。一炮下来，炸下若干土。负责运土的用小车子运往大坝，从取土位置到坝底部肯定是一溜下坡。装满土的车子没有任何刹车设备，全凭驾车人扛住车辕子，使车尾拖地代替刹车。有些不能驾车的弱小体质的孩子，站在车尾以增加摩擦力，控制车速。因为坡度太陡刹不住车而跑坡的事情时有发生。工地人多车多，上上下下如穿梭一般，因跑坡而伤人的事故也经常发生。我们排的邵广荣，就是在这种情况下撞断的腿。他是给一个拉车上坡的人帮坡，在车的一侧，被山上跑坡的车撞到，造成右腿小腿骨折。他是连部的卫生员，不在我管辖之列。在我管理的两年中，我排的民工没有出现重伤，当然磕磕蹭蹭在所难免。坝体每上一层土都要洒水后经过链轨车或大型镇压车进行碾压，镇压得比自然山体密度要大得多。就这样一层层地加高加固。

这个时期工程上用人量最大，全县 34 个公社，除了摊派民工外，还动用了全县初中的学生，最多包括学生民工在内，约 1 万人。这些学生也就干了三四个月，因为一次大型事故才把学生撤出。那是八肯中公社的学生，因为烤火取暖把没有引爆的炸药放在火堆上，结果爆炸了，当场炸死八个学生，炸伤多名。事故原因是：炸药内的雷管与导火索脱落，炮工没有及时处理，而是当作臭炮遗弃，导致悲惨事故发生。大坝平口后，便是削坡护坡工程，即把坝体两侧的暄土剔除，然后用混凝土石方进行护坡。与此同时，各公社的灌渠、渡槽也在紧锣密鼓地建设着。新窝铺排从一个落后排成为先进排，荣获"突击队"称号，而我从一个不起眼的民工成长为带队排长、施工连副连长。1970 年提前完成全年施工方量提前退场。

第二年也就是 1971 年，新窝铺排仍然由我带队兼任排长。公社带队的是郝占华，我已经主抓连部工作，天天处理些烂事——打架斗殴的、赌博的、走失的、偷盗的、受伤的，还要负责新窝铺排的正常工作。这一年新窝铺排仍然是突击排，有许多突击性任务仍然由突击排来完成。这些突击性任务都要经过我的测试认可才能接受。四天的任务，我带领民工们加班加点，每天 8 小时工作时间，我们或许 10 小时、12 小时，大家人人奋勇个个争先，结果提前两天半完成任务。任务完成，放假休息，玩。其他排不服，但又不敢接这类任务。

在做御洪道调坯坎时，完全是混凝土浇筑。新窝铺是主力军。混凝土比例为一比三，1000 斤水泥加 1000 斤大沙子、1000 斤中沙子、1000 斤小沙子，同时放在一个大铁板上，用板儿铣掺匀，洗水继续拌匀。这为一盘，每盘要经过四遍以上的翻倒，像倒粪一样，然后用推车子往指定的地点运送浇筑。8 小时一班，我们创造了一班 108 盘纪录，这个纪录在 1955 年翁旗的红山水库建设中，也没有过。

这一年，为了保质保量完成任务，我采取了承包的方式，有些任务人们习惯了"磨洋工"，多干少干都一样。要打破这个惯例，在一定时间内完成一定方量，挣日（在工地日工 12 分，在生产队日工只有 10 分），每超过一定方量，多挣 1 分，大大地激发了劳动积极性，由习惯的每班 8 小时自发地增加到每班 10 小时、12 小时。由每天挣 12 分，到每天挣 17 分，所以新窝铺排提前 40 天完成全年任务，提前退场。连部不让我走，因为毕竟我是连部成员，但我以家里给我筹备结婚为由，带领全排撤出工地。

鞭敲金镫响，齐唱凯歌还！

回来后大队有几位领导不理解，认为我的做法不妥。我用事实给他们算了一笔账：70 多名民工短时间内每天多挣 5 分工，和 70 多人 40 天的 12 分比，哪个节约？哪个多费？这些人也就心服口服了。

在这两年的施工中，我也学到了许多，不单单是在与人交往和管理上，在水利施工的科学技术上也得到了很大的启发，在后来村里遇到水利方面的施工时，也运用到了。比如，大芥菜沟的东沟、耿窝铺东沟的淤坝、北干沟子的漫水坝、四节梁的涵洞，都是采取"调坯坎"的原理，逐步缩小水的落差，减缓水的冲击力，保证坝体不受损害。

1971 年冬结婚后，1972 年水库的收尾工程我没有参加。1972 年、1973 年、1974 年，这三年入冬后，每个生产队抽调一辆大车，从木头沟粮站拉战备粮，分别送往林西、林东、天山、大板各个粮站。全大队十辆大车由我带队。那个时候的公路状况不像现在，都是土路，跋山涉水，过沟爬梁，同样克服了重重困难。

在我成长的过程中，要感谢各位培养我、支持我的老前辈及伙计们，是他们让我变得成熟和自信。在村里工作了 33 年，同时也学习了 33 年。自知自己的文化水平低，很难适应工作的要求，只有不断地学习来丰富自己的文化知识和综合素质。

记得少年骑竹马，看看已是白头翁！人呀，活着对得起三亲四友，也不枉披了这一张人皮！以史为鉴，吾辈当自强不息！

"嘀——"响亮的汽车喇叭声打断了我的回忆，抬头见东水泉子南坡停着两辆汽车，是孩子们来接我们啦，起身蹒跚着回家去。

亲人感言

吴氏家训、家风

　　族内子孙人等，毋别男女，后身世世。国有法，家有规，勿妄作非为。正道德，扶正义，斥邪恶。不受无功之禄，不取无义之财，切勿骄奢。口中有德，目中有人。学以增智，学以立身。尊老爱幼，严教子孙。勿以恶小而为之，勿以善小而不为，家庭以爱为根，生活以和为贵。宜未雨绸缪，勿悔渴掘井。亲贤者，远小人，黄金非宝书为宝，万事皆空善不空。奉先思孝处下累恭。修心修口，倾己勤劳，以行德义。先做人，后做事。休存猜忌之心，休听离间之语。行得正，立得直，克勤克俭，为人父母，以身作则，言传身教，让怨、恨、恶走开，常怀感恩，包容大度，和谐之心。亲家人、和邻里，兄弟不和，交友无宜。一根一脉，家丑不可外扬。勤俭立家之本，耕读保家之基。忠厚传家远，百善孝为先。不求风风光光，必守堂堂正正，仰不愧于天，俯不愧于人，修身为本，清风明月，立于苍穹。不欺天，不欺人，行人间正道，发展自己，壮大自己，自强自立。大到一国，小到一家、一人，奉老、敬老，不等不靠，不攀不比。父子讲仁，亲朋讲信，父母不孝，奉神无益。在求知上不惜钱财，言行不可不慎，见识不可不高。处事以忠厚为法，传家以勤俭为佳。不孝不悌之人不可为友，可知父兄教子弟必正其身以率之。人心向善祸之远离，人心向恶福之远移，不忘人恩，不计人怨，不思人过，不论人非，厚德宽人，无愧先祖，无愧子孙。

吴永生

玉龙之乡 赤子情深

2020 年春节前夕，我带两个孩子先行前往云南西双版纳家中与岳父岳母会合。父母坚持要等着我爱人丽红放假，与她一同前往云南和我们一起共度春节。但疫情突然降临，按照防控要求，我们只能天南海北不能相聚。父亲没有了照顾孙子、孙女的负担，每日可以有自己的时间做自己想做的事儿。每天视频时，我母亲和我爱人均向我"汇报"，老爸近期"闭关修炼"，不知道一个人在书房里废寝忘食地写什么，甚至连二胡都不拉了。一个多月后我们从云南回到北京家中，他已经完成了一部厚厚的自传体书稿，确实让我大吃一惊。厚厚的一摞手写书稿，工工整整，虽然书法不佳，文笔平实，但读起来津津有味。先是我女儿小米放在枕边，每晚阅读入睡。后因不能通晓她爷爷的笔迹，央求她妈妈给她朗读催眠，一来二去丽红同志也走火入魔，成为父亲的忠实读者，家族群里时常会有精彩片段的分享，大姑和三位叔叔看了后，均产生了深深的共鸣，二叔品江开始在原稿的基础上进行仔细的编辑、补充、完善，经常至深夜，大姐永华，三姐永娟，二弟永波也积极地参与进来，大姑品荣、三叔品良、老叔品杰积极献言献策，更正增删其文其事，共同的回忆似乎把父辈们带回了难忘的青春岁月。以三叔品良为首的家人们强烈提议印刷成书收藏阅读，作为儿子，不能弗众意，欣然从命。但因工作繁忙，南征北战，整篇文稿只是蜻蜓点水浮光掠影略读一二。

直到 2021 年 12 月 28 日清晨，我搭乘国航航班自北京飞往南宁。途中 3 个多小时才算认真拜读了这部《天涯远 故土亲》的书稿。

虽然无数次听家人、亲友讲起过父亲的过去，但都是断断续续碎片化的信息。沿着朴实的文字，我仿佛跟随他走过了七十载的时光。这让我想起去年年初人民出版社出版的费孝通老先生的一本书——《乡土中国》。封面是一个青年牵着牛，牛拉着犁，后面扶犁的是一位戴着草帽的老者，老者举着鞭在催促牛儿前行。而北京市委孙康林秘书长为我父亲题词"孺子牛为群众办事，赤子心为党旗增辉"，人民日报海外版党委李建兴书记题词"孺子牛、拓荒牛、老黄牛"，虽有溢美拔高，却也恰如其分。

我的父亲是地地道道的农民。他从未因出身和境遇而怨天尤人，因平凡和不公而灰心丧气。他有从祖先和故土中继承的乐观和豁达。他告诫我们，勇者要"猝然临之而不惊，无故加之而不怒"，他提醒我们"君子坦荡荡，小人长戚戚"，他能说出"杀君马者道旁儿"的典故，他也能用方言俗语给我们忠告，他还把一生的经历变成精彩的故事讲述给我们和我们的孩子们来听。作为儿子，我对他记录的绝大多数人物、事件都有或深或浅的印象，对于他的喜怒哀乐都能感同身受。我清晰地记得，去年我们从西双版纳回到家中，他高兴得像个孩子一样对我说："生儿，我最近想起来很多我以为已经忘记了的人和事儿！"我差点告诉他"衰老的一个特征就是你记不住你想记住的东西，却经常想起你以为你已经忘却了的东西"。我感觉爸爸确实在变老，他的行动变得迟缓，听力大不如前。只有在陪我女儿或儿子玩耍的时候，语言和表情才会丰富起来。飞机上阅读这些过往，几度哽咽落泪……

在我童年和少年的印象里，父亲是个威严而体面的人。他似乎永远在忙碌着，是一个不知疲惫的工作狂。父亲一直情绪稳定，极少会暴露自己的喜怒哀乐，也极少会用语言表达情感，以至于在我和我的儿女玩耍时，经常会不自觉地联想起我与父亲的点点滴滴，思考他与我的亲子关系。我有多爱我的孩子们，就多想了解父亲是否也一样爱着我们。在他对我的孩子们表现出的那种堪称磅礴的爱意时，甚至让我感到羡慕。我经常在他给我女儿小米梳头发的时候，在他给我儿子小麦更换尿湿的小裤子的时候，在他协调解决两个孩子矛盾争端的时候……突然感觉时光倒转，我又坐在他摩托车的后面风驰电掣，感受他的伟岸强大，感受他带给我的安全与温暖。我想："好爸爸应该做到这一点——首先要照顾好自己的家人。"

电影《教父》里有一句经典台词："你有花时间陪伴你的家人了吗？不能抽空陪伴家人的男人不是真正的男子汉！"在我儿时的记忆里，爸爸基本是很少出现的。他要么在修桥铺路拉电打井，要么在植树造林搞小流域治理，要么在和我妈口中的"狐朋狗友"抽烟喝酒。记忆里，我家经常高朋满座，劳累了一天的妈妈和姐姐们还要为爸爸的客人们准备酒菜，尽管物资匮乏，餐桌上还是会有妈妈烧的香味四溢的糖醋鱼、酸菜粉，还能炒一盘花生米，拍个黄瓜。爸爸跟我们说"家中常有客，杯中酒不干"，朋友来了一定要盛情款待。爸爸允许我上桌与客人一起吃饭，这是两个姐姐甚至妈妈没有的特权，也是我们内蒙古东部区"重男轻女"的旧风俗。我负责给客人倒酒敬酒，好处是在他们烟熏雾绕推杯换盏时我可以大快朵颐。经常在他们酒酣耳热时，我已经在炕头酣然入梦。那个时候，我觉得爸爸在家真好，可以吃到花生米，而且在花生米吃光后舔盘子底上沾着的白糖是最美好的事儿之一。虽然父亲陪伴我们的时间并不多，但丝毫不影响他在我们家里的地位，我在众人对他的态度中感受到他的影响力，他是个响当当的男子汉。

记得上小学五年级的时候，六一儿童节，我作为班长站在班级的最前排。升国旗后，我的父亲，他作为村支部书记第一个发言，对着破旧的话筒，通过电线杆上锈迹斑斑的银色大喇叭对我们上百个孩子说我们是"祖国的花朵，是早晨八九点钟的太阳"云云，让我第一次因为他是我父亲而生出一种自豪感，心里想着，长大了我也要做大队书记。

初中时代，我进入了青春期，有了喉结和胡须，身体发育和我的认知增长完全不成正比，我开始怀疑一切，自以为是，并且爆发出很多莫名其妙的想法。打架斗殴无所事事，成了老师的眼中钉，惹了很多麻烦。现在想来，除了是希望吸引女同学的注意，更多的是希望得到父母，尤其是父亲的关注。我希望他了解我，并且支持我，我已经想与他分庭抗礼。因为那时，我觉得父亲是一个不可冒犯的君主，莫名其妙地想挑战他的权威。不知道他意识到没有，但是他似乎对我的调皮捣蛋没有深恶痛绝，甚至表现出一种波澜不惊的态度。他帮我摆平各种麻烦，帮我留级转学且没有一句责备，只是，他的眼神中偶尔流露出来的失望让我提心吊胆、惴惴不安。

　　1997年夏天，我终于考上了松山区蒙古族中学，上高中的我已经18岁了。大姐永华当时是我们家族中第一个大学生，在呼和浩特读大二，二姐永丽也到内蒙古财经学院会计系读书。父母自然非常欢喜，但他们肯定也感受到，同时供我们三人读书的压力。开学前一天晚上，忙碌一天的父亲带着我一起出去借钱凑学费，手电筒的光线随着距离的拉长和时间的推移越来越昏暗，我们的心情也越来越低落，走亲访友回到家中已是深夜，然而学费还是没有凑够，我躺在被窝里第一次失眠。第二天，爸爸带着我们姐弟三人背着大包小裹坐赵晓峰大舅的中巴到了赤峰，大舅妈没有要我们的车费。在赤峰火车站的站前广场，爸爸因为吸烟被号称管理员的人罚了5元钱……终于把两个姐姐送上了拥挤的绿皮火车，汽笛响起，火车徐徐启动，两个姐姐拉起车窗趴在上面向我们挥手告别，依依不舍，泪流满面。父亲淡定地告诉她们"困难都是暂时的，一切都会好起来"。待火车渐行渐远，他转过身，无声地落了泪，夕阳照在他颤抖的臂膀上映着金色的光辉，那一刻我第一次意识到我的父亲不像我曾经认为的那么无所不能；我第一次发现我是那么爱他；第一次感受到他的柔情和脆弱，他作为一个父亲的勇敢和坚强；我第一次忘记了他所有的严厉和不完美；第一次发自内心地认可他是一个好父亲。尽管他只给我两个姐姐凑足了学费，我的学费还没有着落，但我确信他一定会有办法解决，因为他的口头禅就是"兵来将挡，水来土掩，没有过不去的火焰山"。

2001年春天，我考到了内蒙古师范大学教育系。父亲退休，父母为了照顾不满一周岁的外甥都督，也为了陪伴二姐和我，毅然决定搬到内蒙古呼和浩特。我不知道他们需要多大的勇气才能做出这个决定，离开他们生活了半辈子的故乡和亲友，投身完全陌生的环境。那时的我少不更事，搬家购房等大事都没有过问参与，想必姐姐、姐夫做了很多工作吧。

据说父母离开家乡的时候，村里乡邻都来送别。父亲做了30多年基层工作，是全乡资历最老、口碑最好的村支部书记之一。母亲幼年丧父丧母凭哥嫂养大，17岁嫁给父亲，她勤劳善良、孝亲睦邻，与父亲相濡以沫、相敬如宾，虽然不识字却培养了三个大学生。吴氏家族是村里的大家族之一，亲友故旧乡里乡亲，大家的真情不舍都由衷而发。最为不舍的莫过于我的奶奶，执手洒泪相送，正是"儿行千里母担忧"，其景感人。路过锦州，三婶张丽华把母亲从家里带的碗筷都留下，给她带了2000元现金，让她到新家重新置办，免去旅途中提拿辗转之苦。父母的勤俭和感恩是一如既往的，时至今日，父母依旧奉行勤俭节约的原则，母亲还经常提起哪些亲友乡邻帮我们做过哪些活计，哪些乡邻曾雪中送炭帮扶过我们，提醒我们知恩图报，莫忘故人。

我特别怀念我们一家在呼和浩特的时光。家人相聚，其乐融融，但那时的生活也是非常艰苦的。姐姐、姐夫刚参加工作，买房、生子自顾不暇。我在师范大学读书，每学期的学费都是父母的压力来源。几乎每年开学后，宿舍楼黑板上拖欠学费的名单里，我都榜上有名。"兵来将挡，水来土掩"，父母利用我们住一楼、门口就是社区广场的地利之便，开了一家小杂货店。母亲负责销售，父亲骑二八自行车去义乌小商品批发市场进货。

春末夏初，三婶派四姐永娜从锦州专程赶来培训，工作繁忙的大姐永华第一个出徒，利用下班时间开始和父母一起支摊烧烤。父亲推陈出新，小烧烤摊名响四方，生意兴隆。要特别感谢中专路办事处的领导们对我们一家的关照、支持，时常过来消费，照顾我父亲的生意，并聘我父亲给他们办事处做晚上的值班更夫。那时父母每天只能睡四五个小时。早晨四点左右父亲就要起床，骑着自行车往返四小时去西口子市场批发新屠宰的羊肉和板筋，回来后母亲负责切块和串串儿。我不止一次看到母亲靠着货架或门框进入梦乡，也不止一次看到父亲坐在门口的台阶上低头睡着。每每想到这些画面，联想到他们苦难的童年及其后艰辛的历程，就会情不自禁地热泪盈眶。

白天闲暇时，父亲会在周边小区里捡纸壳、饮料瓶子，呼市人叫"拾荒"。当时的我非常不能理解和接受，有一天鼓起勇气跟爸爸表达了我的意见。大概意思是他大小也是个村支部书记，在老家也是有头有脸的人物，不能跑到首府来打更下夜还捡破烂儿。父亲当时看我的眼神让我终生难忘，他的回答也令我无地自容："亏你还上了大学接受高等教育，劳动没有高低贵贱之分。我没偷没抢，捡破烂变废为宝，既有收入又环保有什么不好？捡破烂不丢人，不好意思低头弯腰才应该脸红。"于是我在学校也开始了拾荒生涯。我主要是捡饮料瓶，偶尔也能在校园超市门口顺到纸箱。运动场、篮球场是捡瓶子的好地方。我已经可以低下头寻找，弯下腰拾捡，没有了刚开始的偷偷摸摸、羞羞答答。努力就会得到肯定，付出就会有回报。一个烈日炎炎的夏日午后，在同寝室兄弟们的帮助下，我把床底下积攒了一周的饮料瓶装进一个网格编织袋，固定在自行车后座上推出校门，准备给父亲送回去。巧遇我现在的爱人（当时同系同级不同专业的女同学）杨丽红，她与一群室友结伴从校外回来。哗啦一声网格袋破裂，花花绿绿的塑料瓶滚落一地。姑娘们嬉笑着帮我拾捡，我满头大汗、尴尬无比。杨丽红帮我扶着袋子到了西瓦窑市场，我们把袋子装在父亲的三轮车上，这是我父亲第一次见到他未来的儿媳妇。后来我与丽红确立了恋爱关系，她跟我说，就是那一天她开始接纳我的，"有其父必有其子，你将来一定也是个靠谱的人"。

2005年我大学毕业，先到上海又到北京。父母依然生活在呼和浩特，打理着他们的"荣和便民店"，依然在每个夏天经营着他们的特色烧烤。其间曾到北京看望过我几次，那时我正醉心音乐和体育，对未来没有任何规划和担忧。2008年春天，父亲对我说"人无远虑，必有近忧，丽红马上毕业了，你不能这样盲目地生活了，你是个男人啊！我特别喜欢的作家路遥在他写的《人生》里引用柳青的话说，'人生的道路虽然漫长，但关键处就那么几步，特别是当人年轻的时候'。"爸爸的话对我是振聋发聩的，似乎在那一刻我彻底长大了，那一年我28岁，感谢父亲容忍我晚熟了10年，让我比同龄人多了10年的青春期。

2010年我的第一个孩子出生，父母搬来北京与我们同住一个屋檐下至今。感谢我的两个姐姐的理解，感谢我爱人的支持，成全我能和父母朝夕相处，给我乌鸦反哺，羔羊跪乳尽孝的机会，让我的一双儿女在爷爷奶奶的护佑下健康成长，让我在东奔西走早出晚归时没有后顾之忧。

2021年的父亲节，我为父亲写了一首歌作为礼物，也把这首歌分享给我所有的父辈们。"我的爸爸如今老啦，行动迟缓安静沉默，总是一个人坐在角落，面对衰老不知所措。我的爸爸不善于表达，从来没对妈妈说过情话。他坐在妈妈的病床前，拉着她的手泪如雨下。我的爸爸已不再强大，他的身躯早已不再挺拔，抱我儿子上下楼都是一场挣扎。我的爸爸已不再潇洒，步履蹒跚满头白发，每次喝醉酒的时候，想念故乡和他的妈妈。噢，爸爸，亲爱的爸爸！我多想回到不久的从前，骑在你脖子上快乐的童年。我多想在被人欺负的时候，您为我攥起愤怒的拳。我多想回到遥远的过去，拾起我们所有的记忆，那些风雨和悲喜，您的青春和努力。我多想时光不再流转，让您永远陪在我的身边，让我像您一样善良、勇敢，让我像您一样坚强、温暖。"

"父母之年，不可不知"，2021年恰逢我父母金婚之年，同年的腊月初八将是我父亲70岁的生日，按照我们家乡习俗他即将步入古稀之年。2021年12月初，品良三叔再次敦促我，《天涯远 故土亲》书稿争取赶在我父亲生日前印刷出来，作为古稀之礼。我才将印刷之事正式提上日程，并将书稿发送给了我的圈内好友和故交，也想请一两位重量级领导给父亲写个序言撑撑门面，文稿发出后，没想到，竟得到了所有领导和好友的鼓励、支持与祝福。

中国爱国双拥促进会会长、民政部罗平飞部长，全国政协常委、副秘书长何丕杰部长，北京市人大常委会主任、北京市体育基金会孙康林理事长，中国人民解放军陆军政治工作部主任张仁峰将军，中纪委驻财政部纪检组组长、财政部党组成员贺邦靖，文化和旅游部海外文化设施建设管理中心党委书记、中国民族文化艺术基金会白国庆理事长，人民日报海外版党委李建兴书记，著名作家、致公党中央宣传部范承玲副部长，国务院参事室张红武参事，中国人民解放军总参陆航部政委陈向东将军，全国人大机关工会李淑华主席，人民大会堂管理局李社建局长，海关总署工会王勇强主席，国家体育总局经济司张昊司长，国家体育总局群体司李元副司长，北京京剧院党委刘胜利书记，北京城建集团张海修副总裁，中国人民解放军理工大学金明武政委等领导阅后都给予了一致好评，并认真撰写了感言或赐予了墨宝，这让我受宠若惊，倍感荣幸。我91岁高龄的妻舅农业农村部政策法规司原司长郭书田也为父亲的书作了序，让我们尤为感动。

在此，要感谢我文体艺术圈的好友们发来的感言或祝福，包括但不限于六届奥运会雕塑创作者、全球唯一获得"奥运艺术大使"称号的黄剑老师，国际著名艺术家、中国社会艺术协会副主席、意大利佛罗伦萨国际艺术双年展终身成就奖获得者、联合国教科文组织官方合作艺术家及"一带一路"国际合作高峰论坛标志性雕塑《丝路金桥》创作者舒勇老师，著名书法家"北国神笔"苏涛老师，著名书法家蛟岩山人老师，著名书法家聂平军老师，著名书法家毛建国老师，著名画家奥登老师，国际篮球名人堂唯一亚洲运动员、中国女篮传奇郑海霞大姐，国际田径名人堂亚洲第一人、奥运冠军、"东方神鹿"王军霞姐姐，奥运冠军、中国女排队长惠若琪妹妹，著名女子网球运动员、世界冠军郑洁妹妹，短道速滑500米世界纪录保持者、奥运冠军、国家速滑队队长武大靖兄弟，举重奥运冠军、"中国力量"张湘祥兄弟，体操奥运冠军陈一冰兄弟，游泳奥运冠军钱红妹妹，花样滑冰世界冠军、北京冬奥组委运动员委员会委员陈露妹妹，射箭世界冠军高芳霞妹妹，花样游泳世界冠军钟鞡妹妹，综合格斗世界冠军王赛兄弟，乒乓球世界冠军祖丽妹妹，中国女足队长毕妍妹妹，中国棒球队队长孙岭峰哥哥，中国橄榄球队队长张志强哥哥，中国攀岩队队长钟齐鑫兄弟，马拉松世界冠军孙英杰妹妹，中国女子环球帆船航海第一人宋坤妹妹，摔跤世界冠军洪雁妹妹，花样滑冰世界冠军张丹妹妹，花样滑冰世界冠军张昊兄弟，花样游泳世界冠军蒋文文、蒋婷婷姐妹，著名导演、表演艺术家欧阳奋强大哥，影视明星王宝强兄弟，"魔岩三杰"张楚大哥，国家一级演员、著名歌星王二妮妹妹，著名音乐人赵照哥，著名音乐人谦木哥，著名音乐人小猛兄弟等。

最后，我想代表我的父亲，感谢各位领导百忙之中为《天涯远 故土亲》题名、写感言、创作作品，感谢你们的厚爱与祝福。感谢习酒"祖国万岁"侯江山董事长引荐编辑并印刷，感谢中体建国建设工程有限公司和中海建国酒业有限公司全体同人的付出和努力。

当然，我要特别感谢我的奶奶和我的妈妈，感谢我的大姑品荣，二叔品江、三叔品良、老叔品杰以及我的爱人，我的兄弟姐妹们，是你们的爱与支持，是你们的热切期待与善意敦促，让这部书稿得以最终成形。我更要感谢我平凡而伟大的父亲，感谢我尊敬和爱戴的二叔，能够在这个年纪，给我们留下《天涯远 故土亲》这样朴实的文稿，留给我们一份宝贵的资料和可以传承的精神财富。

祝福我亲爱的父亲生日快乐，健康长寿！祝福我的父辈们和天下父母平安健康、幸福绵长！

吴永生简介

吴永生，男，蒙古族，1983年10月12日出生，内蒙古赤峰市松山区人，中共党员。2005年毕业于内蒙古师范大学教育系，管理学和文学双学士学位。国家级心理咨询师（员级）、高级工程师、荷兰商学院访问学者。现任中体建国（北京）建设工程有限公司董事长。社会职务包括：中国民族文化艺术基金会常务理事、中国中小商业企业协会理事、中国科学探险协会理事、北京市体育基金会常务理事、成都体育产业商会副会长。

从业体育工程领域18年，参与奥运、亚运、大运、全运等大型体育赛事工程施工，积累了丰富的体育场馆建设、赛事承办、场馆运营、教育培训经验，作为体育设施专家担任《中国体育设施标准化手册》编委会委员。参与制定了《体育场地使用要求及检验方法 第一部分：综合体育场馆木地板场地》《体育场地使用要求及检验方法 第五部分：足球场地》及《城市社区体育设施技术要求》等国家标准。带领中体建国团队承建了第六届亚洲沙滩运动会三亚国际体育中心、第56届世界乒乓球锦标赛体育馆、海南省运会儋州奥体中心、国家田径队江南训练基地、国际篮联世界杯上海体育馆、黑龙江绥化速滑馆等大型场馆体育集成工程。

热爱文化体育事业，热爱生活和探险。曾游历七大洲，到达南极圈，登顶乞力马扎罗、厄尔布鲁士、东南亚弩昂山、绒峨扎峰、慕士塔格、岗什卡、四姑娘等雪山。

热心公益事业，获得中华慈善总会颁发的"慈善事业贡献"证书、中国社会福利基金会惠基金公益证书、中国关心下一代工作委员"突出贡献奖"、艾米孤独症公益基金"爱心大使"等荣誉证书，累计捐款捐物近百万元。

杨丽红

作者吴品和的儿媳妇、吴永生的妻子
中国信达资产管理股份有限公司处长

孝亲敬老 其乐融融

公公主笔，二叔编辑的《天涯远 故土亲》终于要印刷成册了，此刻已夜深人静，孩子们已进入甜美的梦乡，我亦能静下来为新书写下我的思绪。

回想自己从 2003 年与先生相识相恋，到现在近 20 年的时光，往事历历在目，如电影片段似的一段段、一帧帧闪过。

还记得第一次踏进先生的家门时，公公婆婆热情欣喜的样子，里屋床上躺着不满周岁的光着屁股的小铁蛋儿，先生在我面前摆弄着从锦州三叔家里寄来的堂弟昂贵的二手鞋；还记得先生经常课后骑车带我走好长的路就为了回家蹭顿婆婆亲手做的晚饭，一家老小凑在一起好不热闹；还记得公公婆婆为了贴补家用，在开小商店的同时夏天晚上还摆烧烤小摊，生意兴隆，但老人经常是半夜才拖着疲惫的身子回家休息；还记得在我大学毕业时公公骑着三轮车去学校帮我整理搬运行李时的样子，麻利周到……在和先生恋爱期间，除了两个人越来越默契，越来越笃定，我也对公公、对老吴家这个大家族有了更深入的了解。善良、正直、宽容、和睦、睿智、孝顺，这些品质不仅在先生身上有，在公公身上更为集中显著，这也许就是言传身教的最好体现吧。

在和公公婆婆一起生活的十几年里，是他们的包容和满满的爱，让我们很少有不愉快。在我和先生为事业奔波忙碌的时候，公公婆婆就是我们坚强的后盾，为我们照顾一双儿女茁壮成长。孩子出生时有他们忙碌欣喜的样子，孩子成长中有他们的欢声笑语，孩子磕磕绊绊时有他们的自责与心疼。公公，总是给孩子们积极正向的反馈和影响，偶尔饭桌上提起年轻时家乡的老故事，总讲得兴致勃勃，我们也听得意犹未尽。这几年随着年龄的增长，公公的耳朵有点背了，身体也不如之前硬朗灵巧了，觉越来越多，话越来越少，只有在孩子们面前话才多起来，才会发自内心地陪着孩子们一起开怀大笑。有时看着他们老的小的一起玩耍的样子，真好！

公公和我们在一起的时候，总是惦记着老家的娘亲，惦记着老兄弟的庄稼，也惦记着二弟新养的牛。作为老一代的村书记，他时时关注着国家的时事政策，更关注着家乡的发展与建设。每年只要孩子们一放假，公公的心早已飞回柴达木他魂牵梦绕的故乡，那里有他的亲人，有他的同事、乡亲、老友，有他熟悉的大山，有他亲手栽种的树木。每年的寒暑假也是这个大家族聚会的好时节，天南海北的游子们奔着故乡、奔着亲人而来，我也是在这个时候能够更多地认识和了解这个大家庭。这里有我娘家这边所没有的那种强烈的家族的概念和黏性，也许是因为有奶奶的这根纽带，大家天南海北地回到故乡，回到奶奶的身旁。特别是姑姑、公公和三位叔叔，看到他们都年过半百围绕在老母亲身边，聊天，说笑，开心的时候依然像孩子一样，真好！

也许正如公公在书中回忆的，这个家族的发展是中国发展，中国农村经济发展的一个缩影，是这片土地给了这个家族，给了这个家族的男人们宽厚的肩膀、健康的体魄、钢铁般的意志、无穷的智慧、无比柔软的内心和强烈的"家"的责任与担当！

吴永华

作者吴品和的女儿

内蒙古圣宇信息咨询有限责任公司执行董事 总经理

浓浓的爱 深深的情

2020 年春节因疫情，原定的相聚临时取消。父母在北京，弟弟一家在云南，我和妹妹在呼和浩特。一段时间里，忙碌的日子似乎按下了暂停键。每天和母亲视频时，问到"我爸在干什么？"总说"不知道一天到晚地在写什么。"当我好奇地问到父亲，他回答："待着没事……"我感慨，记忆中一直忙碌的父亲竟然也有"待着没事"的时候，这是我从小到大，父亲没有过的时光。

回想小时候，我常常困惑：为何我们家每天都忙忙碌碌，总也停不下来？村里磨坊边的大榆树下，午后或晚上，总会有三五成群的人在纳凉，可是永远没有我们家的人，父亲不是去村里就是去田里，母亲不是在田里就是在去田里的路上，即便是下雨天，只要不是暴雨，父母也总是穿了雨披要么去山上种树，要么去外面修路，要么去泉子修缮围墙，总之，没有闲下来的时候。

记得我在毕业后到平安工作，面试时，面试官问到我的偶像是谁，我说是我的父亲，他有些惊讶，问道："可以具体说说吗？"我回答："我从父亲身上学到了要心怀理想，要有责任和担当，任何时候，遇事要冷静，做人要善良，帮人就是帮己，任何时候都要自立自强，为人处世，原则上不让步，细节上别纠缠……"是的，这么多年，父亲一直是我们的主心骨，无论遇到什么事，只要回到父亲身边，和他聊聊天，就好像充了电，父亲一直用他的行动影响着我们，"要与时俱进，没有什么过不去的火焰山"。

父亲退休后，为了支持我们，和母亲辞别了奋斗多年的故土柴达木，从此为儿女赤峰—呼市—北京一路辗转。还记得在呼市生活的那些年，一边照顾两个外孙，一边打理小商店，晚上支摊摆烧烤，早晨早早起来去附近的办事处做钟点工。我看到曾经在村里备受乡邻敬重的父亲忙忙碌碌时也曾辛酸，可是父亲从未有过半句抱怨，总是那么淡定、从容，喝点小酒后会给我们提起他年轻的时候那些有趣的当年……

永生和我说："哇，咱爸手写了厚厚的回忆录。"二叔看了后，开始着手进行补充、丰富、编辑、完善，先写在纸上，再输入电脑，开始是用手机一个字一个字拼写，然后是用语音，再后来是在永娟和永波的帮助下开始学习用电脑打字，时常编写到半夜才入眠……"是什么动力让年近古稀的兄弟俩如此一心？"于是，我们在"爱你没商量"的微信群里陆续看到打印版的有趣的小片段，每一次都会引发群里亲人们的同感，再后来是十几万字的整篇，有熟悉的风景、熟悉的乡邻、有趣的风俗和历史的变迁。几代人的成长故事，有我们知道的，也有我们从未听说过的，让我们对故乡的印象更加丰满，读来让人时而捧腹，时而辛酸，更多的是感动与温暖。大姑说："哎，当年确实是这样啊。"三叔说："你们要把这些装订成册，留个纪念。"老叔说："很精彩，我已经快阅读完。"……原本只是父亲"待着没事"闲来写写的文字，在永生的提议下，在大姑、二叔、三叔、老叔的集体推动下，在兄弟姐妹们的热切盼望中，最终得以编辑、排版、印刷、成册，不得不说，这是一本汇集了"浓浓的爱、深深的情"的书稿，因为有爱，所以温暖，于是流传。

如今，父母儿孙绕膝，尽享天伦。父亲时常温壶老酒，小酌几杯，乐天知命，依旧豁达乐观。老人家从没有改变的是对故乡的心心念念——天涯远，故土亲。祈祷奶奶身体健康，家人、亲朋、乡邻们四海皆平安！

吴永娟

作者吴品和的侄女
内蒙古锡林郭勒职业教育中心教师

大家庭里的家风美德

当我从老爸的手里看见大爷的手稿时，惊诧与敬佩之情无以言表。惊诧敬佩于只有小学文化的大爷，竟在宏阔的社会学校里，积习如此细腻的文笔、如此宽广的胸怀、如此精到的表达。想为大爷的书写点什么，在记忆的冲撞翻腾、此起彼伏中，拾些许珠贝，略表心愿。

记忆里大爷的辉煌和"大幸福"摩托车息息相关。大娘攀上邵家三叔的粪堆，手搭凉棚向远处眺望。"突突突"的轰鸣声由远及近，"大幸福"载着酒酣耳热的大爷，呼啸而来。然后踉跄着冲到院里，吓得羊圈里的一众羊儿"咩——咩——"叫个不停。明媚的生命绽放在大娘的嗔怨里，是我童年里忐忑又安心的快乐。

这辆"大幸福"为我载过上学的口粮，带我求过医，给我送过生日的鸡蛋，帮我解决过我自己制造的大小麻烦。无论在哪里，看见"大幸福"，就是看见了依靠和希望。

小时候最喜欢跟大爷放马，一来可以吃到大娘精心打包的饭菜，二来最主要的是可以听大爷讲故事：我爷爷的爸爸，我老太太，远亲和近邻，下泉子和银凤沟，鸡冠子山和沈二大爷沟，狗尿苔和草蘑菇，麻黄和黄芩，红花子和断肠草，滚粪球的屎壳郎和吃土豆的蝲蝲蛄，山的脉和水的源……无所不包，我对世界的好奇是在大爷讲的故事里建立的。

　　我爸妈还有叔叔婶婶们，叫大爷"哥哥"，到他们几十岁了，还叫"哥哥"，这是我们大家庭里的美德。特别是妈妈和两位婶娘，每次她们叫"哥哥"，都是把敬重、倚靠和信赖又强调了一次。

　　大爷从没说过粗话，也很少急躁，他常常边吹口哨边干活，有时候上气不接下气，口哨吹不成，就"咻咻咻"地吹气。大娘照例总在忧愁着还没有到来的灾难，大爷不吱声，"咻咻"声短促了些，大娘就不再说话。晚年，孙儿们或怀里打滚，或肩头攀爬，更不见大爷有任何烦躁。

　　大爷敏于人事，常有为人处世之见地脱口而出，小时候听不懂，成人自立后才发现全是金玉良言。大爷的行事准则，与时俱进，不断补充和修正，符合时代的发展。很多被我借鉴，成为立身处世之根本。

　　回顾过去的日子，大爷经历很多波折和磨难，已经过去的，永远是他引以为豪的秘闻趣事。当下里，他对新事物的敏锐觉察与接纳发扬，让我们晚辈自愧于落伍过时，常常忘记他竟是古稀之年的老人。

　　我们的大爷，他属于当下。

　　我们的大爷，他给够了我们作为大爷的爱。

我爱我家

故乡的风景

故乡的春

故乡的风景

故乡的夏

故乡的风景

故乡的秋

故乡的风景

故乡的冬

故乡的风景

故乡的夕阳

故乡的风景

故乡的野花

故乡的风景

故乡的风景

1	
---	4
2	
3	5

1. 故乡的韭菜花

2. 挑韭菜——准备做韭花

3. 压韭菜花

4. 大东院

5. 东院菜园

故乡的风景

我的亲朋们

1	2		5	
3	4	6	7	

1. 我的老父亲

2. 我父亲和我三弟

3. 送三弟当兵

4. 我的家人和乡邻

5. 我们家最早的全家福

6. 我和爱人及二弟和表姐

7. 我和姐姐与二弟

我的亲朋们

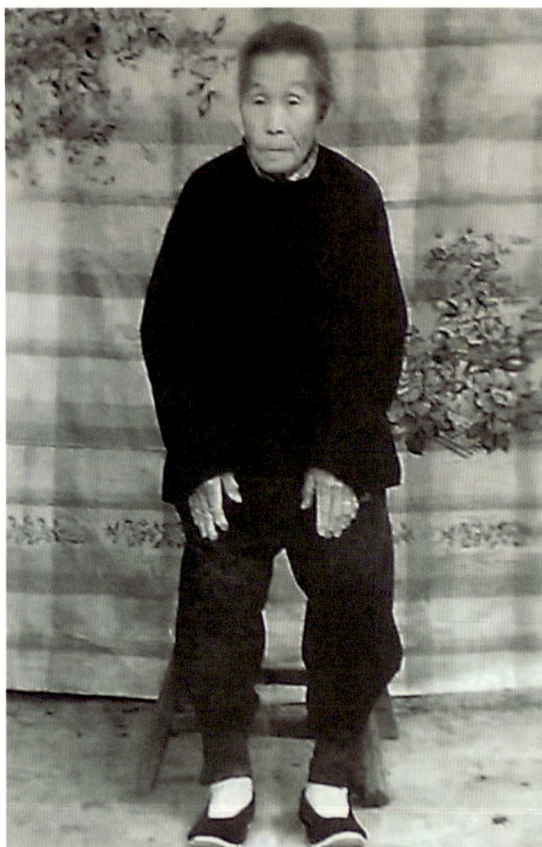

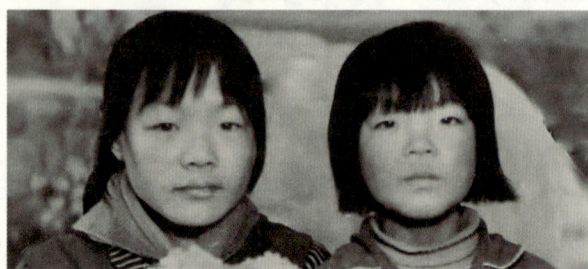

```
  2
1 2 5 6
  3
4 7 8
```

1. 我亲爱的奶奶

2. 我的女儿永华、永丽

3. 我的儿子永生

4. 我和母亲及兄弟们的全家福

5. 我和二弟与母亲

6. 我和大哥与三弟

7. 我的父母和二弟

8. 我和爱人

我的亲朋们

我的亲朋们

我和老母亲

我和老伴

我的亲朋们

1. 皇家漫甸

2. 兄弟子侄

3. 我和我二弟

我的亲朋们

我的亲朋们

我和儿子

我的家人

我的亲朋们

$\dfrac{1}{2}$ | 3

1. 去看望我的舅舅和舅妈
2. 我和母亲、姐姐及弟弟一家一起过春节
3. 我和老伴与内兄内嫂

我的亲朋们

1	3
	4
2	5

1. 我的老朋友们
2. 和我并肩工作的老伙计们
3. 我的兄弟姐妹
4. 我和我的兄弟姐妹及孩子们
5. 我母亲的家庭会议

我的亲朋们

1	4
2	
3	5

1. 大姐品荣一家　　　4. 我们和女儿永华一家

2. 二弟品江一家　　　5. 三弟品良一家

3. 老弟品杰一家

我的亲朋们

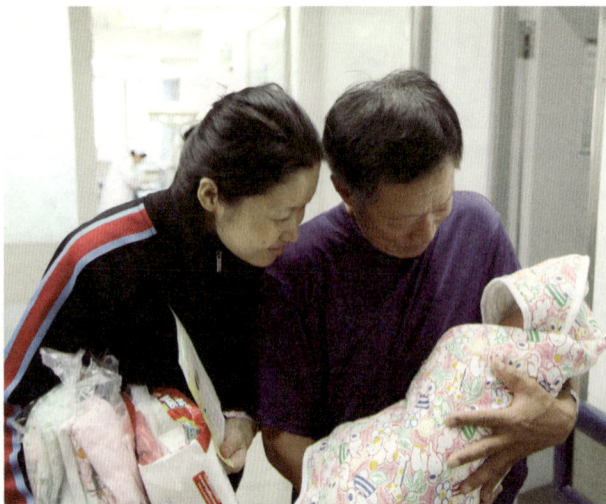

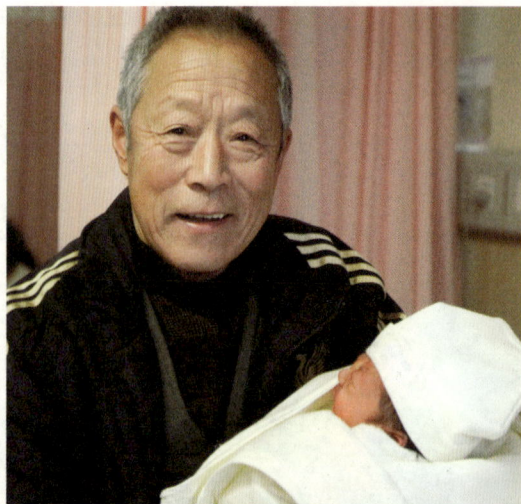

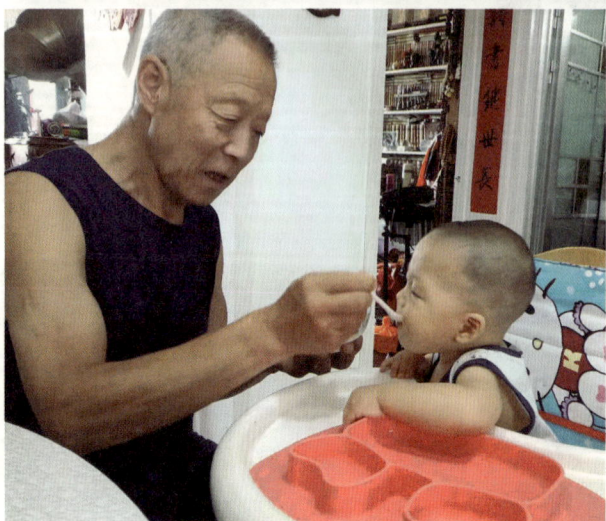

1	2	
	3	4
	3	5

1. 我的小孙女——小米出生

2. 我的小孙子——小麦出生

3. 看孙子啦

4. 我和老伴与孙子孙女在一起

5. 老伴和外孙与外孙女

我和外孙

我的亲朋们

我的旅行记忆

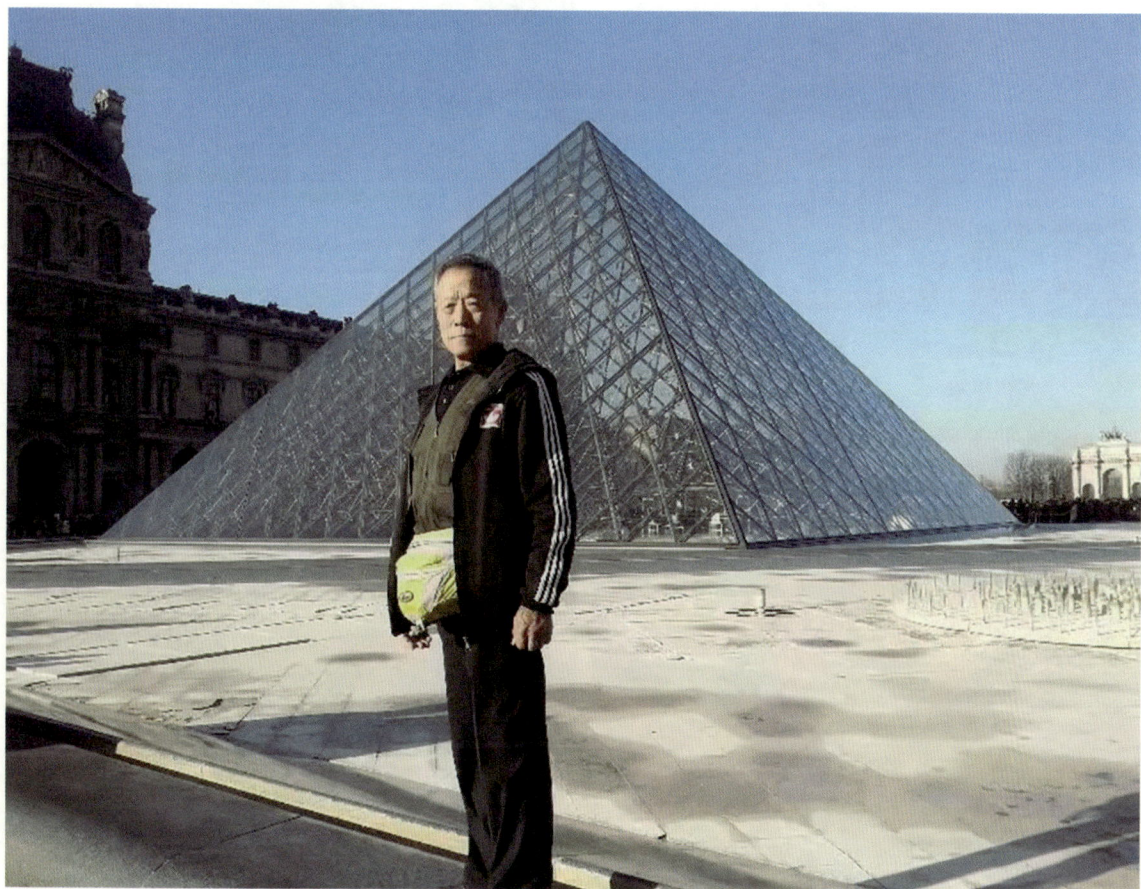

1|2
3 |4

1. 法国埃菲尔铁塔
2. 瑞士卢塞恩忧伤的睡狮
3. 梵蒂冈
4. 法国卢浮宫

我的旅行记忆

我的旅行记忆

成长与收获

中国中小商业企业协会建党100周年井冈行
2021.5.28 中信井冈山干部学院

中国中小商业企业协会
建党100周年井冈行
学习百年党史 汲取奋进力量
中信井冈山干部学院
2021年5月27日

重上井冈山

在井冈山干部学院学习

优秀党支部书记

"种草种树光荣"荣誉证书

"先进工作者"荣誉证书

先进工作者

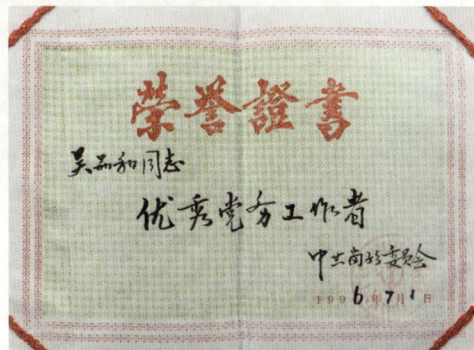

优秀党务工作者

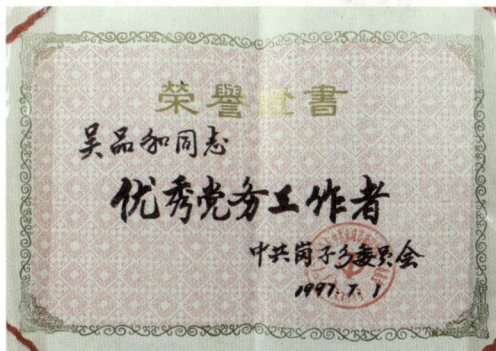

1997年优秀党务工作者

支持社区工作优秀共产党员

走四方　念故乡

1	2
3	4

1. 儿子永生登顶四姑娘山大峰
2. 儿子永生在南极
3. 儿子永生在冰川之父——慕士塔格峰
4. 儿子永生在南极长城站

1. 儿子永生登顶非洲最高峰——乞力马扎罗山
2. 儿子永生登顶东南亚弩昂山

儿子永生和大外孙贺天一登顶欧洲最高峰厄尔布鲁士

后 记

　　人的一生在历史的长河中就像一滴水融入大海里，仅是沧海一粟，融入阳光里被蒸发在空气中，化成净化和滋润宇宙的一个小分子。人的一生，又如白驹过隙，忽然而已，每一天都要好好珍惜。

　　在60岁之前应一路向东，向东走是奔向光明，纵使有着黎明前的黑暗，但那是短暂的，曙光就在眼前，太阳总会升起来。60岁以后，向后转180度，往回走，不悲观，从从容容地去拥抱红色的夕阳和灿烂的晚霞，看看自己曾经走过的足迹，继续向前，"莫道桑榆晚，为霞尚满天"。

　　做人，要常怀感恩之心、宽容之念。感恩天地、父母、爱人、同胞兄弟、姐妹、儿女、后代儿孙、亲朋、同事及所有遇见的人，哪怕是你的小人，也要感恩他，佛说"小人也是度你的人"，我们要去做人该做的事，走人该走的路。

　　"人为善，福虽未至，祸已远离"，任何时候，要"勿以善小而不为，勿以恶小而为之"，凡事能未雨绸缪，勿临渴掘井，对人要"亲贤者，远小人"，做事不求风风光光，必守堂堂正正，当回顾过往，能仰不愧于天，俯不愧于地，正所谓清风明月立苍穹，任何时候都不欺天、不欺人。

　　"齐家先修身，言行不可不慎；读书在明理，识见不可不高。"啥时候努力发展自己、壮大自己都是硬道理，大到一国，小到一家、一人，社会在向前发展，人类在向前进步，做人要自强不息，朝闻道，夕死可矣！道虽远，然可期。